THE
BURNING
TREE

灵魂摆渡人

摆渡人书系

by
CLAIRE MCFALL

[英] 克莱儿·麦克福尔 著

苏涛 译

北京联合出版公司
Beijing United Publishing Co.,Ltd.

"我知道发生了什么，我就要死了。"

"不，你不会的。"

"没事的，瑞秋。是真的，我真的要死了。但我不怕。"

"你不会死的，我不会让你死的。"

"我觉得你没什么可做的了。"

"你看着我，这是我的错，我会想办法的。"

"这不是任何人的错，瑞秋。它只是就这样发生了。"

"不，这就是我的错。我知道你不明白，但确实是我的错。我会救你的。"

"你救不了我。没人可以救我。你就……陪在我身边吧。我不想在死的时候，还孤零零的一个人。"

"对不起，杰米。我真的很对不起你。"

1. 忧虑的原因

"我想和你们的老板谈谈。"

老板就站在你面前，瑞秋心想。不过，多年的经验让她明白，这时候要保持沉默。

"老板不在。"

"那就叫你们经理过来。"

"不好意思，现在只有我一个人。"

"他们竟然让你负责？"他嘲讽地哼道，"你就是个小丫头。"

瑞秋咬紧牙关，强迫自己在心里数到十，免得自己对面前的这位顾客喷出什么脏话。这个男人四五十岁，脸上的皮肤皱巴巴地垂下来，摆出一张令人厌恶的臭脸，活像一只斗牛犬。他的愤怒缘于那本正躺在柜台上的《在路上》，那是杰克·凯鲁亚克的一个早期版本。书的封面浸有难看的水渍，十分明显。

三天前，瑞秋卖掉这本书的时候，绝对没有水渍。

"我花了这么多钱，本来打算买来送人的。现在这个样子，还怎么送？"

"不好意思，先生，这本书在卖给您的时候，肯定不是这样的。如果它是在您买后才染上水渍的，那就不是我们的责任了。"

"你是说我是骗子吗？"

是的，那还用说。瑞秋心想。

瑞秋直勾勾地盯着那个人，她的回答就写在脸上。原本他可能认为自己有年龄优势，可以唬住她，但事实却是瑞秋比他经验丰富得多。

"行啊！"看着瑞秋那冷酷的神情，他一把抓起那本书说，"我告诉你，我绝对不会再来这里买书了！我会叫我的朋友也不要来。"

"实在不好意思，让您有这种想法。"当顾客气呼呼地走出大门时，瑞秋勉强笑了笑，说出了这句话。那男的一走，她那僵硬的脊柱顿时就像散了架，一下子瘫倒在柜台上，双手抱着头。头痛欲裂，太阳穴如针扎一般，她现在只想回家。瑞秋抬眼看了看墙上的钟，不由得叹了口气，现在还不到两点半呢。

她爱自己的书店，也爱这些书，喜欢看着它们立在书架上，等待着被阅读的样子，犹如正待检阅的士兵。但有时，她也会没有顾客。

她试着忘记刚才的事情，继续之前手头的工作：在橱窗里布置一个有关当地历史的二手书展区。之前，有个女人在清理自己父亲的房子时，送了瑞秋一个盒子，她发现里面居然有一本华丽的精装书，书里有很多手绘插图，因此激发了她的灵感。客观地说，所有的书都挺好的，瑞秋可以毫不费力地把它们卖掉。她仔细翻看了从书架上精挑细选的书，这些书是要用来和那本精装书一起摆放在橱窗里展示的，随后她开始把那些书逐一放在小塑料展示架上。或许她还应该打印城镇的一些老照片来增加展示，让书店的橱窗看起来特别一点儿……

"你好，打扰一下，我对后面书架上的那本插图书挺感兴趣的。上面好像没有标价。"

"噢！"瑞秋吓了一跳，猛地从橱窗展区里直起身来，她刚刚一直在那里整理图书，想尽快把那块区域都布置好。"不好意思，您说的是哪本？"

"就是摆在那边的插图书，我挺感兴趣的。如果没看错的话，它好像是手绘的，我还从来没有见过这样的书。"

瑞秋转头一看，那本插图书正摊开躺在书架上。这意味着其中的一幅手绘插图暴露在世界面前了，就如同公平的游戏暴露在光线之下和脏兮兮的手指面前。

"噢，那本啊。抱歉。"她对那个女人报以最专业的微笑，希望自己不会再遇到一个不速之客，"实在抱歉啊，那本书是非卖品，只是用来展示的，本来不是摆在那儿的。"

瑞秋一边说着，一边顺手关上了通向橱窗的小门，急忙走到那本书前。她这次关门的劲有点儿大，发出砰的一声，随后她回头看向那个跟在身后的女人。

当瑞秋认出眼前这个女人的真面目时，顿时一阵惊愕。她是一个女巫。尽管这个女人既没有骑着扫帚，也没有戴着尖尖的帽子，她那光滑亮泽的短发上更没有蜘蛛网，但只要对女巫有所了解的人，都能清楚地辨认出她就是个女巫。她的手指关节上有保护区的文身，这与她穿的灰色西装有点儿不协调，脖子上还戴着一条五角星项链。当瑞秋用一只手盖住那本书的封面标明的所有权时，她犀利地看着瑞秋，立马明白了一切。

"这么说，"她喃喃地说，"你知道这本书的价值喽。"

"当然。"瑞秋确信地说。这时，瑞秋注意到那个女人身后还有一个十来岁的小姑娘，穿着一身哥特风格的衣服，正用手指在一摞书上划来划去，一副阴郁的表情。那个女孩先是环顾了一下四周，然后从书架上抽出一本书，正要把书塞进上衣的拉链口时，发现瑞秋在盯着她。

她看上去不仅没有一丝羞愧，还挑衅地扬起一道眉毛，不过她还是把书放了回去。

“你不想卖吗？”那个女人问道，引开了瑞秋的注意力。

瑞秋心想：除非我死了。她斩钉截铁地说：“是的，不卖。”

“好吧。”那个女人抿嘴笑了笑，她的眼神依旧冷酷，似乎还在算计着瑞秋卖它的可能性，“那就这样喽。第一眼看到这本书就喜欢上了。我把联系方式留给你，万一你改变主意呢。”

她在她的名牌小手提包里翻了翻，然后把一张淡紫色的名片递到瑞秋面前。

瑞秋一边接过名片，一边留意着那个十多岁的小姑娘，那个偷书贼正漫不经心地朝她们走过来。瑞秋看了看那张名片，上面几乎是空白的，只是用优雅的字体印着梅丽莎·特威德和一个电话号码。

“我不会联系您的，”瑞秋认真地说，“但我会留好您的名片。”

“随你喽。”那个女人转向自己的左侧，那个小姑娘还在那里徘徊，“艾伦，咱们走啊？”

“哦。”艾伦拖着长腔慢吞吞地回应，还面无表情地噘着嘴。

“这是我侄女，”那个女人介绍道，尽管瑞秋根本没问，“她也喜欢这样的旧书。”

艾伦当时看上去没流露出一丁点儿的喜欢，她看瑞秋的眼神里充满了冷漠和敌意。

“咱们走吧。”那女人说完，就转身走了。艾伦跟在后面，当她从瑞秋身边经过时，她的手蹭到了瑞秋的手。

只见瑞秋待在原地，看着她们离开。她的心怦怦直跳，脖子后面的汗毛也竖了起来。当艾伦碰到她的手时，一股力量瞬间掠过她的手臂，这是她从未感受过的。

瑞秋敢打赌，艾伦也是个女巫，和她姑妈一样，而且艾伦还是很强大的一个。

下午剩余的时间就这么迷迷糊糊地过去了，瑞秋不停地搜索着网址，寻找能与橱窗展区相匹配的图片。她承认有一些图片还不错，但都比不上她已经存在硬盘上的那些。而且说真的，会有人看得那么仔细，认出照片中的那个女孩吗？

瑞秋一边估量着自己要冒的风险，一边不停地咬着嘴唇，最后长舒了一口气，扭了扭僵硬的脖子。

"见鬼去吧。"她自言自语地说。

一个小时后，橱窗上挂满了光鲜亮丽的照片。瑞秋用力地关上沉重的木门，扭动门锁里巨大的榫眼钥匙，那把破钥匙又被卡住了，害得她要来回拧动，终于，门锁好了，她对自己的锁门技术满意地笑了笑。真不错。

回家的公交车开得很慢，但一路顺畅。当公交车停在村中央的小广场上时，一整天都藏在浓密乌云里的大雨突然倾盆直泻，飞溅的雨水打湿了她樱桃红颜色的外套。幸好她的小屋就坐落在广场后面的一角，只需在广场的草坪上快跑几步就到了。瑞秋本想习惯性地把这扇破门一脚踢开——无奈邮递员每次都要把门关严——瑞秋只得用手使劲推开门，然后闪进屋里。

一进门，迎接她的是死一般的寂静。

屋里没有谈话的声音，也没有电视机发出的背景音，就连她那个爷爷辈的老式亨利牌挂钟发出的沉重而吃力的咔嗒声都没有，显然它又坏了。

有的只是寂静，死一般的寂静。

　　瑞秋试图将这种死寂当成平静，而非孤独。她故意在短短的走廊里走得咔嗒作响，随后又把厨房和休息室的灯都打开。接着，她打开电视机，抓起遥控器，调大音量，直到屋子里的每个角落都能听到新闻主持人的声音。在驱散了屋子里的阴霾和寂静之后，她走进卧室，脱掉工作服，换上一件暖暖的松鼠绒睡衣。反正，她也不需要打动谁。

　　她突然想到冰箱里的食物，正要走出卧室去拿的时候，从衣柜门的镜子里看到了自己。她梳着马尾辫，一天的妆已经花得差不多了，看上去好像只有十五岁。睡衣也没有让她看起来更年长一点儿，何况她的身高还不到一米五三呢。最主要的是她那双又黑又大的眼睛，忽闪忽闪的，让她看上去就像小鹿斑比，天真无邪，像极了一个只有十五岁的孩子。似乎她还在上学，而且一直都是如此。这不是很痛苦嘛。

　　更讨厌的是，她的双胞胎兄弟恩尼斯可比她高，在他们还是孩子的时候，他的身上就有一种冷峻的色彩，他总能把自己伪装成一个男人，而且是一个成年人。

　　如果瑞秋也能这样做的话，过去的几个世纪就会容易得多。但是到头来，愿望只是愿望，什么也改变不了。

　　瑞秋对自己的样子感到厌恶，她啪的一声甩了下衣柜门，好让它关上再弹开。这样，镜子里照的就是房间另一边的空白墙壁了。

　　对于瑞秋来说，晚餐是一件安静的事情，从来都是如此。按说今天是星期五，电视节目要比平时好看一点儿。当然，大多数青少年都会在这时兴奋地做发型或者化妆。瑞秋一边翻看着指南，一边想象着自己也做好准备和朋友们出去的场景。

　　如果她真的是个小姑娘，也许她也会这样做。毕竟，这是一个年轻女孩都愿意出去找点儿乐子的时代。瑞秋当然也可以，没有什么能阻止她，但乐趣对她来说，就像是很久以前就消失了的东西。现在她只想——

突然，一阵有力的敲门声让瑞秋从胡思乱想中清醒过来。她吓了一跳，一口意大利面还没来得及下咽。从来没有人敲过她的门，因为她一直有意地把自己弄得有点儿像一个乡村隐士。关注她的人越少，她就可以在这里待得越久，有可能多待个一年或者两年。

她轻轻地把碗和叉子放在咖啡桌上，小心翼翼地站起身，然后踮起脚尖警觉地向走廊挪步，结果没走几步，敲门声又传来了。

门口原本有个灯泡，但几个月前就烧坏了，随后换个灯泡还是没亮，瑞秋索性就没再修了。不管怎样，她花园篱笆的另一边还有盏路灯，所以外面看起来也不会漆黑一片。然而，当她透过门上的猫眼向外窥探时，她特别后悔自己当初的决定。此时，对面的路灯让事情变得更糟，活生生地把门外的两个人照成了剪影。

幸亏门上有安全锁链。

"谁啊？"瑞秋问道，把门开到安全锁链所允许的最大限度。

"晚上好。"两人中的那个高个儿说话了，声音低沉而礼貌。屋里的灯光透过门缝照到了他们身上，瑞秋认出他们穿的是警察制服。"你一定是瑞秋吧？我是麦克奎恩警官，她是贝伦登警官。"他一边介绍，一边朝另一个警察点了点头，瑞秋看到那是个女警察。

"你们有证件吗？"瑞秋问。她暂时还没有打开安全锁链。

"当然有。"麦克奎恩警官亲切地笑了笑，掏出一张卡片。贝伦登警官在口袋里摸索了几下，也亮出了她的证件。

"你的父母在吗？"贝伦登警官问道。

瑞秋抿了抿嘴唇，琢磨了一下。如果她说父母不在，那就表示她是和父母生活在一起的，这两个警官可能会下次再来。如果她说出事实，也就是她一个人住在这里，他们就可能会问她要身份证，确认瑞秋已经到了可以独自生活的年龄。她确实有身份证，只不过身份证是假的。糊弄乐购收银台帮她买瓶酒和糊弄警察可是完全不同的事情。如果他们稍微仔细一看，就会发现在她的身份证上用工整的粗体印着的瑞秋·肯尼迪这个名字其实并不存在。她看上去这么年轻，到头来很可能会与社会服务部门纠缠到一起。不，千万别那样。

或许她可以脸皮厚一点儿，编个其他的理由。

"我和我姑妈住在一起，但她现在不在。今天她轮班工作。"

"你姑妈叫什么名字？"

"玛丽亚。玛丽亚·扬。"

"你有她的电话号码吗？也许我们可以打个电话给她？"

"什么？现在吗？"瑞秋停顿了一下，抿着嘴问，"有什么问题吗？"

麦克奎恩警官做了个鬼脸，瑞秋明白必须找个合理的理由才能把他俩打发走。幸好，那位看起来更年轻、经验更少的贝伦登警官很乐于助人。

"我们接到你邻居的电话，他们很关心你的安全。你刚才说你和你的姑妈一起住，是吗？"瑞秋不由自主地点点头。"嗯，但根据邻居的反映，她好像有段时间没露面了，所以他们担心你一个人住在这里。"

瑞秋尽力不露怒色。她敢打赌，肯定是旁边那个爱管闲事的老太婆捣的乱，她就像一个该死的幽灵，来回瞎晃，总想窥探别人家的秘密。

"我刚刚告诉你们了，"瑞秋说，"我的姑妈在轮班工作，轮的是夜班，她白天都在睡觉，所以没人见过她。"

"就算是这样，"麦克奎恩警官平静地回答，"我们还是要检查一下。如果你姑妈不在，你可以把她的电话号码给我们，或者我们等她早上下班后再来。"

"她一回来就要睡觉的。"瑞秋有点儿生气地说。

麦克奎恩警官礼貌地笑了笑，站在门口一动不动。他来过这个街区太多次，别指望用这种理由就把他打发了。瑞秋在心里不停地骂那个多事的老太婆。

"我可以把她的电话给你们，但她可能不会接。她上班时不允许随身带手机。"

"她是做什么的？"贝伦登警官问道。

这个谎越来越难圆了，瑞秋可不想给他们任何能查到的东西。

"她在一家大型超市负责整理货架，收集订单，你知道的，送货上门的订单。"

千万别问是哪家超市，她暗自祈祷。她悄悄地把手放在背后，交叉着手指，古老的迷信根深蒂固。

"你整晚独自在家，发生紧急情况怎么联系她呢？"麦克奎恩警官继续追问，声音里充满了怀疑。

"她会查看短信的。"瑞秋急忙回答，"我可以给她留言，她看到就会给我回电话。如果真碰到紧急情况，我会立即报警。"

她对两个警官轻松地笑了笑，试图让自己显得镇静些。但她的心一直怦怦直跳，手心还在冒汗。她一有机会就会致敬那个该死的老太婆。

麦克奎恩警官看起来并不相信她的话。他皱了皱眉，正要开口说点儿什么，突然被对讲机里传来的呼叫声打断了。

"好的，收到，"他对着别在肩上的小听筒说，"收到，这边马上处理完了。"

他又回过头来看看瑞秋，瑞秋尽量让自己面不改色。

"把你姑妈的号码给我们吧，我们稍后会给她打电话。不过，如果我们联系不到她，就会再回来的。在我们和监护人沟通之前，我们会一直关注这件事。明白了吗？"

"明白。"就算不明白，可她又能说什么呢？

瑞秋熟练地背出了一个电话号码，麦克奎恩警官把它记下来，又重复一遍让她确认。谢天谢地，他们转身就要离开了。就在这时，麦克奎恩警官指着那个坏了的灯泡，嘱咐瑞秋说："你们要把灯修好，这样不安全。"

"好的，我会告诉姑妈的。"瑞秋回答道，门已经关上了一半。

她扣紧安全锁链，拧上门闩，转过身靠在实木门上。总算应付过去了。这已经不是她第一次处于这么危险的境地了，但技术的进步让她越来越难摆脱这种危险的处境。

她深深地吸了一口气，拉上了屋里所有的窗帘，然后走到客厅一屁股坐下。她的手机静静地躺在面前的茶几上，时刻等待着麦克奎恩警官的来电。

2. 关上一扇门

杰米低头看了看手机屏幕，看着刚收到的信息，不觉皱起了眉头，信息的内容简直荒谬至极！加文只参加了一半的训练，教练居然打算让他首发？是的，没错！只要等到半场，他们被虐成 20 比 0 时，然后——

"杰米？杰米，你在听我说话吗？"

"噢，什么？我当然在听啊。"

"真的吗？那我刚才说了什么？"

"呃——"杰米做了个鬼脸，难为情地咧嘴一笑。卡拉瞪着那双深蓝色的眼睛，怒不可遏地看着他。他关上手机屏幕，把手机放在桌上，然后说："对不起，卡拉，宝贝儿。我刚刚看手机走神了，我现在认真听。你刚才说了什么？"

卡拉端起她的饮料，闻了闻——这是一杯加了鲜奶油和巧克力的焦糖星冰乐，差不多也是菜单上最贵的一款。她习惯性地玩起了咖啡的搅拌棒，不时发出啧啧的声音，然后把头歪向一边，金色鬈发向前垂下，遮住了她一侧的脸。杰米以前很喜欢看卡拉的侧颜，但现在他只关心卡拉会不会把饮料弄到头发上。

"我刚才说，我打算放弃生物课了。也就是，我不再需要它了，我再也不想每天坐在那里听莉安的恶毒评价了。"

“莉安？”

卡拉的表情告诉杰米，他应该知道莉安是谁，但他无论如何都不记得这个人了。她是卡拉那些狐朋狗友中的一员吗？从卡拉噘嘴的样子来看，现在肯定不是了。

她愤愤地说：“就是她在单元测试中给我惹了麻烦！本来我都通过考试了，结果麦克曼老师还是让我重考一次！”

杰米当然记得这件事。“你作弊的那件事？”

“我没作弊！”

“你说你抄了旁边的人的答案。”

卡拉怒不可遏，一绺金色的鬈发正危险地向她的杯子靠近。杰米满怀期望地看着它，但最终它没有浸到杯子里。

“是啊，本来我肯定会及格的！可这关她屁事呢？她就是为了数学课的事报复我。”

噢。现在，他想起来了。

“之前是你告诉邓巴老师，她逃课是为了和凯文·罗伯茨在一起鬼混，她不是为这事被停课一天吗？”

“你到底站在哪一边，杰米？”

砰的一声，卡拉重重地把杯子砸在桌子上，接着用力把椅子往后一撤，椅子腿刮擦着咖啡店的地板，发出了刺耳的吱吱声。这时，有几个人转头看了过来，杰米根本不理会他们，始终看着卡拉。卡拉正用一双清澈的大眼睛望着他，嘴唇都在颤抖。

“你是我的男朋友，好吧！但你知道吗，有时我觉得，你根本就不喜欢我！”

说完，卡拉转身走了，一起带走的还有那一团浓浓的香水味和那一头蓬松的金发，她的超大手提包撞在她的身体上砰砰作响。

杰米呆呆地看着她离开，他的饮料还在面前的桌子上一口未喝。有那么一秒钟，他真想让她就这样暴跳如雷地离开，但现在外面很黑。

"该死。"他抓起手机，急忙追了出去。

卡拉走出咖啡店后，急匆匆地走向山下的车站。杰米的大跨步轻而易举地缩短了他们之间的距离，眼看就要追上她了。

"卡拉！"他喊道。他知道卡拉肯定听到了，因为她的肩膀耸得更高了，而且她明显加快了速度，她的脚步如此之快，几乎是在慢跑了。"卡拉，求你了！等等我。"

他本以为卡拉不会理他，但她突然就停了下来，转过身来面向他。在昏黄的街灯下，她脸色看起来很苍白，气得嘴巴抿得紧紧的。

"听我说，我错了，好吗？"他停了下来，盯着拉卡身后的那条街道说。杰米内心其实一点儿也不觉得抱歉，因为他知道卡拉又像往常一样小题大做了。但他也知道这正是卡拉希望他说的话。

"你喜欢我吗？"她平静地问。

"什么？"杰米把目光转向她，看到卡拉正目不转睛地盯着他。她的气已经消了，转而变得有点儿心灰意冷，也许还有点儿听天由命。这是他们交往三个月以来，杰米看到的她最真实的情感，他突然感到胸口有什么东西紧了一下。他明白这是怎么回事。

"你喜欢我吗？"她又问了一次。

"这是什么问题？"

"好问题啊。"她苦涩地笑了笑，"你没有回答我，所以我已经知道答案了。"

"卡拉——"他欲言又止，不知该说些什么。他确实喜欢她这个人，而且大部分时间都喜欢。当她不是卡拉·布莱特的时候，她想让全世界都知道，特别是克雷格·内森高中的学生们。虽然杰米不喜欢她的方式，但他知道她的意思。

"我们心里都明白，我们再也不会一起骑马去看日落了。"卡拉伤心地说道。杰米伸手抓住了她牛仔夹克的袖子——她的双手都塞进了口袋——于是，杰米紧紧抱住了她。

"和你在一起的日子，我很开心。"杰米说着把下巴放在她的头发上。

卡拉吸了吸鼻子，杰米内心一阵难受。她是在哭吗？他希望不是的。杰米从来没有真正感觉到，卡拉喜欢他胜过他喜欢卡拉，但或许是他错了。

然而，过了一会儿，当卡拉从他的怀抱中退后一步时，杰米发现，她的眼睛是干的。杰米松了口气，心里也舒服了些。

"送你去车站吗？"他问道。卡拉点点头。

奇怪的是，与他们最近的三次约会相比，这次从市中心慢慢走到汽车站的路上反而没有那么尴尬。卡拉一路都笑着和他聊天，表现出他们初次约会时的机灵。只是有那么一刻很尴尬，就是当他们在候车亭等车，电子显示屏提示 X47 路车将在八分钟后到达的时候，卡拉突然转向他，犀利地盯着他。

"我们还是朋友，对吧？"

"当然。"他轻松地回答。

"所以，我能以朋友的身份问你——"

"什么？"

"你和加文一起去打橄榄球，是为了见某个人吗？"

卡拉是认真的吗？他们分手还不到一个小时。

杰米想起了他和卡拉分手前收到的短信，皱起了眉头。

"是的。"他肯定地说，虽然他不知道这件事，"那人是女子橄榄球队的。她很厉害，你不会想招惹她的。"

"好吧。"

看到卡拉脸上失望的表情，他感到一丝懊悔，但看在上帝的分上，加文在球队和杰米的女朋友那里都没有位置，即便她不再是杰米的女朋友了。谢天谢地，公交车正好来了，幸好来早了几分钟。然后，他和卡拉便上了车。当车开动时，卡拉就开始喋喋不休地谈论着理想的大学和UCAS（大学和学院招生服务中心）申请的事，显然加文已经被她忘在脑后了。

公交车停在他们住宅区的中心地带，位于城镇的南边。这一带的治安很不错，但现在已经深夜了，所以尽管卡拉住在与他相反的方向，杰米还是决定送她回家。卡拉住在教堂对面的一栋老旧的大房子里，房子周围有一堵结实的石墙，铁艺大门看起来虽然很气派，但实际上已经关不上了。杰米就在这里停了下来，虽然平时他都会把她送到门口。

"好吧，就送到这儿啦！"杰米说道，感到一阵尴尬和不舒服，"我想，我们会在学校再见的。"

"好的。"卡拉说。她对杰米笑了笑，然后走近一步，踮起脚尖，好像要吻他一样。她突然意识到自己现在的身份，赶紧尴尬地走开了。"我……好吧，回头见。"

杰米本打算等卡拉走过这条弯弯曲曲的砾石路之后再离开，但她似乎并不着急，所以他挥了挥手，就离开了。杰米双手插在口袋里，低着头，快速向小区的另一边走去。天虽然说不上寒冷，但毕竟还是三月，空气中弥漫着一阵刺骨的寒意。就在他路过刚才他们下车的公交车站时，他的电话响了。

杰米从口袋里掏出手机，看到来电显示的是"家"。他用大拇指在屏幕上滑了一下。

"我一会儿就回来了。"他说，"刚吃了个三明治，不吃晚饭啦。"

"杰米？"手机里妈妈的声音打断了他，听起来她很慌张。

杰米一下愣在了原地。"发生什么事了？怎么了？妈？"

"你爸不见了！"

杰米先是一惊，然后故作镇定地问："他没提前说他要出门吗？可能他只是去了商店什么的。你知道的，他的烟总是抽得很快。"

"没有，他没说过。"妈妈哽咽道，"他没说过，他的车还在，他的钱包也在。"

"他带手机了吗？你给他打过电话吗？"

"手机也在家！我——"妈妈突然说不下去了，这会儿她肯定哭了。见鬼！"我发现了他的药，就藏在书房里。他根本没有吃，我不知道他到底有多久没吃了。之前我觉得他好像有点儿安静，但是没想到——"

她剩余的话都淹没在断断续续的啜泣之中，泪都滴在了杰米的心里。

"没事的。"杰米说，"妈，没事的。我会找到他的，别担心！他没……留下字条什么的吗？"

就像上次，杰米找到了遗书，及时提醒了妈妈。那一次是杰米一生中最糟糕的时刻，直到妈妈发信息说她找到了爸爸，他才喘过气来。那次，妈妈直接带他爸去看了医生。华莱士医生想办法把他爸送进了一个特殊的病房，他爸在那儿待了两个星期。不过那已经是三年前的事了，所以，杰米以为这件事早就过去了。

很显然，并没有过去。

"没有，什么也没有！"妈妈哽咽着说，"我到处都找过了。杰米，如果——"

"妈，我会找到他的，放心！如果他回家了就马上通知我。"

"好的，杰米。我……我会的。"

杰米挂掉了电话，刚才在咖啡店吃的三明治，此时如同千斤重担沉在肚子里。妈妈上次找到他爸的那座桥，自从铁路修好之后，就再也不给路人通行了，但他必须到那里去找一下。他一路跑去，双脚踩在坚硬的混凝土上，脑子里快速地回想爸爸可能会去的地方：那条去垃圾站的路、那座高速公路的立交桥，还有克拉夫的树林。天哪，哪儿他都有可能去。

离桥最近的位置就在一个小型购物商场的后边，从商场穿过会快很多。前面灯火通明，薯条店的灯光盖过了其他商店，但当杰米飞快地跑到那栋又长又矮的建筑后面时，周围就是漆黑一片了。

但是没关系。十几岁的时候，他就经常在这边晃荡，所以他知道自己应该往哪边走。他快速地穿过窄道，踩上铁链栏杆，翻上翻下，费了不少劲。所以，他爸不可能走这条路——他是无论如何也翻不过这道栏杆的——但他有可能绕了很长的路，然后经过了那些房子，那些房子的围栏高度只到腰部左右。那条路要好走得多，但杰米现在已经没有时间走那边了。他麻利地爬上路堤，路堤很陡，他用双手抓住杂草，防止自己滑倒，然后手脚并用地使劲往上爬，很快他来到了火车轨道旁。

随后，他停了下来，喘着粗气。

天很黑，身后的商场灯光很亮，反衬得这边更暗了。当他打开手机上的手电筒时，刺眼的光芒似乎能穿透他的手臂。他把手机手电筒照向铁轨，当下一列火车开过来的时候，他可不想摔倒受伤，或者像俗套的西部片里的受害者那样摊开四肢等死。

"爸！爸！"在一片寂静中，他的声音显得太过响亮。等到他走到桥中央时，才意识到桥上的轨道有多窄，桥下的房屋有多矮，而桥旁的陡坡又有多高，一下子让他感到后背发凉。

但是，这又怎样呢？毕竟，他来这里是为了找爸爸。

"爸！"杰米又叫了一声。他想听听有没有任何回应，但听到的只有自己怦怦的心跳声。除了火车轰隆隆的响声，他什么都听不到，火车就在他身旁疾驰而过。

细思极恐，他猛地转过身来，看向身后的一片漆黑，希望看到点儿什么，结果什么都没有，前面也没发现什么，杰米期望这种情况不要持续太久。

"爸，你在吗？"他爸不在这里，杰米很确定。空气中弥漫的那一丝寂静和空虚，告诉杰米这里只有他一个人。尽管如此，在去下一个地方之前，杰米还是打算仔细地检查大桥的每一个角落。

难道是杰米想错了，错过了什么……

他脑海中闪过马克葬礼时的画面。一具棺材，被小心翼翼地盖上。如果警察当时搜查得更仔细一点儿，马克的汽车残骸会不会在他失血过多之前找到呢？爸爸现在会在那里吗？

"爸！爸，你在吗？"

什么动静都没有。只有黑夜，在凝视着他。

杰米知道他的时间已经耗费不少，不能在此逗留了。他并没有原路返回，而是跑过桥，来到一个道路两旁长着茂密树林的地方。虚度青春也给他带来了另一个好处，让他知道桥下有一条羊肠小道。这条小道周围很安静，两侧只有几间农舍，还连着几条人们踩出的小路。如果这边发生了什么事，可能要过几个小时，有人偶然路过时，才会被发现。

他只是想再去确认一下。

这一次，他懒得喊了，脚下很滑，他跟跟跄跄地走在陡峭的山坡上。如果他爸滑到山坡下面的话，根本没法回应。此时，他手机上的手电筒发挥了作用，桥拱的黄色砂岩把光反射回来，一眼就能看清，那边什么也没有。杰米痛苦地吸了一口气，他竭力控制自己不要抽泣，不禁打了个寒战。

天哪，就算他爸有个意外，他也一定要找到爸爸的尸体……

千万别有意外！他立刻打消了这个念头，把注意力转移到下一个地方：高速公路立交桥。

应该不会太晚，不会的。

杰米马上向立交桥赶去，走到一半的时候，手机响了。他把手机攥在手里，用手指按着扬声器。他差点儿错过了这个电话，是亮起的手机屏幕提醒了他。他停下来一看，是妈妈打来的。

他慌乱地滑动屏幕，滑了三次才成功解锁。

"找到他了吗？"杰米急切地问。

"找到了！"妈妈在电话那头哭着说。

"他没事吧？"汗水和泪水已经模糊了他的视野，杰米擦了擦他的眼睛，问，"我能和他说句话吗？"

"他不在这儿。"她回答道，声音仍然哽咽，"一个遛狗的人在河边发现了他，你爸让那人给家里打了电话。"她顿了一下，急促的呼吸声让杰米明白她要撑不住了。"你能……你能去见他们吗？那个人说你爸有点儿不舒服，我不确定我能不能开车。我一直在发抖。"

"我去见他们。"杰米同意了，"他有告诉你他们现在在哪里吗？"

"他说他们在一个渔夫的小屋旁边，你知道那里吗？"

"行，我知道在哪里了。我就在附近，告诉他们，我十分钟之内就赶到。"

虽然最可怕的事情没有发生，但杰米仍然觉得有必要迅速赶到那里。由于身心俱疲，特别是悬着的心突然放了下来，杰米感到两腿发软，但他仍然努力地向前走着，因为他担心一旦放慢脚步，两条腿就会完全瘫倒在地面上。在他疾跑着拐向河边的小路时，树叶不停地从他身边滑落。渔夫的小屋并不远，就在岸边，河的拐角处。杰米先听到狗叫，然后看到两个人影：一个站着，正弓着身子；另一个坐在地上，那一定是他爸。他没有躺在冰冷潮湿的地面上，而是坐着，为什么不是站着呢？他们为什么不走到有灯光和公路的地方去呢？

"爸！"他大喊，在离他们还有一百米远的地方。地上的人猛地抬起头来，但他还是坐在原地，根本没想站起来。

"你是杰米吗？"站着的那个人，也就是那个遛狗的人，喊了一声。

"是我。"杰米回答道，走到他们旁边停了下来。他的注意力几乎完全集中在爸爸身上，匆匆一瞥，发现遛狗的是个老人，至少有七十岁了。老人的狗是一只超大的拉布拉多，现在已经不叫了，正高兴地朝着杰米摇尾巴，探出鼻子寻找食物。

"我很高兴你来了，"老人说，"我一个人扶不起他。河水快把他冻僵了，我想叫救护车，但他不让。"

"爸？"杰米轻轻地喊道。

"我没事，儿子。"爸爸一脸疲惫地说，声音听起来像那个遛狗的人一样衰老，他的头重重地垂着。他抬头看了看杰米，他的面色苍白，头发紧贴在额头上。

"爸……你刚才掉到水里了？"

杰米看着眼前这条河，一脸疑惑地问。河水依旧平静地流着，月光勾勒出它蜿蜒起伏的轮廓。河流看起来很温和，但由于最近下了大雨，上升了几英尺，底下的水流非常快。

"天哪，爸，你在想什么啊？"

爸爸的表情告诉了杰米他当时在想什么，杰米差点儿咬掉自己的舌头。

"我见他走来走去，浑身都湿透了。"老人小声地插话，"一开始，我还以为他是个酒鬼，但后来巴尼走过去和他打招呼。噢，你知道巴尼很会看人的。我一下就知道有什么不对劲了。"

"我 —— 谢谢。"杰米说，眼睛从他爸身上移开，对遛狗的人感激地笑了笑。

然后，他才意识到那个人说的话：他发现他爸时，他爸浑身已经湿透了，这说明他爸是自己从河里出来的。

"爸？你能……你能站起来吗？"杰米伸出一只手，想要扶他起来，但他爸却紧紧地抓住了他的手。

"对不起，"他粗声粗气地说，"我真的很对不起。我以为这是我唯一可以做的事情，但后来我 ——"他摇摇头，嘴唇紧闭，说不出话来。

"没事的，爸。"杰米轻声说，"没事了，咱们现在回家吧！好吗？"

"好的，儿子。咱们回家。"

那个老人虽然也试着帮杰米一起把他爸扶起来，但显然他更像是在帮倒忙。随后他们步履蹒跚地向公路走去。爸爸浑身冰冷，一个劲地打着冷战，杰米只想赶紧让他回到室内暖和暖和。

当他们离开小道时，一辆车开了过来，杰米停住了脚步，因为他认出了那辆白色的小掀背车。只见女司机猛踩刹车，瞬间跳出车门，一脸憔悴，泪痕斑斑。

"没事的，妈妈，"杰米说，"我找到他了。"

3. 过去的呼唤

水，到处都是水，冰冷地舔舐着她的皮肤，如蛇般游走，钻进她的耳朵、鼻子和嘴巴。

瑞秋使劲地扭来扭去，拼命地寻找水面，但她被水流完全包围，根本没有光亮能指引她找到水面。她慌乱地伸出手，在水里胡乱地拍打，在她面前的水流如同一只大手肆意挥舞。这只手太大、太有力了，然后，就击中了她。

这不是她的梦。

这是恩尼斯的梦。这只能是恩尼斯的梦。她有多少次做过类似的梦？上千次，还是上万次？但从来没有像这次这样的。之前的梦里，她一直都是站在岸边看着，看着恩尼斯掉入水中，看着水面不停地冒出泡泡，然后她无助地向他走去。她想去救他。

但这次不是。

即使知道梦里的不是她也没有用，她感觉自己在水里越陷越深。她的胸口胀痛，喘不上气来，四肢因寒冷和缺氧而感到刺痛。周围的水吞噬着她，推着她，拉着她，就是不肯放手。随后，理智消失了，瑞秋唯一能做的就是在心里无休止地尖叫。

她就要死了。在过去的六百年里，她渴望死去，乞求死去，但不是像这样死去。

绝不是像这样地死去。

她被困的身体已经放弃了挣扎，渐渐麻木。恐慌随即消失了，留下了一种怪异的平静，一种从未有过的平静。

她的眼前不断地闪烁着星星，但等到她在深渊中越陷越深时，所有星星都消失了，一个接一个的。

躺在床上的瑞秋猛地坐了起来，大口地喘着气，一只手捂着胸口。她的睡衣已被汗水浸透，贴在身上，浑身凉飕飕的。她伸手抓起身下的毯子，一把裹在身上。

天哪，这真是个梦啊！

不，这不是梦，是预兆。瑞秋没有预兆的能力……但她哥哥有。

瑞秋的哥哥——恩尼斯。瑞秋已经五百多年没有见到他了，但她每天都在想着他。如果不想他的话，她又怎么会每晚都梦见他呢？在被他抛弃的那个夜晚，瑞秋被那些愤怒的旅店老板当场抓住，手里还拿着一袋鼓鼓囊囊的赃款。从那以后，她每晚都会梦见恩尼斯。瑞秋因此被鞭打，伤口也感染了。她本该死的，但她没有。

没过多久，她就发现恩尼斯预见过这件事，警告他会有危险，这就是他逃跑的原因。又过了一会儿，她才把这件事情和刚才的梦联系起来，意识到恩尼斯曾经看到了他自己溺水而亡。他逃跑了——离开了她——但他并没有死。瑞秋明白，如果恩尼斯预见过这件事，她会感觉到的。

在那之后，十年过去了，瑞秋意识到自己不会变老。又过了十年，她发现自己死不了。

一百年过去了，瑞秋完全明白了一个可怕的事实：她永远不会死。

在数不清的闲谈中，她曾无数次听别人说：多么希望可以长生不老，多么希望可以永生，永远年轻。呵，让他们活去吧。过去的六百年对女人可不友好，当然，对瑞秋也是。虽然她的皮肤可能和她十七岁时一样，没有瑕疵，也没有皱纹，但在内心深处，她却感到伤痕累累，容貌早已被毁得面目全非。

或许在未来的某一天，人们真的可以长生不老，这个世界也会变得更加公平。瑞秋不知道，她希望自己不要活到那一天，她已经受够了。

她又想到了刚才那个梦。

经过这么久，梦里的人变了，这意味着什么？会有什么不同呢？溺水的恐怖场面在她的脑海中历历在目，她不寒而栗。如果这就是恩尼斯预见的事情，瑞秋就能理解他为什么离开了。

但那并不意味着瑞秋会原谅他。

瑞秋不由自主地摇摇头，看了看时钟，才凌晨五点，现在起床还太早——而且今天是周一，她的书店不用那么早开门——当然，她也不可能在书店开门之后再回来睡觉。她从床上滑下来，穿上拖鞋。屋里冷冰冰的，锅炉的指示灯又熄灭了。她现在可没心情花一个小时，让那个老旧的锅炉再次运转。但谢天谢地，小屋的厨房里有一个壁炉。这是一个小壁炉，烟囱一直没有清理干净，但它终于派上用场了。

她的手抖得厉害，划第一根火柴时，直接把火柴掉到了地上，还好第二根划着了。她做早饭的时候，炉火已经很旺，厨房里也已经热烘烘的了。屋子的面积很小，就算把屋子里所有的门都敞开，室内还是可以保持一个不错的温度。

如果瑞秋穿件毛衣，或许她能在没有锅炉的情况下，撑到明天。

瑞秋吃早饭时，又想起了那个梦。为什么梦变了呢？为什么是现在呢？恩尼斯一定做了什么，虽然她想不出他到底做了什么，但她很确定恩尼斯没有死。问题。

全是问题，却没有答案。

再加上女巫突然出现在她的店里……嗯，瑞秋不喜欢巧合。

她把碗和勺子扔进水槽里，对于那些避免不了的事情，她也无可奈何。瑞秋走到玄关，用双手撑着地面，双膝跪下，把佩斯利图案的长条地毯往后拉了拉，免得光着的脚踩在冰冷的木地板上。她看了看通往地下室的小门，门上的黄铜把手在晃动的灯泡的灯光下，好像在对她眨着眼睛。这就是她会买这个破旧的小屋，并且甘愿忍受漏风、破烂的锅炉以及其他所有缺陷的原因。因为它有个地下室。

地下室的空间狭小，没有窗户，但瑞秋让电工设法在里面接了一根电线，所以至少还有一盏灯。瑞秋小心翼翼地走下布满裂纹的石阶，进入地下室，她仿佛能感觉地下室在欢迎她的到来。地下室里有两面墙是裸露的水泥，另外两面墙则是和屋外一样的砖，地板是水泥地。这个狭小的空间里不仅有股霉味，还很压抑，瑞秋用她自己织的帘子盖住了墙壁，还在地面上铺了草席，这样她长时间跪在上面就会舒服一些。对了，她还有个坐垫。腿抽筋的时候很难集中注意力。

架子上摆满了不同年代的瓶子，这些瓶子都是瑞秋花了很长很长的时间收集来的，在角落里还放着一张小桌子。但真正让地下室变得满满当当的是一根残存的树桩，虽然它在地下室显得格格不入。树桩的底部很宽，足以立起来，能达到一米二高，大约是到瑞秋腰部的高度。瑞秋一个人费了好大劲才把它弄到这里，就算她相信别人会帮助她，她也不会允许任何人触碰这个树桩。

她的血曾经流到这棵树上。

她曾经和这棵树一起被焚烧。

她走到树桩跟前，伸手去摸那发黑的树皮，摸上去凉凉的。几百年来，她一直重复着同样的动作，这块树皮已经被她摸得滑滑的。当时，她被绑在这棵树上，火焰在她的身上高高燃起，她还记得背靠着的那块树皮很粗糙，她不顾一切地扭动着身体，拼命想挣脱……这根树桩总能给予她奇异的力量，能让她因此获得慰藉，她用手指轻轻地抚摸着树桩的表皮，找寻她曾经苦苦雕刻的符号。

火焰，保护，能量，生命，真相。

女人。

还有其他的符号。它们对着她歌唱，刺痛她的指尖，随时准备回应她的呼唤。

在她意识到自己要做什么之前，就已经不由自主地走到了那些架子旁边。她准确无误地从架子上取下了熏香和干的薰衣草叶，停顿片刻之后，抬头看了看一个小盒子。那个小盒子放得比较高，她必须踮起脚尖才能够到。拿盒子时，她的手指关节碰到了地下室顶。她把这些东西都放在树桩下面，然后从桌子上拿起一根火柴擦着，接着用这根火柴去点燃散布在房间各处的蜡烛。由于蜡烛太多，火柴就要燃尽，差点儿烧到了她的手指。瑞秋晃灭了那根火柴，又从火柴盒里抽出一根，随即跪到地上，把熏香放在陶瓷托盘上，这个托盘是她在书店对面的一家小精品店里买的。

熏香的烟雾立刻飘了起来，萦绕缥缈，甜美而刺鼻。瑞秋吸了吸鼻子，忍住想打喷嚏的冲动。她从来不喜欢这个味道，在这个密闭的空间里，烟雾悬在空中，厚厚的、浓浓的。

瑞秋不顾太阳穴里已经开始产生的悸动，抓起一把干干的薰衣草，撒在树桩底部，干花瓣在闪闪发光的乌木映衬下，就像一朵朵美丽的紫色浪花。树桩很喜欢薰衣草，这很不幸，因为瑞秋不喜欢它们刺鼻的味道，就像她不喜欢熏香一样。但是没关系，一会儿她就什么也闻不到了。

她小心翼翼地拿起那个小盒子，打开它。里面的东西剩得不多了，但话说回来，一点点就足够了。她用手指在盒子里捏扯下几根干燥的鬈发，把它们放进有熏香的托盘里，看着它们，一开始好像还能抵住火的炙烤，但很快就开始冒烟了。瑞秋弯下腰，吸了一口气，开始感觉到身体有了变化。

渐渐地，她脱离了自己的身体——她的手，搭在大腿上；她的腿，蜷缩在她身下的地面上；她的眼睛，也在地下室昏暗的烛光下闭上了。唯一能把她束缚住的是她的声音，当她开始吟唱时，喉咙微微地颤动着。

瑞秋试着静下心来，清空自己的思绪。当和熏香一起焖烧的小鬈发释放出气体时，她感觉自己在摇晃。她的意识飘忽不定，她伸出手，寻找联结。她尽量不去看，也不去想。因为她的经验告诉她，会有什么展示在她眼前，所以她最好能满足于此。

毕竟，愤怒的灵魂可不受人待见。

她的脑海中突然闪过什么东西。它停留的时间很短，还没等她把注意力转向它，它就消失了，但她捕捉到了它闪过时的色彩与运动轨迹。兴奋的、接连不断的、响亮的笑声，还有棉花糖和爆米花的味道，是一个……嘉年华？

可能吧。

她张开意念的双臂，表示欢迎，希望幻觉能再次回到她的脑海中。然而它并没有，但别的事情发生了。一股巨浪淹没了她的意识，顿时什么也看不到了。她想往后退，但波浪缠住了她的身体，把她死死地压住，迫使瑞秋接受它冰冷的分量，直到她感觉自己就要被压碎。

瑞秋猛地睁开眼睛，一声刺耳的尖叫在这狭小的地下室中回响，这是瑞秋的尖叫。过了好一会儿，她才意识到自己正躺在地上，于是她慢慢地爬了起来，肌肉僵硬酸痛，好像自己真的被巨浪击打了一样。她希望是自己的脑子坏掉了，但她的思维却清晰敏锐。地下室已经没有熏香的刺鼻气味，也没有她烧过的薰衣草的味道。她躺在地板上昏迷多久了？

她看了看表，睁大了眼睛。都下午三点了，看来已经过去了几个小时。

好吧，这就解释了为什么她感觉自己被打了一顿。

既然错过了午餐，瑞秋觉得早点儿吃晚饭也未尝不可，她弯腰捡起熏香托盘和薰衣草。她停顿了一下，把托盘放回原处，手里捧着紫色的花瓣。她轻轻地拿起一朵，用手指拨了拨。

花湿透了。

究竟是怎么回事？她的心怦怦直跳，仔细检查了地面和树桩的底部，都是干的呀。她又看了一眼头顶上，确认顶上没有渗出任何东西。

她迷惑地坐了回去，凝视着这些花。这些幻觉不是她的，她对此从来没有怀疑过。是恩尼斯溺水了。那为什么自己突然也被拉进水里了？

她又想到了她所看到的那一闪而过的、逼真的光亮，一眼瞥见的嘉年华。那和它有什么关系？

恩尼斯会在那里吗？她没有看到他在那里，没有听到他的声音，也没能感应到他的存在。她甚至没有从这个地方感受到任何一种情感，没有恐惧，也没有喜悦或不祥的预感。没什么可继续下去的了。

瑞秋觉得自己的努力收效甚微，但还是拍了拍树桩，表示感谢。她感觉很疲惫，然后便上楼去了。比萨，也许吃块比萨会让她感觉好些。

4. 虚假声明

　　"嘿，哥们儿，没事吧？你已经郁闷一整天了。"杰米最好的朋友肯尼用胳膊肘推了他一下，把他从恍惚中拉了回来。

　　"什么？哦，没事，我挺好的。"其实他并不好，虽然有心事，但熙熙攘攘的学校餐厅也不是倾吐心声的好地方。杰米只能强颜欢笑，继续拌着他面前的那碗意大利面。当他意识到肯尼、约翰和克里斯都坐在桌子旁盯着他时，他停下来，问道："怎么了？"

　　"我刚才问你进展如何，昨天晚上？"克里斯提示道。

　　"嗯？"杰米惊讶地看着克里斯，感觉被浇了一头冷水。他怎么会知道昨晚的事？

　　"和卡拉？"克里斯再次提示道。

　　"哦。"

　　"哦？那应该不是什么好事吧？"肯尼朝他咧嘴笑了笑。

　　"的确。我是说，的确不是什么好事。我们分手了。"

　　"她甩了你，是吗？"约翰问，"总算有点儿理智了！"

　　"她没有甩我！"杰米愤怒地回答，"是我甩了她。嗯，不是。等等，也算不上谁甩了谁。我们就是和平分手了。"

　　"卡拉甩了他。"肯尼打趣道。

"她没有甩了我。我们只是……我们不合适。"

"好熟悉的桥段啊。"

杰米朝克里斯竖起了手指，并努力地对那三张傻笑的脸，露出了友好的笑容。

肯尼说得没错，但他内心很平静。因为他的心思根本不在学校，而在家里，在他爸那里。他也不太担心他爸，因为妈妈请了一天假，她会像老鹰一样盯着他爸。但他担心……

天哪，其实什么都担心。

爸爸还要回医院吗？和他一起继续生活会是什么样子呢？

他还会再做傻事吗？

要怎么做才能防止以后再出现这种情况？

他有一大堆的问题，却都没有该死的答案。妈妈今天早上让他回学校，他才稍微松了口气。虽然这次没出人命，但他心里仍然很愧疚，因为他想逃离那个家和笼罩着他们家的阴霾。现在他却要专注于数学课，还要和他的朋友们开他爱情生活的玩笑。

这不是他真正想要的。

"别担心，杰米，"约翰说，看到杰米强颜欢笑，约翰感觉他们有点儿过分了，"我觉得你会找到更好的。"

"但他找不到比卡拉·布莱特更漂亮的了，"克里斯摇摇头说，"如果不靠他那张脸的话。"

这次杰米确实笑了。他的脸，就像克里斯所说的，还不错。为此，克里斯常常抱怨，因为杰米的这张脸吸引了很多女孩的关注。也难怪克里斯会抱怨——他自己脸色苍白，斑又多，而且还长了两只招风耳。

"你不过是嫉妒罢了。"

"他肯定是嫉妒了。"肯尼说，克里斯朝他扔了一块涂满番茄酱的薯片，他急忙躲开了，"别生气，克里斯，你很有个性的。"他用手指画双引号，把"个性"这个词着重地读出来。

"他是很特别。"约翰表示认同。

克里斯皱起了眉头喊道："你们都滚吧。"

铃声响了，他们起身分道扬镳，克里斯和约翰要去上现代学的课，而肯尼和杰米要去顶楼上英语课。肯尼他俩不紧不慢地走在后面，现在是人最多的时候，等大部分同学找到教室，他俩就用不着和半个学校的人摩肩接踵了。这时，肯尼又用胳膊肘碰了下杰米。

"你真的没事吧？"

"没事。"

肯尼点了点头，他好像知道怎么回事了。他是杰米的朋友中唯一知道马克死后发生了什么的人。

"是你爸吗？"

杰米点了点头。

"你想聊聊吗？"

"我 ——"他既想，又不想。也不是说完全不想，只是不想在这里讲……但他的确需要找个人聊聊。他宁可向肯尼吐露心声，也不愿向妈妈倾诉。如果杰米愿意和她讲，妈妈当然会耐心地听，还会感到很高兴。但随后，她只会担心，她担心的事已经够多的了。"可能要晚点儿吧？"

"好的，没问题。"他们在顶楼的楼梯上停了下来，英语教室就在几步远的地方，"那咱放学后见？"

杰米做了个鬼脸，说："今天不行。"

"那就明天吧。如果你愿，咱们把数学课翘了。"他咧嘴笑了一下。

肯尼知道杰米有多讨厌数学，主要是因为他数学很烂。"或者明天放学后也行，我在附近等你。"

"我已经在补数学了好吧。"杰米提醒他，"到时候给你打电话？"

"随时都可以给我打电话，哥们儿，说真的。"

"谢了。"杰米使劲点了点头，突然感觉自己好像哭了一样羞愧，然后便快步走进教室。

通常，杰米从学校坐公交车回家，能比步行省一半的时间，而且作为学生，他可以免费乘车。不过，虽然今天的天气寒冷潮湿，还有点儿阴郁，他却决定步行回家。因为他并不着急回家，在上第三节课的时候，妈妈给他发了短信。

今晚开个家庭会议。芒罗长老会一起参加。

天哪，这不正是他想要的嘛。杰米轻蔑地哼了一声，想象着芒罗长老对他亵渎神明时的反应。上次芒罗长老来的时候，杰米对他的瞎掺和很恼火，而且当时还表现出来了。妈妈为此一个星期没跟他说话。所以这次他必须表现得好点儿，但该死的，为什么又是他？

为什么妈妈非得把教堂牵扯进来不可？

爸爸可没去过教堂，据杰米所知，爸爸甚至不相信上帝。

杰米很恼火，因为他不得不忍受长老的那些所谓的关怀，他拿出手机给妈妈发短信，说他可以在八分钟之内出现在妈妈面前，但他清楚自己根本做不到。

为什么芒罗长老要一起参加？你问过老爸想让他来吗？

没过多久，短信就来了，杰米一下子愣在原地。

是你爸叫他来的。

好吧。杰米不知道该说什么，于是把手机塞进书包，把冻僵的手揣进口袋，尽可能让余下的路程变得漫长些。

当他拉开花园的大门时，妈妈正从客厅透过窗户向外看，一看到他，就皱起了眉头，赶紧挥手让他进来，还生气地指着她的手表。杰米抱歉地耸了耸肩，转身把门关上，背对着妈妈翻了个白眼。当门底擦到铺路板时，他畏缩了。

当杰米再次转过身来时，妈妈已经把前门打开了。

"你怎么回来得这么晚？"

"法语老师留我谈话了，"杰米撒谎说，"我的作业做得很糟糕。"

妈妈长长地叹了口气，用手拍了拍他的背，几乎是把他推了进去。

"你浑身都湿透了，没坐公交车吗？"

"没有。"

"上帝啊，杰米！"

"芒罗长老来的时候，你可千万别这么说。"杰米真有点儿受不了妈妈，结果他的胳膊被狠狠地打了一下，作为对他厚脸皮的奖励。

"赶紧去换件衣服，好吗？穿件体面点儿的衣服，别穿那些邋遢的短袖！"

杰米悻悻地朝楼梯走去，到了楼梯跟前，他停了下来，把书包扔在地板上，又把夹克挂在栏杆上。从这里，他可以看到整个走廊和客厅。他爸正坐在扶手椅上，胳膊肘搭在膝盖上，耷拉着头。那把椅子很大，但即便这样，他看起来却……很瘦小，好像上次掉到河里让他缩水了一样。

或者说吸走了他的一部分生命。

杰米看着他的样子，不禁打了个寒战，顺手把运动衫的领子拉高了些。爸爸笨手笨脚地伸手去拿纸巾盒，从里面拽出了一张纸巾，当他冲着手里的白色纸巾猛咳了几声时，杰米吓了一跳。

"你没事吧，爸？"

他没法立刻回答，不得不先抬起一只手，平复一下抽搐着的胸口。

"没事，儿子。"他总算缓过来了。"只是——"喀，喀，他咳嗽着说，"只是感冒了。就是典型的感冒，明白吗？"

杰米给了他一个更像是鬼脸的微笑，爸爸这病似乎比感冒严重得多。杰米还没来得及说什么，妈妈就从厨房回来了，她刚才可能在厨房里擦台面，尽管台面早就很光亮了。

"杰米！"她一边喊道，一边从栏杆上拎起他湿漉漉的夹克，"你还不赶紧上楼？快一点儿，芒罗长老马上就到了！"

说完，妈妈匆匆忙忙地走开了，嘴里不时地喃喃自语，嫌弃地伸直了胳膊拎着杰米的夹克。杰米迈着沉重的步伐，慢慢走上了楼梯。

一进自己的房间，杰米就把校服上的领带扯了下来，扔到床尾，领带的结还打着。他把衬衫放进了洗衣篮，然后麻利地脱掉了裤子，还习惯性地闻了闻，每条裤脚都沾着泥斑。杰米知道，如果他表现得不好，妈妈就会把他赶上楼。接着，他穿上他最好的一条牛仔裤和一件他很讨厌的、很厚的麻花针织衫。每次他都是冻得不行了，才穿上这件针织衫，妈妈总是会为此唠叨一番。

杰米准备好了……但他还没有准备好面对楼下的场景。他胡乱地翻动着桌上乱七八糟的课本和试卷，突然发现了昨天要交的一份数学作业，他本以为把它弄丢了，原来在这里。纸上还是一片空白。如果看到他是在做作业，他觉得妈妈就不会埋怨他在楼上等芒罗长老了。于是，他坐在书桌前，眼睛盯着纸上一排排整齐的方程式。

噢，现在他知道之前为什么没做这个作业了。

原来，杰米要做这个难如天书的作业，需要用到放在楼下书包里的课本，明明是因为自己懒，他还为自己找了个冠冕堂皇的理由——如果看课本，就达不到练习的目的了。另外，他琢磨着，就算有课本，他也做不好。但是，肯尼擅长数学啊。只要在交作业之前让肯尼帮着看一眼，告诉他有没有明显的错误，又或者干脆告诉他怎么做，不就行了。

这时，门铃响了，杰米正在解倒数第二个方程式，他已经纠结了整整十分钟，因为它包含负数。他知道，就是这个负数让解这道题变得困难重重，但他真记不起来老师是怎么教的了。他停了下来，手里拿着笔，听到妈妈踩在走廊地板上发出的嗒嗒嗒的急促脚步声。她肯定穿了高跟鞋，显然，她不会穿着拖鞋去见芒罗长老。可是，如果杰米不脱鞋，就甭想进家门。唉，算了，算了。

可能她不会让芒罗长老脱鞋。

想到这些，杰米叹了口气，继续回到刚才那个方程式上。他知道自己根本解不出来，索性就开始潦草地乱写，等待着不可避免的事情发生。

突然，妈妈轻轻敲了一下门，然后探进头来。

"你没听见门铃响吗，杰米？芒罗长老来了。"

"我在做数学作业。"他指着那张纸回答。

"现在？"妈妈疑惑地摇了摇头，"你不能晚点儿做吗？我都跟你说过了，这是家庭会议，你是这个家的一分子。"

我是，杰米闷闷不乐地想着，但芒罗长老不是。

"至少让我把这个方程式解完吧？如果我晚点儿再回来做的话，之前的思路就忘了。这道题真的很难。"

"好吧，但我希望你五分钟之内下楼。好吗？"

杰米点了点头。

"我是认真的，杰米。如果一会儿还要我上来叫你，那么一周之内，你就别想和你朋友出去，包括去橄榄球队训练！"

啊，还是妈妈最懂怎么戳他痛处。

"五分钟，就五分钟。"杰米回答，"也许不用五分钟。"

实际上，他不到一分钟就做完了这道题，主要是因为杰米已经不再关心他是否做错了。剩下的四分钟，他就站在楼梯台阶上，听着楼下传来的声音，有妈妈刺耳的笑声，也有芒罗长老低沉的说话声。爸爸好像没怎么说话。

他深吸了一口气，开始下楼。

"哦，杰米！"当他出现在客厅时，妈妈吓了一跳，但笑得很开心，似乎杰米的出现是一种意外的乐趣。好像刚才她威胁杰米的事压根没发生过，要知道，五分钟前，她还警告杰米，不准时下楼，就再也没有社交生活了。"你来了，还记得芒罗长老吧？"

"你好啊，杰米，很高兴再次见到你。"

"您好。"

芒罗长老绝对名副其实。他看上去七十多岁，脸上布满皱纹，头发乱蓬蓬的。不过，他的眼睛炯炯有神，把杰米吸引住了。长老和妈妈坐在沙发两端，爸爸则坐在与沙发对着的扶手椅上。如果杰米想坐下来，就不得不挤在妈妈和长老中间，动弹不得。所以，杰米决定，就让自尊心受点儿打击吧。于是，他退到角落里，在盆栽旁边的地板上坐了下来。

"好吧，既然大家都到齐了，那我们就开始吧。"芒罗长老坐着，身体微微前倾，双手紧扣夹在两膝之间。

杰米皱着眉头看着地毯上黑乎乎的斑点，妈妈曾把一整杯咖啡都洒在上面，后来怎么也擦不干净。芒罗长老为什么要多管闲事？他为什么要来这里，他有什么权利做这种事情？

这本来应该是爸爸做的事情，如果他不做——或者没法做——那么应该是妈妈做才对。但没有，在他们两个看来，芒罗长老就好像知晓宇宙中的所有答案一样。然而，现在说什么都没有意义了，所以杰米只是使劲咬住自己的舌头，试着把自己的面部表情锁定为一个可以被原谅的不满青少年。

"我们今天在这里，是因为我们有一个共同的利益，也就是这个家庭的健康和幸福。现在，家庭不和谐。我希望能够帮助你们，让家庭和睦。"

去他的。

杰米抬起眼睛看着妈妈，妈妈怒视着他，希望他别乱说话。他又看了爸爸一眼，爸爸正全神贯注地盯着芒罗长老，就像一个快要淹死的人在拼命地抓着救生筏一样。杰米真受不了，所以他再次看着地毯。

"现在，凯伦，你成为我们社区委员会的一员有段时间了——"实际上，自从马克出事以来，当爸爸躲在酒瓶子里时，妈妈就躲在了社区那里，而杰米只是想躲起来。"约翰，我很高兴听到你说意识到上帝的力量了。上帝可以为你提供此时所需的疗愈和安慰。"他稍作停顿，"我能希望杰米也加入我们吗？"

不，该死的，杰米不会加入的。他等着妈妈为他找个借口，结果妈妈并没有帮他。在沉默了好一会儿之后，杰米已经感到牙痒痒了，最终他还是放弃了，低头看着沙发。

这时，妈妈已经从愤怒变成了恳求，而芒罗长老似乎也在用他的眼睛向杰米发起挑战。

然而，挑战并不被接受。

"这个与橄榄球队的训练冲突了。"杰米说。

对于这个理由，杰米认为是一个相当完美的借口，但芒罗长老显然不赞同。

"我们在一周的不同时间都可以提供服务。如果这些都不适合，我们还有青年组的，你可能会更感兴趣，就不会觉得闷了，怎么样？"

"我对您那些关于耶稣的东西一点儿都不感兴趣。"杰米吐了一口唾沫，压力之下，他被迫说出了这样无礼的话。

芒罗长老对他的话没做任何回应，只是平静地笑了笑。"我们可远不止这些，杰米。我们的组织是以社区为基础的。有些人是因为和我一样有信仰，但还有些人是为了陪伴，想要为他们的社区做些有用的事情。"

经过一番周旋，杰米觉得撤退是最好的战术。

"我会考虑的。"他含糊地说。

"太棒了。"芒罗长老说，就好像杰米刚刚同意每周坐在教堂的第一排一样，"现在，我们谈谈最近发生的事情，正是因为这些事情导致了目前的危机，嗯，'危机'，我想这是一个很贴切的词。约翰，你想说点儿什么吗？"

爸爸看起来什么都想做，但他脸色苍白，嘴唇下翻。他虽然张开了嘴，但好像是被强迫的一样。

"我……那是一段黑暗的时光。我不知道为什么，那时我停药了。我知道吃药对我有帮助，但我，嗯，那时我不想被帮助了，你知道吗？"

他无助地看着芒罗长老，当长老对他鼓励地点点头时，他似乎稳定了下来。

"我觉得我应该承受痛苦，我活该那样。之后，我就不能思考了，好像什么也看不见了，任何美好的事物都看不见了。"

爸爸的表情无法掩饰对妈妈的愧疚。杰米有意回避直视爸爸的眼睛，他怕自己会受不了。

"没关系的，约翰。"妈妈说。她听起来好像要哭了，杰米在地板上扭动着，想要逃跑的冲动紧紧抓住了他。

"我去了河边，我想……我只是想逃避，不想——"

不想再活着。杰米在脑子里替他说了出来。杰米知道爸爸黯然神伤，知道他情绪低落，服用药物，而马克的死是这一切的催化剂。杰米都知道，但并不在乎。他也是杰米的爸爸，为什么就不能为杰米而活着？

"其实你一直都在寻找答案。"芒罗长老用那低沉而舒缓的声音说。

长老的话瞬间引爆了杰米内心的苦闷。

"他想自杀。"杰米怒气冲冲地说，他已经厌倦了每个人都在小心翼翼地回避这个事实，"他企图自杀！"

"不，不是的。"芒罗长老不赞同，"这是求救的呼声，而且上帝也听见了。上帝是仁慈的神，他明白从悲伤中走出来有多难。你哥哥马克也想要——"

"胡说八道！马克根本不相信上帝。按照你们的说法，就是说他在地狱里被烧死了，是吗？"

当杰米听到妈妈急促的喘息声时，他渐渐从愤怒中平静下来。因为他意识到妈妈也相信上帝，她对死亡的看法和长老一样，但现在为时已晚了。

杰米沮丧地看着妈妈，但道歉的话却卡在了喉咙里，他能想到的话都很蹩脚，理由也很不充分。

最后是爸爸开口了。

"杰米，我的孩子，"他平静地说，"我需要上帝，好吗？我迷失了，我……我甚至都不知道该怎么解释，但我确实需要帮助。"

"那些医生——"

"那些医生给我吃药，拍着我的头，告诉我，我会好起来的，但我还是没好。也许你说得没错，也许我在教堂里没法获得平静，但在你妈妈备受煎熬的时候，上帝帮助了她，因而我愿意敞开心扉去试一试。你能接受吗？"

"好吧。"杰米回答，同样平静，因为当爸爸眼含泪水看着他时，他还能说什么呢？"可以，好吧。"

杰米把目光移开，凝视着窗外，内心苦苦挣扎着，爸爸不能……就只做爸爸吧。总之，芒罗长老坐在沙发上，一言不发，只是看着他。杰米能感觉到，芒罗长老的目光十分沉重，在燃烧着他的灵魂。

杰米想，他自己最好能习惯这样。

5. 墙上的文字

下雨了，她没有带伞。对瑞秋而言，这只是倒霉的一天中的第一件倒霉事。

第二件事发生在她到书店的时候，当时她手里拿着钥匙，羊毛衫被雨水打湿了，贴在她肩上很沉重。她突然发现几天前的那个不速之客正站在门口等着她。

"哦，看在上帝的分上。"她喃喃自语。

瑞秋根本不搭理他，只顾拿着钥匙开锁，但钥匙却莫名其妙地插不进去，好不容易插进去了又拧不动。她努力开锁的整个二十秒，感觉就像过了二十分钟——瑞秋能感觉到这人就在她身后，还不耐烦地来回踱步。等她终于打开那该死的锁，走进门时，那个男人竟然要跟着她走进来。

"我们还没开始营业。"她说道，第一次与他目光相对。

"现在都九点多了。"那人愤愤地说。

"我们九点半正式营业。"

那个男人看了看表，无奈地噘着嘴。瑞秋不需要看表就晓得准确的时间。刚才公交车站的时钟显示八点五十七分，然后上坡走到她的小店要十三分钟。

那人很恼怒，倒吸了一口凉气。

"我只需要一分钟就行。"他说，显然不想再等上二十分钟。

瑞秋心想：好啊，那又怎样呢？

"我很乐意帮助您，但要在九点半之后。"

"我可以去别的书店，你明白吗？"

"那是您的权利，先生。"

瑞秋给了他一个僵硬的微笑，实在算不上专业级别的礼貌。接着，她打开了门，刚好可以溜进去，随后，对着那人一脸的不满关上了门。

瑞秋真心希望他能离开。瑞秋不稀罕他的钱，他不回来也没关系，如果一整天都没人来也没关系——有些时候就是这样。书店是瑞秋花钱买来的，小屋也是，瑞秋在小屋里藏了足够的钱来支付各种账单。她之所以开这个书店，只是因为她喜欢这些书，她发现许多封面破损、书页发黄的旧书，讲述了一个逝去的世界，记录了那个她仍旧记得、时而想念的世界。

另外，这个书店也让她每天都有事可做。如果只是无所事事地待在家里，六百年实在是太过漫长了。

瑞秋躲在书店狭小的密室里，其实大部分时间她都在看手机。这样一来，那人就没法透过窗户看到她，只能在窗外着急地走来走去。在九点二十七分，瑞秋决定去趟洗手间，她要确保自己没有早一秒钟——

一走进鞋柜大小的洗手间，瑞秋瞬间惊呆了。

瑞秋瞪大了眼睛，惊恐地发现镜子里有张小姑娘的脸。这个小姑娘的眼睛是深灰色的，皮肤是透明的橄榄色。她的鼻子又直又细，鼻尖微微上翘。她看起来像瑞秋……但刚才，瑞秋没有……

小姑娘从镜子里向外看着瑞秋。她看起来比瑞秋年纪小一点儿，还穿着校服。她的头发不像瑞秋的那么黑,她还扎着马尾辫,露出一双大眼睛。瑞秋肯定,之前从来没见过她。

她也肯定,从来没有梦到过这个女孩。

她是谁?

"预兆。"瑞秋悄悄地自言自语道,然后摇了摇头,"我讨厌预兆。"

这时,书店门前传来一阵声响,把她从遐想中拽了回来。瑞秋在洗手间连裤子还没来得及脱,就急忙赶到书店大堂,发现那个男人正扒着窗户往里看。当他看到瑞秋过来时,还刻意地戳了戳自己的手表。

瑞秋抬头看了看墙上的钟表,已经九点三十二分了。

"浑蛋。"她小声骂道。

于是,瑞秋走到门口,把门牌从"休息中"翻到"营业中",扭动门闩后,她就直接转身走开了,并没有为那位在外面焦急等待的顾客开门。

"今天也没有经理来书店吗?"他冷笑着问,径直跟着她走到柜台前。

瑞秋绕到柜台后面,这样她和那人之间就隔着一个偌大的红木柜台,这让她感到更加舒服。这个古董柜台曾经是一个拍卖品,瑞秋花了好大工夫才它弄得像样一点儿,给书店增添了些许光彩。

"我就是经理。"她厉声说道。

"你?你不过是个小丫头。"

如果当着这个人的面,骂他是浑蛋是不专业的,也是不可原谅的。但瑞秋在心里狠狠地把这句话重复了三遍之后,才决定张开嘴。

"今天您是想买什么特别的东西吗?"

这时,老男人把目光从她身上移开,看向橱窗。她怀疑他是故意来找碴儿的。面对瑞秋这突如其来的问题,他一下忘记了自己来书店的理由。走吧,她想,赶紧滚吧。

"橱窗里有一本书，"他终于说出来了，"叫《爱丁堡往事图册》。"

确实有这本书。这本书很不错，瑞秋把一扇橱窗的陈列品都围绕着它摆放，所以她真的、真的不想把它卖给这个尖酸刻薄的讨厌鬼。

"我能先看看吗？"还没有等到瑞秋回应，老男人追问道。

该死。

"请稍等。"瑞秋急促地回答道。她打开侧面的一扇小门，里面是一个很深的橱窗，她探身往里够。等到身体完全伸展开来时，她才能用手指够到这本书。这本图册比一般书的尺寸要大，瑞秋只能从那些华丽展品中间的一个空隙里把书取出来。当回到柜台前时，她内心绝望地抓紧这本图册。

"是这本吗？"她问。她其实很想把书扔给他，但她绝对不会这么粗暴地对待这本图册的。

"没错。"他赶紧伸出手，把书捧起来，小心地翻阅着，眼神里充满了敬意。如果是这个星球上的其他人的话，这种神情会很可爱。"太美了。"他抚摸着书的封面，自言自语道。但当他转头看向瑞秋时，他的眼神变得犀利起来。"这本书你应该给我百分之二十的折扣，因为之前那本凯鲁亚克的书有问题。"

瑞秋一听，气得说不出话来。

"什么意思？"

"就是上次那本杰克·凯鲁亚克的书。书皮都有水渍了，我还是原价买的呢。这本书你给百分之二十的折扣，多少能弥补一点儿我的损失。"

"那本书的水渍是你弄的。"瑞秋斩钉截铁地说，不容置疑，"价格就是书上的价格，没有折扣。你可以买，也可以直接离开。说实话，我更希望你直接离开。"

让职业性的礼貌见鬼去吧。

瑞秋说完，伸出手，想把书从他手中拿回来，可他却猛地把书往回一抽，捂在自己胸前，瑞秋根本够不着。此时的老男人看起来就像一个蹒跚学步的孩子，当被告知要归还糖果时，把糖果紧紧地攥在手里。于是，瑞秋绕出柜台，一副要从他手中抢回那本书的架势。

"等等，等等。"他抬起一只手说，"拜托，拜托。"

瑞秋停了一下，怒火还在心中燃烧。

"这本书不是买给我自己的，"老男人告诉她，"这是买给我妻子的。她——她的记忆在衰退，但有时候她会想起过去的事情。对她来说，这本书是个宝贝。"

该死的，他怎么不直接哭呢？现在，他刚刚的愤怒已经消失了，看起来一脸憔悴，一副要垮了的样子。

心都碎了。

"我不会给你打折的。"瑞秋咬牙切齿地说，"如果你想买这本书，就得全价买。"

老男人没有继续抱怨，他拿出信用卡靠近刷卡机。刷卡机发出了欢快的嘀嘀声，与店内尴尬的氛围格格不入。当老男人离开时，他只是带走了书，却没有带走沉重的悲伤。瑞秋发现自己瘫坐在凳子上，她真希望现在是下午五点，而不是上午十点。

她必须去趟洗手间了，刚才她被那个洗手间镜子里的陌生女孩吓得心慌，所以她正考虑在柜台的众多抽屉里，找到一块"五分钟后回来"的门牌，然后去马路对面咖啡店里的洗手间。她还可以在那里喝上一杯不错的饮品——他们的焦糖星冰乐加了鲜奶油和巧克力碎——但那样的话，她就是个胆小鬼。她该怎么办呢？她能一辈子不去书店里的洗手间吗？

"你可以的。"她对自己说。

她又看了一眼书店门口，真希望这时能有位顾客进来。又等了一会儿，还是没有任何顾客，瑞秋从凳子上起来，坚定地向书店后面走去。等走到那个小洗手间的门口时，瑞秋停下来深吸一口气，随后推门而入。

这次镜子里是她自己的脸。

瑞秋宽慰地松了一口气，同时又有点儿失望，她闭上眼睛，暗自庆幸。但当瑞秋再次睁开眼睛时，那个女孩又回来了。

这一次，她不是一闪而过。这一次，她在镜子里待了很长时间，足以让瑞秋看到她眼里充满深深的疑虑，而且嘴角向下拉着。不管她是谁，显然，她对某件事不高兴。

眨眼间，小女孩又消失了，但她的样子已经清晰地印在了瑞秋的脑海中。如果瑞秋再次见到她——在现实世界里见到她——肯定会认出她来的。

这一天剩余的时间感觉很长。这场雨似乎把她所有的顾客都赶走了，在这一天的大多数时候，书店里只有瑞秋一个人。通常在这种情况下，她会很高兴。由于那位脾气暴躁的老男人买了一本很贵的画册，即使她不卖别的东西，那天的收入也会超过平常。趁着这么安静的时候，她可以重新布置一下橱窗，或者试着清理书架上的灰尘，无论她用鸡毛掸子清理了多少回好像都无济于事，那些灰尘依然堆积得厉害。但问题是，那一天并不是只有她一个人在店里，不完全是。她能感觉到那个女孩的存在，像一个不安的灵魂，挥之不去。虽然不一定是恶意的，但是那种感觉……很奇怪。就像一个陌生人坐在她家的客厅里，不解释自己是谁，也不解释自己为什么坐在那里。这种感觉太难受了。

更痛苦的是，她试图在每一个镜面中去寻找那个女孩。书店前面的大橱窗、密室里微波炉的玻璃门，还有洗手间里的镜子。那天瑞秋去洗手间的次数比平时多得多。她甚至把红木柜台擦得闪闪发亮，只是想在柜子的台面上找到点儿什么，但什么也没找到。她能感觉到那个女孩无处不在，但瑞秋无论在哪里都看不到她。瑞秋感到极度不安，仿佛那个女孩是故意躲了起来，然后等待一个完美的时机，跳出来对着瑞秋大喊："嘘！"

总算熬到了下午五点，瑞秋已经快崩溃了。她不顾一切地想回家，但如果那种感觉还是如影随形怎么办？一想到就连她睡觉时，都有双可怕的眼睛在暗处始终盯着她，瑞秋不禁打了个寒战。终于，她下定决心，赶紧回家。锁门时，她又与那该死的门锁搏斗了一番。外面的雨下得很大，一滴滴雨珠落到人行道上又弹了起来。她转过身去，冲过马路，推门走进了对面的那家高档咖啡店。

咖啡店里人很多，不少顾客被大雨淋得身上湿乎乎的，室内的空气温暖得让人不舒服，所有的窗户都蒙上了一层雾气。她点了一杯心心念念了一整天的高级饮料，然后又买了一根咖啡店做的法式长棍面包。之前，她把吃剩的千层面放在了冰箱里，本来打算当作今天的晚餐，但它应该还能再放一天。此时的瑞秋改变了主意，她并不着急回家，以防……

就这样，她在熙熙攘攘的咖啡厅里坐了一个多小时。在这里有陌生顾客的陪伴，自己的存在显得那么悄无声息。最终，她起身走向公交车站。外面的雨虽然停了，但天空一点儿也没变亮，还是阴沉沉的，这和瑞秋的心情倒是很相配。当她走到公交车站，想起了星期二为什么不适合加班时，心情更加沮丧。那个橄榄球俱乐部的训练场就在车站旁边，队员们刚结束训练，也都挤在站台前，等着回家的公交车。

这些壮硕的小伙子站在一起，浑身是泥，一身臭汗。他们好像在运动后格外亢奋，一群大块头闹闹哄哄，互相推搡，不时发出阵阵笑声。

幸好，当瑞秋的那班公交车来到的时候，那群大块头中只有一个人上了车，其余的人都在继续等待，去往别的目的地。那时正处于通勤高峰期的尾声，车上没有几个空位。瑞秋只好走到后面，找了一个空位坐下来。橄榄球男孩跟在她的后面，在她对面坐了下来，朝她歉疚地做了个鬼脸，然后就埋头玩起了手机。瑞秋的手机放在口袋里，已经快没电了，因为她在书店里用手机播放了一整天的音乐，却忘了充电。公交车颠簸启动，再次并入车流之中。车窗和咖啡店的窗户一样雾蒙蒙的，遮住了外面的风景，瑞秋坐在车里，外面啥也看不到。闲来无聊，她四处打量，发现有人把一份免费的报纸落在她旁边的座位上了。于是，她想伸手拿过来，但在半途却突然停住了。

原来，之前的读者已把这份报纸翻了个底朝天，报纸被半折着，内页上的一则广告让她大吃一惊，错愕不已。上面一行鲜红色的文字告知读者们，有个游乐园即将开业，一张旋转木马的光影照片占据了报纸下面的大部分空间。瑞秋以前没有见过这张照片，但那一闪而过的色彩顿时勾起了她昨天占卜时的记忆，也就是在水淹没她所有感官之前所看到的景象。

不，今天千万别再那样了。

"你不是预兆。"她对着报纸嘀咕道，根本没有理睬对面那个男孩向她投来的诧异目光。瑞秋拿起报纸，决心证明它不过是一份普通的报纸而已。报纸在她手里的感觉是实实在在的，虽然因为被翻看了多次，纸张有点儿下垂。为了确保这种感觉万无一失，她把报纸递给对面的橄榄球运动员。

"你想看吗？"她问。

男孩惊讶地抬起头看着她，目光从她的脸上快速转移到她手里的报纸上。惊讶总好过惊吓，他没有把瑞秋看作一个给他虚无之物的疯子。

"不用了。"他说，微微一笑，"谢谢。"

他继续低头看手机，她心想，这男孩笑得真帅。由于训练，他的一只眼睛有点儿黑眼圈了，但他的牙齿仍然完好，洁白整齐。瑞秋识趣地哼了一声，又看回手中的那份报纸，还是那一则广告。这只不过是巧合罢了，并不是预兆。

"嘉年华的所有乐趣。"她不由得读出声来，但声音很小，没人听见。她多久没去过嘉年华了？她正想着这件事，这时报纸上出现了一滴水滴，浸湿了报纸，纸上的墨随即变得有点儿模糊。紧接着，一滴接一滴。瑞秋抬头看了看，车顶上并没有滴水，也没有潮湿的迹象，更没有什么裂缝。

她又低头看了看那则广告，现在它已经湿透了，报纸也湿得厉害，她只是用手指轻轻一摸，那则广告就从中间被撕开了。

天哪，这就是个该死的预兆。她惊恐地想把报纸扔到一边，透过风挡玻璃，看向公交车的前部——

就在这时，一辆卡车向他们疾驰而来。

瑞秋过了几秒钟才意识到出了什么事——卡车正行驶在他们的车道上——就在那一刻，它撞上了他们的公交车。

卡车没有完全撞上来。卡车司机试着在最后一秒钟冲回他那边的车道，所以当卡车砰的一声撞上他们时，撞出了一个角度。瑞秋感觉到有股突然停止的力量，把她向前甩出座位。然后，当公交车开始滑向路边时，她的身体也跟着侧向一边了。世界似乎慢了下来，她有片刻的时间，透过一个孩子用手在凝结水汽的车窗上擦拭过的缝隙，向外望去。人行道上一个人都没有，但有一堵看起来很坚固的砖墙，朝他们冲过来。

当公交车的后轮撞到人行道上时，人行道的路沿石能阻止它继续向前，却阻止不了它的冲力。整辆公交车开始倾斜，瑞秋被甩过长椅，砰的一声撞到窗户上。那堵墙阻止了公交车完全翻倒，让车停了下来，伴随而来的是车体框架弯曲的刺耳声音。瑞秋撞到的窗户已经碎了，随着车身侧翻，她从窗户里摔了出去，被车体框架压在下面。

人行道又湿又冷，到处都是碎玻璃。在更糟糕的事情发生之前，瑞秋还有片刻时间来接受眼前的一切。受车身重量的影响，车体的框架已被压弯，整辆车又下降了几英寸，瑞秋被困在了车体下面。

瑞秋的臀部和左腿突然感到一阵剧痛。她受到了惊吓，出于本能，她试着从痛苦中挣脱，但无能为力。此时，她唯一能做的就是尖叫。

尖叫，继续尖叫。

她不停地尖叫，直到喘不过气来，就只好躺在那里，轻轻地喘气，等到她有足够的力气能够暂时抵抗胸口的疼痛。呼吸顺畅时，她又大叫了一次。

"喂！喂，你能听到我说话吗？"

她正要再叫的时候，一个声音打断了她。她惊讶地呼出一口气，然后她的肋骨收缩了一下。

"喂？你能听到我说话吗？"

她抬起头，透过窗户向外看。就在她上方几英尺的地方，之前坐在她对面的那个男孩正低头看着她。他的太阳穴上有一道伤口，血顺着他的脸流了下来，但除此之外，他好像没事。

当他看到瑞秋望着自己时笑了。这时，瑞秋发现男孩别的地方也受伤了，他掉了一颗门牙，就是上门牙左边的那颗。

"嗨！"

"嗨！"她嘶哑地回答。她在地上微微挪动了一下身子，试图减轻车体压在她身上的重量，但她能做到的只是让自己的背部在满是玻璃的地上痛苦地摩擦。

"这里。"男孩向她伸出一只手，"我把你拉上来。"

"不行的，"她告诉他，"我被卡住了。"

这时，他脸上的笑容瞬间消失了，他使劲将身体向前倾，试图看看瑞秋的身体被车体框架压住的位置。

他并没有伤得很重，至少和公交车比起来不算严重，但瑞秋却感觉，他挪动时身体像一头大象，沉重地压在她身上，她被压得生疼。

她痛得大叫一声。他猛地往后退，一脸惊恐。

"对不起，对不起！"她听到一阵沙沙声，抬头一看，原来他敲碎了旁边的窗户，然后从那里爬进来。公交车底下的空间太窄了，他只好艰难地爬向她。"嘿！"他好不容易爬到她身边，喘着气说。

他可以从这个位置看到瑞秋的整个身体，发现车体框架压着她的下半身，让她无法挣脱。

"天哪！"他小声嘀咕道，使劲咽了下口水。然后，他瞥了她一眼，露出带着歉意的表情。"我，呃……我的意思是。"

"我觉得情况没有像看起来那么糟。"瑞秋说，"压得我确实很痛，但我觉得还不至于被压死。我的脚趾和身体都还有知觉，只是我出不来。"

"好的。"他听后如释重负，接着回头看了看她身后，然后爬到车体的后面，皱起眉头来。

"怎么了？"瑞秋问。她无法转头去看那个方向。

"噢，嗯，救援队很快就会到，公交车司机叫了救护车、警察，还有公交车公司的人。"他咧嘴笑了笑，"但是，嗯，你现在的处境有点儿尴尬。现在有一堆汽车就停在这辆车后面，我觉得消防队要想过来救你，可能没有足够大的空间。他们……嗯，可能需要一些时间。"

"哦。"她躺了一会儿，疼痛的感觉开始传遍全身，下半身的寒冷使她的肌肉紧绷，轻微的颤抖都会让她的身体很难受。她突然注意到，自己的牙齿在打战。那可不是个好兆头。

几乎在同一时间，男孩似乎也注意到了这个情况。

"你很冷吧，"他说，"这里。"

在这个狭小的空间里，想轻松地脱掉衣服并不容易，但他还是设法脱掉夹克，当他把夹克从左臂上拽下来时，他疼得哆嗦了一下。然后，他把外套盖在瑞秋的身体上，她立刻感到一阵暖意。

"你也会冷的。"她一边说着，一边紧紧抓住了那件厚厚的外套。

"我没事。"他坚定地说。

那好吧。她才不会对这份礼物挑三拣四。"谢谢。"

他点了点头，然后站了起来，透过窗户，瑞秋的视线里已经看不到他的头和肩膀了。

"下面有个女孩。"他喊道，"她被压在公交车下面了。"

"什么？"她听到了惊恐的叫声，可能是公交车司机的声音。紧接着，瑞秋听到一阵急促的脚步声，感觉那人正向她走近。

"不要过来。"杰米急切地喊道，"别靠着那个东西，你会伤到她的。"

"该死的。该死，真是该死。她还有意识吗？回答我，她还没死，对吗？"

尽管是说她自己，瑞秋还是想笑。肯定没死，她心想，你不用担心那个。

"她神志清醒。"男孩告诉司机。

"好，好的，那就好。"明显感觉司机松了一口气，"孩子，你出来吧，我爬下去和她一起等待救援。我不希望你出什么事，好吗？"

"我留下来陪她。"男孩回答。

"现在，孩子——"

"我不想冒犯你，但我觉得你肯定进不来。这地方太窄了。"

瑞秋先是听到轻轻的脚步声，然后一个脑袋从公交车的侧窗探出来，就是男孩爬下来的那扇窗户。公交车司机一脸严肃地打量着她，又低头看了看公交车、人行道和那堵保命墙之间的一小片空隙，正是那堵墙阻挡了公交车，没让车完全压到她。

等到救援队想办法把公交车的轮子摆正时，瑞秋可能会很难解释自己是如何幸存下来的。

这时，司机显然明白男孩刚才说的话是什么意思了。

"好的，我知道了，那好吧。我是不想让你受伤，不过——"

"我要留下来。"

"好吧，我会告诉救援人员你们在哪里的，好吗？我想，他们随时都有可能到来。"

说完，公交车司机就先不管他们了，于是男孩重新爬下来，蹲在她旁边。他朝瑞秋尴尬地笑了笑，然后帮瑞秋整理了一下夹克，让夹克能更多地盖住她的肩膀。

"你不用陪我的。"瑞秋告诉他，尽管她内心不想让他离开，"我没事的。"

"我不会丢下你一个人的。"他坚定地摇了摇头，然后调整了一下姿势，慢慢坐到她身边，"我叫杰米。"

"你好，杰米，我是瑞秋。"

"很高兴认识你。"他说，然后停顿了一下，"嗯，我的意思是，虽然环境不是很合适，但是，你知道的……你好。"

"你好。"瑞秋痛苦地笑了笑。

杰米回头看了一眼她的腿。"很疼吗？"

"嗯，是的。"

"但受伤总比失去知觉好，对吧？"

"我也这么觉得。"她从来没有想过，如果她的脊髓断了，她的身体会怎么样。她不会死，但这并不意味着她不会瘫痪吧？她从来没有伤疤——虽然这些年也曾有过很多次危险——但她一点儿也没变老，她的皮肤神奇般地保持着恩尼斯抛弃她那一天的状态。

恐惧在她心里挥之不去，她稍稍动了动脚趾来确定。一阵闪电般的疼痛贯穿她的双腿，她发出嘶嘶声。

"什么？怎么了？"杰米猛地把手举到公交车上，好像做好了准备，一旦它突然压到他们身上，就把它举起来。

"没事，没事。我只是在确定我的脚趾是否还有知觉。显然，我能感觉到。"

"哦。"他放下双臂，交叉放在肚子上。他现在只穿着一件橄榄球衬衫，因为他殷勤地把夹克当毯子送给了瑞秋，他冷得双臂起了鸡皮疙瘩。"希望不会等太久。我是说，已经十分钟了。"

只有十分钟吗？瑞秋觉得自己已经在地上躺了好几个小时。

"你想玩个游戏吗？"杰米建议道，"不去想它了？"

"玩什么？"

"眼睛间谍？"

眼睛间谍？瑞秋这一生中从未玩过这个游戏，整整六百年了。

"好吧，继续，你先来。"

"我用我的小眼睛发现了一些以 B 开头的东西。"

瑞秋看着他，确信杰米不可能知道她所想的事，发现他的嘴唇在微微颤抖。

"如果答案是公交车，我就要把自己从这该死的东西下面拖出来，然后把你塞到我的位置上！"

"不是公交车。"

"不是吗？"

"嗯，好吧，是公交车，但现在我拼命想找到其他以 B 开头的东西。"

她笑了，马上就后悔了。"噢！"

杰米的手向她挥动着，但他似乎不愿碰到她被夹克盖住的任何部位。相反，他弯下腰，用他的一只手抓住了瑞秋的手。

"对不起，"他喃喃地说，"不开玩笑了。"

"没关系。"瑞秋回答。她现在开始感到麻木，她真的、真的希望这只是因为太冷了，"我很高兴你在这里。我很高兴我不是一个人。"

"我不会离开你的，"他保证道，"我会在这儿陪着你。"

"谢谢。"她答道，但说话有些含混不清了。杰米俯身贴向她，担心地皱着眉头。瑞秋能看到他的脸，干涸的血和那双绿色的眼睛，眼睛上有棕色的小点，与他脸颊和下巴上沾着的泥浆很相配，但他周围的世界变得越来越模糊了。

"瑞秋？瑞秋，你得保持清醒。瑞秋？"

"我 ——清 ——醒。"但一切都消失了，甚至连杰米不停地大声叫着她的名字，都无法阻止她滑向黑暗。

6. 1645 年，爱丁堡

瑞秋在看到他们之前就听到了声音。冷清的鹅卵石街道上，沉重的靴子踏着污浊的泥水，啪啪作响。她试着向外张望，想看看那些即将成为杀死她的刽子手的面孔。但她面前的那个壮汉发出了一声低沉的警告，让她不敢再动。她脸颊上的红色掌印，已经告诉她，不会再警告第二次。

"求求你，"她恳求道，"放我走吧。我没病！"

不幸的是，就在此时，她身后的房间里传来一声低沉的呻吟，弥漫在空气中。站岗的人转过身来，扬起眉毛，神色坚定。顿时，她明白了，她根本出不去。

她有没有病，其实无关紧要。他们不能冒这个险。

"你应该心存感激。"他对瑞秋说，"牧师本来想烧了这个地方，但镇长不让。他担心整幢公寓会一起着火。所以，"他对瑞秋咧嘴一笑，那是一种不露牙齿、没有幽默感的笑容，"算你走运。"

算我走运？瑞秋听了，真想朝他吐口水，但她不傻。她可不想被他手里的棍子敲碎头骨，也不想被他别在腰间的刀子捅破肠子。事情本来就已经够糟的了。

行进的脚步声突然停止了，瑞秋第一次见到他们。牧师衣着齐整，自以为是，后面跟着五个拿着木棍和锤子的人，看起来他们宁愿去别的地方。

他们可不是唯一听从牧师差遣的人。

他们没有和瑞秋说话，她的命运早已注定。他们只是来执行牧师命令的。

牧师一声不吭地指了指她的小房子，那是狭窄的廉租房街道底层的一个单间小屋。瑞秋内心虽然紧张，但还是暗暗告诉自己要镇定，可在场的人谁也没动。牧师转身怒视着他带来的暴徒。其中个儿最高的那个，肥硕的拳头里攥着一把锤子，摇摇头，喃喃自语。瑞秋却什么也听不见。

牧师皱着眉头，显然很生气，但拿锤子的人重复了一遍他的话，然后举起沉重的锤子指着她。

瑞秋知道问题出在哪里了，知道他们为什么不想靠近，特别是当她在门口徘徊的时候。因为他们怕靠得足够近，想象中的病毒就会接触到他们。

好吧，如果他们认为把瑞秋关进黑暗的小屋之后，她就会蜷缩在角落里等死，那他们就大错特错了。这时，瑞秋双臂交叉在胸前，挺直了腰板。

牧师看到瑞秋的这个动作后，变得更加怒不可遏。

"快进去，"牧师对她咆哮道，"带着你那肮脏的躯体，快点儿滚出我们的视线，这样我们就可以结束这一切不愉快了。"

瑞秋好像把腰板挺得更直了。"不。"

牧师瞥了一眼他留下站岗的那个看守，以确保她不会逃跑——就像她肯定会逃跑似的——同时，为了防止她逃跑，他召集了所有的人，备齐了所有的工具。看守转向她，举起手里的棍棒。

"快进去。"看守朝瑞秋喊道。

瑞秋可不想进去，但当看守把棍棒举得更高时，一束暗淡的光影从棍棒上掠过，棍棒钝头上干涸的血迹格外显眼。她紧闭着嘴，忍住了对看守和所有人的咒骂，然后向后退了一小步。这幢肮脏公寓的影子立刻吞噬了她，但她仍然能够看到牧师再次召集他的人，敦促他们向瑞秋靠近。

第一块木板被钉在齐腰的位置。第二块低一些，紧紧地贴着地面。瑞秋坚定地站在那里，看着一块又一块的木板把小门死死地钉住了。

就在最后一块木板被抬起的时候，她能看到的外面的世界只剩下一道小缝，她折断了这块木板。

她冲上前去，用身体撞向那道坚不可摧的屏障，把一只胳膊伸了出去。

"住手！"她尖叫道，"请住手！我没病！我很好，住手吧！"她吸了一口气，继续说："我不会病的！"

外面的手使劲捶打着她的手，但她惊慌失措，丝毫没有注意到手指甲被扯掉了，也没注意到小拇指已经被扭断了，她只是不停地向外伸着手，使劲地推着一动不动的木板，慌乱地抓着那些根本不会救她的手。

她可能会一直挣扎下去，但一只强有力的手抓住了她的手腕，向前一拉，把她困在了新筑的木墙上。

"住手！"一个男人狠狠地对她说。听声音，这个人不是看守，也不是牧师。由于她的手腕被紧紧地抓住，她很不舒服地扭动着身体，直到她能看到外面。原来是个子最高的那个人，就是拿着锤子的那个。"你必须住手，"他说，"你这样只会让事情变得更糟。"

他紧紧地攥住瑞秋的手，都快把她的骨头捏碎了，然后轻轻地把她向后推，直到她的胳膊缩进用木板封住的入口。最后一块木板很快就钉在了缺口上，瑞秋听着钉子被钉进去了。

她彻底被困住了。

她还能听到外面男人们的低语声，但她转过身去。角落里一支燃烧的蜡烛发出微弱的光亮，她的眼睛已经适应了这样的光线。透过微微的光亮，瑞秋可以看到架子上几乎没有食物，一口锅悬在冰冷的炉架上，炉子里只剩下灰烬，旁边的煤桶和架子一样空空如也。角落里的床边放着一张矮凳，瑞秋走过去，坐了下来，又像那天早上牧师来访前一样守夜。

没过多久，她完全没有想到。

"对不起。"突然，一只冰冷的手伸出来握住了瑞秋的手，"这是我的错。"

"不是你带来的瘟疫。"瑞秋说，她竭尽全力不把声音里的怨恨表现出来。这不是安妮的错，不是的。

安妮无力地一笑。在昏暗的光线下，看不清她蜡黄的肤色，但她身上的疖和脓疱却很明显。安妮张开嘴想说些什么，但开始咳嗽。这阵咳嗽让她痛苦不堪，当她擦完嘴后，一条血痕留在了她的脸颊上。

她肯定活不久了。

别离开我，瑞秋绝望地想，但这不是她的朋友能掌控的。

"我应该听你的，停止工作。"安妮——曾经是——一个妓女。她有一份客户名单，上面的人相当富有。她告诉瑞秋她会没事的，瘟疫不会波及富人。

但瘟疫不在乎你是谁。

然而，牧师们却在乎你是谁，瑞秋愤愤地想。她打赌安妮的顾客，无论他身在何处，都不会被关起来。他可能是在一张漂亮的四柱床上休息，呼吸着新鲜空气，还有一个女仆帮他擦去额头上的汗水。可能有一些新手在他身上喃喃祈祷，确保他那享有特权的屁股都能上天堂。

实际上，她想，他可能已经死了——这是一种很好的解脱。

安妮很快也会死去，然后瑞秋就孤身一人了。

被困在这个狭小的空间里。

在黑暗中。

只有一具尸体做伴。没有足够的煤来生火，几乎没有东西吃。

瑞秋不会死，但这并不意味着她不会受苦。

她努力克制住自己的恐慌，抓住朋友的手，尽力微笑。她的喉咙发紧，几乎说不出话来，她开始唱安妮最喜欢的歌。

明天很快就会到来。那太可怕了。这将是她无法忍受的，但她会继续忍受。

她一直都是如此。

7. 多疑的心

当瑞秋再次醒来时，杰米已经离开了。现在，一个中年妇女正蹲在她的身旁，穿着一身墨绿色的衣服。瑞秋恍惚觉得这应该是制服。她试图挪动位置，但发现根本动不了。她的双臂被压在身体两侧，使她无法转头。惊慌失措中，她猛地想要挣脱绑着她的隐形纽带。

那个女人一直在瑞秋身边摆弄着什么东西，皱着眉头转过身来看着她。

"不，别动！别动！"她责备道，按住瑞秋的肩膀，止住了她的挣扎，"冷静点儿，你不会有事的。你现在戴着颈托，我们把你绑在了背板上。你的脊椎可能受伤了。他们很快就会把公交车移走，我们需要让你尽可能保持不动。"

"他们不会不救我了吧？"

"当然不会。你被压在车身主体下面。"女人摇了摇头说，"我实在搞不懂你是怎么被压在下面的，只能说你太倒霉了。"

如果连她都不知道这有多痛，瑞秋会笑的。护理人员确实不清楚为何瑞秋会这么倒霉。

"我昏迷多久了？"瑞秋问。

"没多久。你男朋友刚走，他说你在我们到达前一两分钟刚昏过去。

他不想离开你，"她对瑞秋微微一笑，补充道，"但我们抬车时，他留在这儿太危险了。我们不清楚车体损坏的程度。"

"他不是我男朋友。"瑞秋告诉她，"事故发生时，我们只是坐在一起。"

"哦。"护理人员起初一脸惊讶，但很快就不以为意了。她站起身和一个瑞秋看不见的人说了几句，然后又蹲下来，对瑞秋说："好吧，我们准备抬车了，他们会抬得很慢，好吗？你可能会感到很疼，但要试着保持放松。我们会尽快把你抬上救护车，然后给你打点儿吗啡。"

"吗啡听上去不错。"瑞秋有气无力地说。她真希望在他们抬走公交车之前一直保持昏迷。

"好吧，瑞秋，那我们数到三喽。一，二，三——"

过了一会儿，好像什么也没发生，然后在瑞秋看不见的地方，有个发动机在工作，她听到了一种低沉的哐当哐当的声响。一阵心惊肉跳后，公交车开始挪动了，只是动了一点点。瑞秋的疼痛非但没有缓解，反而加剧了一千倍。

"住手，"瑞秋疼得咬着牙说，"让它停下来！"

当然，身旁的护理人员无法照做，她只是把手轻轻地放在瑞秋的胸口，以示安慰，然后朝瑞秋笑了笑。

"就快挪出来了，再坚持一会儿。"

那是瑞秋记忆中最漫长的时刻，每一秒钟都让她感到痛苦难熬。护理人员和搭档先是把瑞秋绑在担架上，随后赶紧把她推上救护车。心脏每跳动一次，她的下半身就跟着疼痛一次，并且每次都痛彻心扉，直击大脑。尽管护理人员给她的静脉注射了吗啡，但无济于事，她只是一个劲地感到头晕、恶心。

在接下来的时间里，瑞秋的大脑一片模糊。随后，瑞秋隐约感觉到救护车飞快地行驶在去医院的路上。车子穿过了城镇，不时地加速、减速和转弯。到了医院，在急诊室刺眼的灯光把她闪瞎之前，她快速地瞥了一眼外面漆黑的天空。接着，一个医生进来查看了她的伤势，然后又来了一个护士。他们的问题一个接着一个，但瑞秋心不在焉，根本无法集中注意力。之后，大家都走了，她一个人待了一会儿。一个男人走了进来，他穿着一件 Polo 衫，胸前整齐地缝着医院的徽章。他对瑞秋说了些什么，但他的话又快又轻，瑞秋听不清楚。后来，她被推着穿过几条走廊，进了一个房间，里面除了一台大机器，什么都没有。有几个人过来把她从转运床上抬到这台机器中间的平面上，机器轰轰作响开始启动，旋转着慢慢罩住她的全身。

　　当瑞秋的头也被这台机器罩住时，她的头脑开始清醒，意识一下恢复过来。

　　"嘿！"她喊道，除了一个白色的圆柱体从四周把她紧紧地包裹住之外，她什么也看不见，"嘿，这到底是怎么回事？"

　　没人回答。瑞秋知道自己在医院，也知道自己很安全，但这些都无关紧要。重要的是，现在她既动不了，也出不来。狭小的空间束缚着她，完全把她困在了里面。她内心充满焦虑，开始大口喘气，试图挣脱这牢牢的束缚。

　　"躺好，别动！"一个声音从她周围传来，在白色的圆柱体里回荡，"你躺在 CT 机里。如果你乱动，它就拍不到准确的图像，我们就得再做一次。所以，冷静下来，别乱动。"

　　她努力让自己冷静下来，但恐慌真的是她内心丑陋的顽疾，它刺激着瑞秋的神经，让她的肌肉充满了肾上腺素，这让她坚持奔跑、战斗，愿意为获得自由做任何事。

她讨厌任何封闭的空间，极度讨厌。

"对，深呼吸。好，慢慢地。你会没事的，瑞秋。"

对，深呼吸。她在 CT 机的灯光下闭上了眼睛，想象着自己正躺在一片草地上，头顶上是闪烁的星星。这个法子并不奏效，光线穿过了她紧闭的眼睑，驱散了幻觉，但她现在可以控制住自己的呼吸了，她全神贯注地控制着。呼气，吸气，呼气，吸气。她数着呼吸的次数，数到一百的时候，又从头开始。在她数到第三次的时候，突然被打断了，这时身下的一个颠簸打破了她努力保持的稳定。她猛地睁开眼睛，片刻后，她感到 CT 机里坟墓般的紧张，然后罩在她身上的机器从脚开始慢慢地从她身上滑走。

"好了。"一个年轻的女医生朝她笑了笑，"搞定，还不算太糟，对吧？"

瑞秋咬着舌头没吭声，女医生的笑容随即消失了。女医生清了清嗓子，低头看了看左手拿着的记录表，说："我们会尽快拿到检测结果，然后医生会来给你会诊。现在，我们把你送回急诊室。如果你还需要更多的止痛药，他们可以在那里帮你解决，好吧？"

瑞秋试图点头，一时忘记了她还戴着颈托，头不能动。颈托上的凸起硌到了她的下巴，疼得她畏缩了一下。"我很好。"她小声说。

他们把瑞秋抬到转运床上，之前的护工把她推了出去。在回急诊室的路上，瑞秋的思绪十分混乱，平淡无奇的米色走廊从她的两侧一闪而过。多亏打了吗啡，她可以一直回避别人的问题，但她现在完全清醒了，她知道会有更多的人来问话。虽然她已经成了一个惯于撒谎的人，但和过去相比，现在的事实要更容易核实得多。

当瑞秋被送回急诊室的小隔间后，她反复尝试摆脱全身固定她的装置，最后发现，她根本做不到。她所做的尝试反而让她无比沮丧，她知道就算现在给她自由，她也无法站起来溜走。她的腰疼痛难忍，腿也几乎不听使唤。此时的她已经遍体鳞伤，在可预见的未来，她哪儿也去不了。她只能竭尽所能地渡过难关。

没过多久，她隔间的帘子就被拉开了。瑞秋又等了一会儿，医生才出现在眼前。这次来的是个上了年纪的男医生，脸上没啥笑容。

"噢，现在你可以和我们多聊一会儿了。很好，这样我就可以再填一些表格的内容！好吧，先告诉你一个好消息，你是个很幸运的女孩，被一辆公交车压住了，竟然没有一处骨折。老实说，这太不可思议了。或许我们可以从你身上沾点儿好运。"

说完，他笑了，弯下腰来，解开瑞秋脖子上颈托的夹子。取下颈托后，瑞秋的头有点儿不受控制地左右摇摆。当他又轻轻地取下瑞秋身上缠着的绷带时，瑞秋的胳膊和腿也感觉有点儿不受控制，轻飘飘的。几个小时以来，瑞秋第一次感到如此放松，但随着她的肌肉和骨骼的一阵阵抽痛，她的神经又紧张起来。

"噢！"

"是的，我想你肯定会痛。要知道，你是被公交车压住了。"

他被自己的话逗乐了，但瑞秋没有。

"我什么时候能回家？"

"赶时间，是吗？"他停顿了一下，但瑞秋没有任何回应，她只是盯着男医生，等着他的回答。"好吧，今天你肯定不能回家，无论如何，你要留院观察一段时间，确保身体没有大碍。我们要了解你更多的信息，然后我们就能让你正式入院并登记在案。你知道，必须在所有的 I 上打点，在所有的 T 上画叉才行。"

瑞秋强忍着疼痛，脸上挤出了一丝笑容。

"从你的全名开始，好吗？"他拿着一个平板电脑，满脸疑问。

"瑞秋·杨。"

他把名字输进去，不太熟练地用手指戳着屏幕，一看就是不太上网的人。

"你的出生日期是什么时候，瑞秋？"

"二○○五年六月十二日。对不起，是二○○四年。"

他停顿了一下，手指在屏幕上徘徊，扭着头问："确定？"

"是二○○四年。"

"那你才？"

"十七岁。"她肯定地说。

"嗯。"他说着把信息输了进去，但他的举止发生了变化。显然，他认为瑞秋在撒谎。嗯，瑞秋的确是在撒谎，但不是他想的那样。"既然你醒了，我们可以给你爸妈打个电话，让他们过来陪陪你。我敢肯定他们担心死了。"

这话完全在理，而且医生说的时候还带着微笑，但这话的真实意图却让瑞秋很不安。

"我不和父母住在一起。"她谨慎地回答，"我已经十七岁了，是成年人了。"

"好吧，我明白了。"他现在肯定更加怀疑了，"那你和谁住在一起？谁是你的近亲？"他停顿了一下，接着说："我们需要这个信息，以防发生什么事。如果你昏迷了，我们需要他们的同意，才能给你治疗。"

"姑妈，"瑞秋告诉他，"我和姑妈住在一起。"她熟练地说出了一个电话号码，然后补充道："不过，这是一个座机号，她一般不在家的，但你可以留言。"

"你有她的手机号码吗？我想你肯定希望有个亲人陪陪你吧？难道你不想让她给你带点儿东西，让你感觉更舒服吗？"

又是一个合理的问题，又是一个同样的微笑。

"她没有手机。"

"哦。"随后是一阵尴尬而又漫长的沉默，"好吧，那我叫人给她打个电话，希望她能尽快得到消息。一会儿，我会叫个护士过来，清理一下你的一些小伤口，看看还有什么需要注意的地方。"

他在离开前安慰地看了瑞秋一眼，还拍了拍她的手，但她丝毫没有感到安慰。反而，她有一种可怕的预感，觉得他肯定会核实刚才的信息，甚至可能会报警。

她叹了口气，抬头盯着天花板。

现在，她无法离开这里，也无法阻止医生核实她的信息。她只希望不要失去她的小屋、她的书店……她花了很长时间才建立起目前所拥有的惬意生活，在她经历了所有的事情之后，这是她应得的。

但如果她必须从头再来，她还是乐意这样做的。

她以前经历过，从头再来。

一遍又一遍。

一个护士的到来打断了她忧虑的思绪，每看到瑞秋身上的一处伤口，护士就会惊讶地发出啧啧声，然后开始清除伤口上的污垢和血迹，最后缝合较深的伤口。

"你可真幸运！"她对瑞秋说。

"是吧。"瑞秋有气无力地回答。

护士扶她坐起来一点儿，把床摇高，然后在她背后垫了个垫子。

"好了，"她说，"这样总比盯着天花板要舒服，对吧？"

瑞秋不确定自己是否赞同护士的说法。印有难看图案的帘子并不能给聚苯乙烯瓷砖带来多大改观，而且她的小隔间里没有电视机。尽管如此，她还是微笑着表示感谢。

当护士匆忙走开时，瑞秋把帘子向后拉开，她脸上的笑容立刻凝固了。她发现警察就站在外面等着，差点儿走进来。瑞秋一眼就认出了其中的一个警官。

幸运的是，她认对了人。

"我们又见面了！"麦克奎恩警官说，他避开护士，走到瑞秋的床边，"我想我认得这个名字。"

"你好！"瑞秋平静地说，努力寻找一个中性的语气。她本想保持沉默，但还是开口问道："你怎么在这里？"

"你觉得我为什么会在这里？"麦克奎恩反问道。

"那个医生给你打电话了？"瑞秋质问道。

"是的，"警官证实道，"他很担心你。"

"我已经十七岁了，"瑞秋咽了口唾沫说，"我是一个成年人，我不需要他关心，也不需要你的关心。"

"嗯，这就是问题所在，不是吗？"麦克奎恩回答道，向她做了个鬼脸，"你说你十七岁，但我查了你的名字和出生日期，压根没有你的记录，什么都没有。既没有出生登记，也没有入学记录。"

"你是说我在撒谎吗？"

"不。"他否认道，"我是说我有责任核实你的信息。我想确保你的安全，瑞秋，仅此而已。如果你是未成年人，而且你还是一个人——"

"你知道我不是。你和我姑妈谈过话的。"

"我是和某人谈过了。"他纠正道。

事实上，他只是和瑞秋本人谈过了。从他脸上的表情来看，瑞秋认为他在怀疑。

"你给了哈珀医生一个电话号码，但我们一直联系不上你姑妈，你给我的号码是直接打给应答电话的。"

说完，他从口袋里掏出一部手机，滑开屏幕，好像要再打一次似的。瑞秋非常庆幸她那天下午把手机上的电用光了。如果警官打电话给她姑妈，而她的手机响了，那肯定就露馅了。

"我已经问过哈珀医生，他是否能联系上你姑妈，我也已给你姑妈留了言。但恐怕我还是要通知医生，在我们确认你的年龄超过十六岁之前，或者我与你姑妈面谈，在她能够提供监护的证据之前，你不能出院。"

该死。瑞秋紧闭双唇，努力控制着自己的情绪，竭力避免对警官发脾气。招惹那些位高权重的人对自己没有什么好处，她吃了不少苦头才明白这一点。经过几次尝试，这一教训让她记忆犹新。

"好吧，"她说，"我姑妈在家教我，这就是没有入学记录的原因，但我知道她把我的出生证明放在哪儿了。她来的时候，我会让她带上。"

"好，记得通知她。"麦克奎恩警官温和地说，"她一到，就叫他们给我打电话。"

"好的，你有名片或联系电话吗？这样她就可以直接打给你了？"瑞秋问。

"当然有。"麦克奎恩警官把手伸进口袋，掏出一个卡片钱包，取出一张名片递给瑞秋。名片是纯白色的，上面印有警徽、麦克奎恩的名字和身份证号，还有一个电话号码。"这段时间，"他说，"就在这儿好好休息吧，他们会在这里好好照顾你的。"

说完，他静静地走了，顺手拉上身后的帘子。瑞秋很高兴，同时也感到无助和生气，她的整个下半身又疼了起来。

眼泪还没掉下来，她就眨了眨眼睛，低头看着手里的卡片。一场小小的胜利让她笑了。麦克奎恩警官并不知道自己给了瑞秋什么。

是一个机会。

一个帮助瑞秋摆脱困境的好机会。

她只是需要一点儿时间恢复，然后就可以离开这里了。只需要几个小时，也许一夜之间，她就有足够的力气蹒跚着走到街上，搭乘出租车扬长而去。

她决定了，于是伸手去拿蜂鸣器，叫护士给她更多的止痛药。她在等待的时候要让自己舒服点儿。

8. 偶遇

　　杰米坐在硬邦邦的塑料椅上，眼睛盯着拉紧帘子的隔间。他听不到隔间里面医生的低语声，也听不到病房里电视机的嗡嗡声。对面床上的病人早就把频道调成了无聊的肥皂剧，但他自己都不看，背靠着几个枕头睡着了。杰米本想换频道，但遥控器还在那个人手里攥着。

　　突然，帘子后面传来一阵刺耳的咳嗽声，吸引了他的注意。他转头看向隔间，尽管透过印有难看的薰衣草图案的蓝色帘子，他什么也看不见，但里面的咳嗽声一直持续不断，这让他越发担心了。

　　"深吸一口气，"医生大声说，他的声音盖过了咳嗽声，"放松肌肉，把空气吸进去就行了。"

　　唯一的反应却是更多的干咳和干呕。

　　"没事的，约翰。"妈妈的声音从帘子那边传了出来，"你有点儿慌，听医生的话，尽量放松。"

　　杰米再也听不下去了——爸爸咳嗽的声音听起来就像快要窒息了，痰好像已经充满了他所有的肺泡——杰米站起来，大步走出病房，走向医院大厅里的自动售货机。他在迷宫般的走廊里走了很长一段，到达那里时，自动售货机前面排着长队，杰米只能排在队伍后面慢慢等待。这些正在排队的人，或许确实来买东西，或许像他一样，只是寻求五分钟的短暂逃避。当他又艰难地爬上八楼，回到爸爸住的重症病房时 —— 帘子已经被拉到一侧，医生已经走了，爸爸也不再费力咳嗽了。只见他正坐在病床上，床头已经被摇高了，似乎在和妈妈进行某种无声的斗争。

在杰米进来之前，这里可能还没这么安静。

"你们怎么了？"杰米问。薯片袋子只打开一半，杰米就被这样的氛围搞蒙了。

"没什么。"妈妈斩钉截铁地回答。杰米一听妈妈的回答，立刻明白肯定发生了什么。他等着，知道妈妈坚持不了多久就会告诉他的。"你爸爸和我正在讨论医生说的话。"她抿紧嘴唇，不快地从鼻子里呼出一口气，"当然，你爸爸觉得他自己更明白。"

爸爸对妈妈的这句挖苦没做任何回应。他只是用一种杰米从来没有做到的方式，让这句话随风飘逝，但随后，爸爸其实一直在默默地消化这句话。

"我不需要待在重症监护室。我不想白白浪费一个床位，让那些真正需要的人有生命危险。"

"可医生告诉你 ——"

"医生只是建议，这不是一回事。如果他告诉我需要去，那我就去。但就目前来说，我在哪里都行。"

"嗯。"妈妈转过身去，她面色凝重，很不高兴。这时，她把目光转向杰米，问道："你刚才去哪儿了？"

杰米举起手中的那包薯片："去自动售货机买这个，我都快饿死了。"

"好吧，但愿你说的都是真的。我真担心你，你当时正 ——"

"别管了，亲爱的。"爸爸插嘴道，"我知道你很担心，但你是在拿别人出气。放心，没事的。"

妈妈双唇紧闭，嘴唇煞白。杰米已经做好了心理准备，等待妈妈的爆发，但她只是倒吸了一口凉气，然后在包里疯狂地翻来翻去。过了一会儿，她翻出一包纸巾，用力抽出一张，狠狠地擦着自己的眼睛。

好吧，看来更糟了，这事肯定比想象的更糟。

"坐到这边，"爸爸平静地说，"别哭了。"

"我没哭。"妈妈回答，但她在说出最后一个字时，声音明显变了。她把纸巾使劲攥在拳头里，整只手抵在脸上，把眼镜都碰歪了。

爸爸深情地看了她一眼，然后转向杰米，问道："孩子，你还有零钱吗？"

"我……嗯，是的，还有点儿。"

"去自动售货机那儿也给我买点儿东西来，好吗？巧克力什么的。"

"好的。"杰米庆幸爸爸给了他溜走的理由，他急忙走出病房，一直走到楼梯间才停下来，然后重重地倚靠在扶手上。他感觉眼泪就要夺眶而出，但还是强忍了回去。他能忍受爸爸的抑郁，也能忍受爸爸因落水感染肺炎，被送到医院，肠子都要咳出来这一系列烦心的事件。

但他无法忍受妈妈不接受现实。

"上帝保佑，"他喃喃自语，"让我们一起渡过难关吧。"

杰米开始慢慢跑下楼梯，还没到一楼，电话就响了。他掏出手机，显示的名字是肯尼。就在他决定是否要接电话之前，他的拇指已经习惯性地按到了接听键。

"嘿，哥们儿，"他说，"什么事？"

"什么事？是你不在学校，好吧。你怎么了？病了吗？"

"我没事，我爸住院了。"

一阵沉默后，听到电话那头说了一句："他妈的。"

"别这样，没事的。不是你想的那样。我们现在的确在医院，医生说我爸得了肺炎。他们把他安置在一个重症病房里，但他可能会被转到重症监护室。"

"上帝啊，杰米。"

"是的，大概就是这个情况。"让杰米意想不到的是，他感觉眼泪又要夺眶而出了。他用力抽了抽鼻子，用手背擦了擦自己的脸颊。

"你需要 ——"肯尼先是犹豫了一下，然后一口气全说了出来，"我是说，如果你需要，我可以过去看你。我父母不会介意的，只要我告诉他们你爸病了。我，你知道的，我不会提到任何其他事情，只说你爸病了。"

杰米很想答应，他现在需要最好的朋友在背后支持他，但他忍住了。他的经验告诉自己，他应该让朋友们远离这些烦心事，因为这些事情和他们毫无关系。

"不用，"他说，"不用了。但谢谢了，哥们儿！"

"没事的，杰米。"这时，杰米听到电话那头传来学校的铃声。他看了看表，知道休息时间已经结束了。如果他在学校，这节课要上数学了。

他突然想起今天自己应该要完成单元测试，不然，老希金斯会生气的。

"告诉希金斯，我不是在逃课，好吗？"

肯尼哼了一声。"说实话，我以为这就是你不在学校的原因。我猜你会躺在床上假装生病，每次你妈进来看你的时候，你就把游戏机的遥控器藏在羽绒被下面。"

"我倒希望如此。"杰米诚实地告诉他，"我为这该死的考试准备了很久，这次我也许真的可以通过考试。"

"好吧，你这次肯定会通过，因为我会告诉你所有的答案。"

"那还有一线希望。"杰米回答道，"快去上课吧，如果你迟到了，希金斯绝不会给你留额外的时间。"

"这倒是真的，这老家伙真烦人。好吧，待会儿给你发信息，好吗？如果你需要找人聊聊，随时都可以给我打电话，明白吗，哥们儿？"

"明白。有空再聊，肯尼。"

肯尼挂断了电话。医院里信号不好，电话里的嘟嘟声过后，留给杰米的是孤独的寂静。杰米叹了口气，在楼梯间又逗留了一会儿。他现在竟然想回学校上数学课，想参加希金斯先生的考试。他还想午餐吃比萨，想邀请哪个女孩去参加舞会，想他的朋友们担心的那些毫无意义的事情。一想到这些，杰米觉得这个世界太不公平了。

真是扯淡，但这就是生活。

突然，楼上的一扇门打开了，杰米赶紧擦了把脸，尽管他没有掉眼泪。他抬头瞥了一眼，本以为可能是个医生或者护士，从那里出来忙着去做他们的工作，但那里好像空无一人，一片寂静。杰米很好奇，又悄悄往上爬了几级台阶，直到他看到一双秀气的女生的脚，正踮着脚尖从对面的楼梯往下走。

杰米看到她的同时，她肯定也看到了杰米，因为她停了下来，她那双穿着芭蕾舞鞋的小脚，就悬空停在下一级台阶上。他注意到，鞋很脏，布料被撕破了，还布满了污垢……那上面是血吗？

杰米伸长脖子，想透过金属栏杆往上看，而瑞秋也在做同样的事情，正在低头凝视着他。她穿着一身医护人员的工作服，对她来说有点儿太肥大了，深色的头发向后梳着。杰米看到一条醒目的红色划痕，从她的脸颊一侧延伸到那双深灰色的眼睛旁边。他认得那张脸。

"瑞秋？"他难以置信地叫道。

她眨了眨眼睛，惊讶地发现这个男孩竟然知道自己的名字，然后杰米看到了瑞秋同样难以置信的表情。

"杰米？"听起来瑞秋和他一样感到吃惊，只不过她没有丝毫犹豫，赶紧回头瞥了一眼她刚经过的那扇门，确认没有动静后，就下楼走向杰米。

瑞秋小心翼翼地移动着双脚，慢慢地下楼，杰米则紧紧地靠在扶手上。但老实说，当看到她居然能站着走路时，杰米大吃一惊，因为就在几天前，她还被一辆巨大的公交车压在下面。

"你好！"她说着，从最下面一段楼梯的顶部绕过拐角。她微微喘着气，脸色苍白。杰米又上了一级台阶，然后轻轻伸出双手，准备扶住她。她看起来随时都可能摔倒。

"你还好吗？"他问，"你……你都能下床走动了吗？"

瑞秋警惕地朝他这边瞥了一眼，然后又抬头看了看楼梯，继续小心而痛苦地挪动着双脚。杰米赶紧侧身，以防被瑞秋撞到——她走得实在太慢了。

"我很好。"她说，"他们说我可以出院了，所以我就照做喽。"

"好吧。"他看着瑞秋慢慢走到他的跟前，穿着那套一点儿都不合身的工作服，说，"我简直不敢相信你连一条腿都没断！那辆公交车可是压在了你身上。"

"是的。"她微微一笑，向前迈了一步，和他站在同一级台阶上，然后又迈了一步。就这样，杰米和她一前一后地往下走，如果她不小心摔倒，他仍然可以伸手扶住她。"我猜只是运气好，除了一些擦伤，没什么大碍。我是说，"她喘了一口气，停顿了一下，说，"虽然我有多处瘀伤，但只要静养几天就行。"她低头看看还没有走完的楼梯 —— 大约还有八级台阶 —— 脸色发白。

"他们就不能派个护工把你推到医院门口吗？"杰米问，"或者……你为什么不坐电梯？"

瑞秋没有理他，全神贯注地下楼梯。杰米注意到她的胳膊在颤抖，手指紧握着扶手，指关节都凸了出来。

"你确定你可以出院了吗？"

"是的。"她厉声说，恼怒地看着他。然而，当瑞秋刚才心虚地从那扇门里走出来时，她就已经露馅了。

这件事有些不对劲。

"那你怎么回家？"杰米问。

她发出了一种近乎咆哮的声音。"你和那个警察一样坏。"她小声嘟囔着。

"警察？"

"算了，没什么。"她挥了挥另一只没握栏杆的手，想岔开这个话题，然后她的身体开始摇摇晃晃。杰米赶紧抓住她的手，在她差点儿摔倒的时候把她拉了回来。她在杰米身上靠了一会儿，然后挪开身子，脸上流露出坚定的神情。杰米看着瑞秋，依然握着她的手。这时，瑞秋稳了稳自己的身体，尝试挪到下一级台阶上。

"医生没说你可以回家，对吧？"杰米轻声问。

她停了下来，第一次直视着杰米的脸，掂量着他是否打算告诉医生她要溜走。

杰米不会这样做。

当她意识到这一点时，稍微放松了一些。

"不完全对。"她舔了舔嘴唇，仔细考虑了一下，然后继续说，"他们说我不需要再待在这里了，但他们又不想让我出院。他们，呃，他们联系不到我姑妈——我和她住在一起——他们打算让社会福利机构来安置我，直到他们联系到我姑妈。但这都是误会。"她又接着说："我姑妈要出去一个星期，去看望一个朋友，反正我已经十七岁了，所以我独自一人没关系。但我没有身份证，我姑妈也没有手机能给他们打电话，而且——"她停顿了一下，对着他无奈地笑了笑。"其实，这没什么大不了的，但他们总把这当成一件大事。我只是要回家，我会没事的。"

"好吧。"他说。

"好吧？"她皱起了眉头，一脸困惑，这让她的眉毛上出现了一条可爱的小皱纹。

杰米耸耸肩，说："对啊，这是你的事，难道不是吗？这样吧，要不我帮你出去。你……你不会打算走着回家吧？"

"坐出租车。"她咕哝道。

"那我带你去出租车站。"

她想了一会儿，又看了一眼剩下的六级台阶，最终下定了决心。

"那太好了。"她说，"现在我感觉自己像是跑了马拉松似的。"

"或者像被公交车撞的？"他冷冷地问。

她笑了，这笑声就像一阵短促的小狗叫声。"其实吧，那辆公交车并没有真正撞到我，它只是压到我了而已。"

"但是，"他笑着说，"那毕竟是一辆大型公共汽车。"

"那倒是。"瑞秋苦笑着表示赞同。

杰米的一只手始终握着瑞秋的一只手，另一只手则扶在瑞秋的胳膊肘下，就像在帮助他年迈的奶奶一样。当瑞秋缓慢地挪动脚步时，杰米一直搀扶着她。在平坦的地面上，瑞秋走得利索一些，但她始终只能拖着脚步，脚几乎没有离开过地面。

当他俩穿过医院大门，来到医院的门厅时，瑞秋明显变得更紧张了，她耸起肩膀，眼睛扫视着四周。然而，没有人试图阻拦他们，他们可以轻松地走出医院。幸运的是，出租车站离医院不远，就在救护车停放处的后面。

有三辆出租车在排队等候。当他俩走近时，排在最前面的司机跳下车来，见到有顾客，他显然欣喜若狂。司机为瑞秋打开车门，然后退了一步，然而当他看到瑞秋身上的工作服，又低头看到她脏兮兮的鞋子时，他的表情顿时阴沉起来。

"我来帮她上车。"杰米说着瞪了他一眼。还好，司机只想做生意拉客人，不想多管闲事，只见他微微耸了耸肩，就赶紧转身上了车，避开了正下着的毛毛细雨。

"谢谢。"瑞秋轻声说，杰米小心地扶着她走到车边。她把手搭在车顶上，对他微笑。"你帮了我这么多，真是太感激了。"

杰米含蓄地耸了耸肩。

"还要谢谢你上次的帮助，你不用坐车送我的。"

"我可不会丢下你不管！"他皱着眉头说。

"好吧，不管怎样，我都很感激。"她微微一笑，然后低下头，小心翼翼地把另一条腿也慢慢抬上车。

"你确定自己应付得来吗？"他突然问道，"我是说，你说你姑妈不在家，你自己……你自己可以吗？"

"我会没事的。"说完瑞秋向杰米露出一个礼貌而坚定的表情，确信自己应付得来。

"能把你的电话号码留给我吗？"

"什么？"她眨着眼睛，惊讶地问。

"不是你想的那样。我的意思是，有了你的号码，我就可以给你发短信确保你一切顺利。"

"我已经说过了，我肯定会没事的。"

"留一个吧，"他恳求道，"这会让我安心一点儿。"

杰米不想让她独自一人费劲地到处走动，如果她再摔伤了怎么办？

瑞秋看着杰米诚恳的表情，想了想，叹了口气，说："那好吧。"然后熟练地报出一串号码，杰米根本记不下来，只能让她再重复一遍。杰米把号码存进手机里之后，又拿给她看了一眼，让她确认。她点点头，说："对的，没错。"

"那好，现在我打给你，这样你就有我的号码了。如果我给你发信息，你就会知道是谁。还有，如果你需要什么，你也可以打电话给我。"

"我不会打给你的。"她回答，决心要把这句话跟杰米说清楚。

"我打给你也一样。"

"那就给我发条短信吧。我手机现在没电了。"

于是，杰米编辑了一条信息，然后点击发送，说："发过去了。"

"太好了。"瑞秋向前瞅了一眼出租车司机，"我们现在可以出发了吗？"

"当然。"司机眼看着瑞秋费了好大劲，才把自己在后排低矮的座椅上安顿下来。

"到家后给我发个信息，报个平安，好吗？"

"好的，妈妈。"瑞秋调皮地笑了笑。杰米也跟着笑了起来，帮她关上车门，然后轻轻挥了挥手，随即出租车就慢慢消失在视野中了。

走回医院时，杰米的脚步轻盈了许多。他顺着刚才和瑞秋见面的楼梯返回爸爸的重症病房，一路上，他不时地打开手机查看信息，尽管他知道瑞秋不可能这么快就到家。更糟糕的是，他意识到自己在不停地傻笑，直到见到父母，他才收起了笑容。爸爸还躺在床上，妈妈依偎在床边。爸爸看了看杰米空空的双手，皱着眉头问："我的巧克力棒呢？"

9. 勿忘我

　　小屋里又黑又静，静得让人后背发凉，仿佛被施了咒语一般。虽然瑞秋仅仅离开了两个晚上，但屋子里的感觉，就像瑞秋已经离开了几个月一样。瑞秋把房门完全推开，走了进去，打破了屋子里的死寂。出租车司机一开始虽然很谨慎，但在途中很快就打开了话匣子，一直说个不停。现在，他还在车上等着，确保他的客人瑞秋在进屋门的时候不会摔倒——看她一瘸一拐的样子，这可说不准——当看到瑞秋走进门时，司机总算松了口气，按了下喇叭就开走了。

　　瑞秋朝出租车挥了挥手，然后关上了屋门。终于回家了，她先是叹了口气，然后把身体紧紧地贴在前门上。此时，她的双腿在颤抖，但她努力控制着自己的身体，避免瘫倒在地上。因为她知道，一旦倒在地上，她就再也爬不起来了。她几乎用尽全身的力气，竭力保持着平衡，摇摇晃晃地走到客厅。天哪，她觉得自己好虚弱，稍微一动，浑身就很痛，站着不动也很痛，就连躺着都很痛。她依稀记得好像在什么地方放了一些布洛芬，但她知道，现在，她更应该吃点儿东西。一想到要切菜或要搅拌食物，她就浑身冒冷汗。现在的她，就连伸手往微波炉里放点儿东西加热，都那么不切实际。于是，她靠在橱柜上，凑合着吃了一碗麦片，然后在碗里剩下的牛奶中，放了两片止痛药。

过了一会儿，瑞秋感到困意袭来。她在医院里都没睡好，第一天晚上快到午夜的时候，她睡着了，但刚睡一会儿就被一名护士叫醒了，让她转到普通病房，腾出急诊室的病床。转到病房后，本来挺安静的，但有一名冒充护士的警官，坚持每小时给她做一次脑震荡检查，丝毫不顾瑞秋坚称自己在车祸中没有撞到头部的说法。现在，能躺在自己的床上，舒服得就像在天堂一样，特别是那些止痛药可以抑制她的疼痛，让她真正放松下来，但瑞秋还不能睡。

她必须先处理一些事情。

她把手伸进牛仔裤的口袋，掏出麦克奎恩警官的名片。虽然它已经有点儿脏了，四角弯曲，中间还有一道折痕，但这都无关紧要。这张名片被麦克奎恩警官碰过，而且一直放在他的身上，这正是瑞秋所需要的。

瑞秋跪在客厅的地板上，费力地想打开通往地下室的活动门板，但下半身还使不上劲，折腾了一会儿之后，还是没能打开，于是她想先干点儿别的。她先把碗里的麦片冲洗干净，然后给手机充上电。手机刚通上电，就开始欢快地响个不停，原来是之前错过的信息一下都弹了出来。看到这些信息时，瑞秋笑了。在现实生活中，瑞秋确实没有几个朋友，但她在网上弥补了这一遗憾，网上很少有人会刨根问底，她很容易把自己隐藏在一个角色后面。

突然，手机提示音又响了一下，又收到一条短信。出于好奇，瑞秋在手机屏幕上点开这条消息，然后，禁不住笑了。

你好。只是想确认你是否已经平安到家。出租车司机看起来不像个变态杀手，但谁知道呢？杰米。

杰米。当她一开始在楼梯间看到他时，她还有点儿惊慌失措，以为杰米会阻止她逃跑，但恰恰相反，杰米还帮助了她。她原以为走楼梯会比坐电梯更隐蔽一些，下个楼梯对她来说能有多难呢？事实证明，的确很难。现在，瑞秋诚实地承认靠她自己可能无法成功。如果一些护士或医生发现她扑通一声倒在楼梯里，她会立即被押回到病床上。然后，在社会福利机构来把她带走之前，他们会确保她一直待在医院。

不过，在那里遇到杰米真是个奇怪的巧合。瑞秋并不相信巧合。

瑞秋的手指飞快地滑过手机屏幕，给杰米回复信息。

我还活着。出租车司机原来是一个孤独的老人，他想告诉我他的人生故事。在聊到我的故事的时候，其实也没有太多可说的，所以我们又转移了两次话题。再次感谢你的帮助。瑞秋·x

出于习惯，瑞秋在信息的最后，加上了这个飞吻的符号。她动动拇指想删掉，随后停顿了一下，还是点击了发送。

"现在要干正事了。"她对自己说。

她走到通往地下室的小门前，慢慢地跪下来，动作和她想象中的一样尴尬——当然也一样痛苦。当她跪到一半的时候，她真希望自己是跪在一个枕头上面，但她实在无法忍受再站起身拿枕头的痛苦。当她拉出一边的滚轮的时候，肩膀已经疼痛难忍了，最终她还是没能把活动门板抬起来。此时，她的肌肉似乎在尖叫着表示抗议。随后，她又试了几次，当她终于把地下室的活动门板打开时，已经气喘吁吁了，额头上也沁出了晶莹的汗珠。

事情还没有结束，她还得想个办法把自己弄下去。幸亏小屋里没有其他人目睹她那可怜的样子。她快速移动，直到她的双腿跨过小门，然后一次性地一步步走下台阶。

"简直了。"当她走到地下室时，自言自语道。

出去的时候，可能会更糟。

她尽量不去想这件事，先在狭小的空间里转了一圈，点燃了架子上的蜡烛。当地下室的墙壁渐渐被闪烁的烛光照亮时，她把注意力转向了树桩。

　　"我知道，"她对着树桩说，"你没想到这么快就能再见到我。不过，我遇到些倒霉的事，我被一辆公交车撞了，你敢信吗？"她哼了一声。

　　现在我正和一棵树说话，她想。

　　不过，这不仅仅是一棵树。

　　哦，别人可能会认为它就是一棵树，就像一大块烧焦的木头，被随意地摆在地下室的中央。如果他们把手放在树桩上，除了被火烧过变得光滑的树皮，还有瑞秋亲手在上面雕刻的每一个符号外，他们什么也感受不到。他们感受不到生命，也感受不到贯穿其中的力量，更感受不到树桩内仿佛有颗心脏在规律跳动的那种平静。

　　它不仅仅是一棵树，还是瑞秋的密友，因为没有更好的词能形容他们的关系了。它可比猫好多了——不需要讨厌的猫砂盆，也不会把半死不活的老鼠带到小屋里。不过，她确实得喂它。有时这棵树很乐意接受一些小礼物，比如薰衣草花瓣，有时是别的东西。

　　好吧，这取决于瑞秋的要求。

　　今天，她的要求很多。

　　跪下来对现在的瑞秋来说，是一件麻烦事，她本可以不这样做，但她还是努力做到了。她急切地想开始，想把这件事尽快了结，但焦虑和急躁却成了她的障碍。由于焦虑和急躁堵塞了她的内脏，魔法就不可能在她体内运行。她闭上眼睛，深深地吸了一口气，然后又深吸了一口气，试图稳定自己的思绪，净化自己的灵魂。

　　过了一会儿，瑞秋感到疼痛不断袭来，尽管她吃了止痛药。瑞秋还在努力地平复自己的心绪，她告诫自己必须平复下来，留给她的时间不多了。最后，她终于平静下来，感觉自己的心境变得无比豁达。显然，她准备好了。

这时，瑞秋睁开眼睛，拿起一块小刀片，毫不犹豫地沿着她的拇指切下去，切得很深，血涌出来，流向手腕。然后，她伸出手去摸树桩，把血涂抹在雕刻的符号上以示保护。片刻之后，血净化了。瑞秋抬起头，在树桩顶部画上了同样的符号，结果血很快就被诡异地吸进了树桩。瑞秋能感觉到，这棵树很渴望吸她的血。她用另一只干净的手，从口袋里取出麦克奎恩警官的名片，把它放在树桩上。随后，她用自己血淋淋的拇指按在卡片上，在警官的名字上留下了一个红色的指纹。

在这个牢房般密闭的地下室里，空气似乎在剧烈地颤动，仿佛有什么东西快要爆炸了似的。瑞秋能感觉到树的兴奋，她血液中的能量在力量符号上跳动，她感觉到自己的心跳如同被电击了一样。

"你知道接下来会发生什么，对吗？"她小声地说。

她深深地吸了一口气，点燃了一根火柴，把它举到树桩上。火苗疯狂地跳动着，强烈的气流震得瑞秋快要跪下来了，她的胃跟着紧缩起来。这虽然很痛，但此时的瑞秋正全神贯注地注视着眼前的火苗，完全忽略了身体的疼痛。她感觉自己就要和身体分离了，好像她才是那棵树，而不是她自己。

虽然她和树都不喜欢火。

但都被释放的魔力所吸引。

火苗就要烧到瑞秋的手指了，她的每一块肌肉都本能地紧绷着，以抵御即将到来的灼伤。这时，瑞秋把火苗引到名片上，火苗不可思议地飞快向上扑，嗖的一声吞噬了卡片。

"忘了吧，"瑞秋低声说，"忘掉我，忘掉这个地方，忘掉你的怀疑，永远忘掉。"

接着，她把手放在火苗上，热浪在舔舐着她的皮肤，很痛，但不会灼伤她。当她抽回手时，皮肤又恢复了以前的光滑无瑕。

"忘了吧，"她小声嘟囔着，"忘了这一切。"

这时她感觉到了，她的内心在剧烈抽搐，然后在魔法的控制下，她欣喜若狂地释放出来。它流过她的身体，迸发出来，进入这个世界，满怀希望地完成它的使命。一时间，瑞秋感觉地下室里的空气都被吸走了，她倒吸了一口气发现，她的肺突然瘫痪了。但随后火苗熄灭了，一股力量把她推开。

一阵尖厉的爆裂声标志着魔咒的结束。

经历了刚才的一切之后，瑞秋变得无精打采、筋疲力尽。不过，这是一次有意义的疲惫，就像一名运动员跑完了一场艰苦的马拉松比赛，他们的体力耗尽，肌肉因内啡肽而酸麻。她确信这招奏效了。

她站起身来，低头看看烧焦的名片灰烬，上面几乎什么信息都看不到了。

"现在，"她看着灰烬苦笑说，"我不想在这里再看到你了，听到了吗？"

她弯下腰，在树桩顶上轻轻吹了口气，灰烬就消散了。突然，眼前的景象让瑞秋一惊。原来这就是之前她听到噼啪声的原因，她在施咒后还隐约记得，现在她完全明白了。在树桩的顶端有一条狭长的缝隙，窄得她无法把指尖伸进去，但缝隙就在那里。

"不要啊！"她低声说。

这就像看到一个朋友，受伤躺在医院里，你却无能为力。这棵树一直陪伴着她，不是刚开始陪伴，而是已经陪伴了很久很久。瑞秋的力量随着时间的推移而增长，她的咒语也变得愈加强大。然而，她很少能发出像今天这样的咒语，这种咒语已经超出了她自身的能力——会搅乱别人的思维。而这，就是施咒后的结果。

瑞秋把一只手放在裂缝上，仿佛这是一个她可以治愈的伤口。

"对不起，"她低声说，"我以后会更加小心的。我发誓。"

杰米是个短信狂。瑞秋微笑着低头看着屏幕，读着他刚发的消息。杰米给她讲了一个故事逗她开心。在一场橄榄球比赛中，有个女孩为了吸引一个叫加文的男孩的注意，而分散了一半队员的注意力，结果被教练禁止进入球场。最后，球队被打得一败涂地，但杰米似乎并没有为此感到太难过。

她很高兴自己能分散注意力，因为今天是她发生事故后回来的第一天，第一天坐公交车进城，第一天在看到预兆后回到书店。她告诉自己，是公交车的旅程让她的胃在颤抖，手心冒汗。她担心再一次经历事故和随之而来的所有痛苦与不便。那当然是不会发生的。她担心回到书店会遇到更多的预兆，还担心那个陌生女孩会一直在她身边徘徊，注视着她的一举一动。

*这周你会加练吗？*她输入了一条新信息，*也许如果你特别努力，下次可能会多得一些分。*

当杰米正在输入的提示立刻出现在屏幕上方时，她的嘴角露出了笑容。

我打后卫，所以无论如何我都没有太多得分的机会。

*我……不知道你说的什么意思，*瑞秋回复，*我不看橄榄球的。*

公交车轧到了路上的一个大坑，剧烈地颠簸着。瑞秋一把抓住身旁的安全杆，一股肾上腺素在她体内涌动。

好吧，也许是再次坐公交车会让她莫名紧张。

她深吸一口气，镇定下来，又看向手机。杰米的下一条信息已在等着她了。

如果橄榄球有守门员的话，那肯定是我。

我也不看足球，瑞秋回复道，试图不去理会她那轻微颤抖的手，尽管公交车的暖气就从她脚边吹过来，她的手指却还是冰凉的。不过，她对足球的了解足以让她知道守门员这个位置的作用。*当你表现不好的时候，他们就会把你困在那里吧？*

杰米回复了一连串愤怒的表情包，瑞秋忍不住大声笑了。

*看来你没有否认我说的话。*瑞秋一边笑着，一边按着手机。她是发自内心地开心，笑得有点儿过于明显，以至于过道对面的一个老太太，向她投来会意的目光和微笑。瑞秋调皮地回以微笑，然后又赶紧去看屏幕，焦急地等待着杰米的回复。公交车又经过两站，有不少乘客下了车。这时，她的手机又响了。

我要上数学课了 ——看到这条短信，瑞秋不快地噘起嘴。这意味着杰米暂时不能和她聊天了 ——*或者我可以聊聊我为球队做了"许多"重要的事情，即使我通常不得分。*

当然，要学数学。这可是个不错的理由。

她喜欢戏弄杰米。他总是上钩 ——这次也不例外。

我真的要上数学课！我真的有数学课！

当然，当然。

准确地说，是一场数学考试。哦，对了，你今晚为什么不来看看我

训练呢？到时你就会见识到我的厉害了。

瑞秋盯着屏幕，想了想这几天的事情。在她从车祸中恢复过来的这三天里——要知道，这个恢复速度可比普通人要快得多，她几乎一直在给杰米发短信，但始终没有给他打电话或与他见面。实际上，瑞秋只和他见过两次面：一次是在公交车上；另一次是在医院里，杰米帮助她逃跑。对于在现实生活中建立真正的人际关系，瑞秋一直谨小慎微，这是有充分理由的。

尽管如此，她还是想答应杰米。

*你怎么不说话了……*杰米发来一条信息，*一定要让我在数学考试前，看到你的回复哦。*

然后，过了一会儿，杰米又发来一条信息：*千万别因为我周五有一场可怕的、令人讨厌的数学考试，就让你心生内疚而答应来看我训练。千万别这样。我可不想你怜悯我，一点儿都不想。*

瑞秋哼了一声。

哦，那好吧。我会去的，我倒要看看你射门时被双面夹击而得不了分的样子。

好的！……我们到时再说得不了分的事。很期待见到你。x

*我也是，*瑞秋回答，尽量不去过多地解读杰米在信息后面添加的小x，但不幸的是，她没有做到。*祝你考试顺利。*

杰米没再回复，瑞秋想他可能已经上课了。于是，她向窗外望去，想看看还有多长时间才到站。突然，她忍不住尖叫一声——刚好到站了！

她猛地站起来，用大拇指按了一下停车按钮，急忙穿过过道，匆匆走下公交车。三月末的早晨，下车走进刺骨的寒风中，她觉得很轻松。杰米是那么……真实，那么美好，那么友善，他就像一股清新的空气。

她本不该去看他训练的，但又很想去。她暗自笑了笑，内心已经很期待了。

不过，这种轻松的感觉只持续了片刻。她刚离开公交车站，开始向位于陡峭山坡上的书店走去，一种沉重的恐惧感就涌上她的心头。

那种不舒服的感觉还会在书中挥之不去吗？她会不会再看到那个女孩的身影？难道要等着那双深不可测的黑眼睛带给她惊喜吗？

"不，"她愤愤地低声说，"你不能把我的店夺走。"

她不停地暗示自己一定要意志坚定地走下去，以至于她走到书店门口时，都有点儿上气不接下气。这次她开门还算顺利，接着她屏住呼吸走进去——

然后喘了一大口气。

书店里空空荡荡的，只有书籍散发出的温暖的香味，仿佛这些书在等待着欢迎她回来。

10. 浪漫的时光

"杰米！快闪开！你没看清他的战术吗？"

杰米皱着眉头，无精打采地听着教练的训话。雨下了几个小时，仿佛已经浸透了一切，偌大的球场已变成一个泥泞不堪的角斗场，队员们一次又一次滑倒、防守、进攻。此时的杰米也冻僵了，可教练除了对着他们大喊大叫之外，什么也没做。遇到这样的鬼天气，瑞秋肯定不会来了。吃午餐时杰米给她发了短信，她说她还会来，但那时的天气还没这么糟糕。有哪个女孩会愿意来这里，站在场外吹着寒风，冒着倾盆大雨看一群男孩像白痴一样摔跤呢？

尽管大卫是球队中速度最快的队员，但跑到了球场的尽头，他也没能抓住一直追赶的边锋。当教练为此责备他时，他无奈地低下了头。雨水从他的鼻子上流下来，他本能地抬起手背想用力地擦掉时，才意识到他的整个手臂都沾满了泥巴。

"这个战术要再来一遍。"教练吼道，"你们都给我听好了，必须把这个战术练好，练不好的话，你们晚上就在这里继续练！我不在乎！"

教练的话音刚落，球员们就一片呻吟，当然这也包括杰米。但又有什么办法呢，教练的话谁敢不听呢？他们只能不情愿地拖着步子回到自己的位置。这时，加文慢跑过来，来到杰米身边。虽然加文尽力忍住不开口，但忍了大约只有十秒钟，就用胳膊肘碰了碰杰米。

"嘿，我想问问你卡拉的事。"

"她怎么了？"

"你和她，你们分手了吧？她是这么说的。"

"是的，我们结束了。"杰米同意道。

"太棒了！"加文终于说出了这句话，然后侧目看着杰米，"那我约她出去，你没问题吧？"

"当然没有。"事实上，加文是在帮杰米。早些时候，杰米对加文的不满，在经历了一场灾难性的比赛后，也已经烟消云散了。正如预测的那样，加文在半场休息时被换下，杰米替补登场。杰米上场后有效阻止了那场比赛的溃败，但还是回天乏术，没能改写场上的比分。尽管如此，杰米还是夺回并巩固了自己在队里的位置……卡拉昨天用法语非常友好地和他打招呼，根据经验，她只有在想得到什么的时候，才会表现出那样的友好。所以，杰米很紧张，害怕她会说想重新来过，那样的话，杰米的处境会比现在更尴尬，因为他们有三节课要在一起上，到时他会说"不"。

是的，他会说"不"。他现在不想再和卡拉混在一起，而是很想和另一个女孩出去约会。

杰米朝加文做了个鬼脸。也许他可以在训练结束后给瑞秋发条短信，建议另约时间喝个咖啡。并不是说看他训练是一次约会，而是杰米希望这能让他们有一次约会。

话说回来，他总不能浑身湿透、满身是泥地走进咖啡厅吧。

"真扫兴，我没看到卡拉来看我训练。"加文沮丧地说，"你看到了吗？"

杰米哼了一声。没，他也没看到。

"不过，那个是谁？"加文问道，"那是马丁新约的女孩吗？"

"谁？"杰米问，抬起头环顾四周。

在田野对面的一条长椅上，坐着一个瘦小而孤独的身影，正蜷缩在一把伞下。当她看到杰米看见她时，朝杰米轻轻挥了挥手。

"是瑞秋。"杰米兴奋地对加文说，冰冷的脸上顿时露出了笑容，"她是我的女孩，不是马丁的。"

至少，杰米希望她会是。

训练又持续了漫长的十五分钟，在这段时间里，杰米更加心不在焉了，因为他要随时关注瑞秋是否还坐在那里。杰米担心她会感到无聊而离开，尤其是当训练早已过了应该结束的时间。终于，他们结束训练了。他没有理睬那些去公交车站的队友，而是一路小跑去见瑞秋。

当他跑近时，瑞秋站了起来，理了理肩上的包，又把夹克拉得更紧了一些，顺手把夹克的领子竖起，完全遮住了脖子，以抵御寒冷。虽然一直撑着伞，但她的衣服还是湿了，几绺头发也被打湿贴在脸上。

"我没想到你会来。"他打招呼说。

"我说过我会来的，不是吗？"她回答。

"是的，但是……那是在下大雨之前说的。"

"嗯，但我得亲眼见识见识你的厉害啊！确实让人印象非常深刻……特别是你摔倒在泥里的那次。"

"是那几次吧。"杰米回答，嘴唇颤抖着。瑞秋疑惑地扬起眉毛。"我摔倒在泥里的次数，肯定不止一次。"

她扑哧一声笑了，还推了推他的胳膊，然后不好意思地低头看了看自己的手指，最后陪着满身泥垢的杰米一起离开了。

"看起来挺好玩的。你们的训练总是这样吗？"

"也不总是，"杰米告诉她，"但经常是这样。"

"苏格兰的天气，"瑞秋若有所思地说，"或许你应该考虑选择一项室内运动。"

"不，我喜欢待在户外。而且，这些泥巴让我看起来很有男子气概。"杰米一边说着，一边挺起胸膛，伸展着手臂的肌肉。瑞秋又笑了，和杰米想象中的那种笑容一模一样，但她的目光也扫过他的肩膀，向下看了眼他的肱二头肌。

棒极了。

"我可不认为浑身透湿和泥巴飞溅，会让我觉得女人味十足。"她评价道。

"我不知道，可我觉得你现在看起来就很漂亮。"杰米说。

沉默了一会儿，瑞秋突然大声说："哈！"她摇摇头，依然咯咯地笑着。"你在撒谎，你真坏。"

"我真坏？"

"坏透了。"

"好吧，是我的错。"杰米尴尬地动了动肩膀，试图摆脱此时的尴尬，说，"其实你不必跑这么远来看我训练的。"

"一点儿也不远，"瑞秋对他说，"我的书店就在山上。"

她向身后市中心的方向指了指。

"你的书店？"

"对，我的书店。我有一家旧书店。"

"哇，你这么年轻，是怎么做到的？你看起来应该还在上学。"

"没错，"她做了个鬼脸，"房子是我姑妈的，但书店是我的，她在遗嘱中把书店留给了我。"

尽管瑞秋说话的方式有点儿奇怪，而且神情还有点儿紧张，但杰米决定不再追问下去。

"就算这样，你这么年轻就有了自己的生意，这很让人佩服。我猜……嗯，咱俩年龄相仿。"

"我十七岁了。"瑞秋谨慎地说，"我不喜欢上学，所以姑妈就在家教我。在我十五岁的时候，我就学完了所有的课程。而且，姑妈也准备退休了——她年纪越来越大了——所以我开始跟着她学习管理书店，学习如何做账之类的事情。现在书店是我的了。"

"好吧，哇哦，你真让我自愧不如。"杰米开玩笑地说，试图消除瑞秋心里最后的一丝紧张，"我还整天抱怨数学考试。"

"还好啦，"瑞秋立刻说，"我知道管理书店不容易，但我喜欢这些书，也喜欢经营书店。"

"我真想去看看。"杰米提议道。

"现在？"瑞秋惊讶地眨着眼睛问。她的目光投向杰米一身脏兮兮的球衣。

"我书包里还有一套换洗的衣服。"杰米自信地说，"我也是受过良好家教的。放心，我不会像摇头晃尾的小狗一样在书店乱逛，也不会有其他不妥的行为。"

"你最好别有，"瑞秋反驳道，假装威胁地眯起眼睛，"你可千万别惹我生气。"

瑞秋带着杰米路过公交车站时，杰米的很多队友挤作一团避雨等车。随后，他俩爬上蜿蜒的小山，来到镇上最热闹的地段，那里有很多小精品店。杰米对这块环境很熟悉，因为他以前带卡拉来过附近的小咖啡店。

"嘿，我知道这个地方！"杰米说。这时，瑞秋在一扇大窗户前停了下来，玻璃后面陈列着一小堆旧书和黑白图片。"不过，我从来没有进去过。"他不好意思地承认道。

"没关系。"瑞秋冷冷地说，"你比我的大多数顾客都要年轻四十岁左右。"

她用一把老式的大钥匙打开窗边那扇结实的木门，然后走了进去。门没关，好让杰米跟进来。

书店里虽然不是特别暗，但一排排的旧书似乎吸收了从书店门口射进来的光线。这些旧书还减弱了杰米那双布满鞋钉的橄榄球鞋发出的声音，尽管他在木地板上走得小心翼翼，但还是发出了啪嗒啪嗒的声音。书店四周出奇地安静，墙上好像有一种奇异的永恒感。

这有点儿……嗯，说实话，这有点儿令人毛骨悚然。

瑞秋走到一张巨大的桌子后面，拨弄着墙上的开关。突然间，光线充满了整个空间。它驱散了这里令人毛骨悚然的感觉，但没有消除这里的肃穆安静。

"我觉得在这里我要低声说话。"杰米小声地说。

"为什么？"瑞秋问，她的声音在书店狭小的空间里回荡。

"我也不知道。"杰米耸耸肩，"可能是这些书的原因，就像我小时候在图书馆，我觉得它们应该被……"

"尊重？"瑞秋问道。

"对，就是这样。"

瑞秋给了他一个温暖的微笑，她走到一面墙前，伸出一只手，放在一排皮面书上，说："有些人把这些旧书就这样扔掉了，这让我很伤心。现在每个人都想要闪亮、崭新的东西。"

"我猜你不喜欢电子书吧。"杰米开玩笑地说。

瑞秋略带愧疚地看了他一眼，说："我有一个 Kindle，其实我很喜欢它，走到哪里都带着。但你在 Kindle 上可买不到这些旧书。"

一本封面已经褪色、磨损严重的厚厚的插图书，吸引了杰米的注意。它孤零零地立在书架上，褪色的镀金封面依然散发着庄重的金光。杰米刚要伸手去拿，想知道里面的插图是否还在，突然瑞秋发出了一声歇斯底里的喊叫。杰米转头看向瑞秋，此时的她怒目圆睁，伸出双手想要阻止他，尽管她还站在书店的另一头。

杰米立马举起双手表示无辜。

"不能碰这个，对吗？它很值钱吧？"

"它至少值几百英镑。"瑞秋告诉他，"主要是……你身上很……脏。"

"哦，是，不好意思。"杰米低头看了看自己满是污垢的双手，朝瑞秋做了个鬼脸，说，"抱歉，抱歉，你有什么地方可以让我换洗一下吗？"

"后面有洗手间。"瑞秋说着朝书店后面的方向点了点头。

"太好了。谢谢。"

杰米一把抓起书包，赶紧走到书店的后屋开始摸索。他顺着墙壁，很快发现了一个古老的电灯开关，他用手一按，光秃秃的灯泡立刻亮了起来。这里的空间很窄，大部分都留给了储物箱——杰米顺手打开盖子往里面看了一眼。哇哦，全是书。有一个很小的厨房，里面有张小桌子，上面放着一个水壶和一台微波炉，下面放了台小冰箱，还有一个带迷你水槽的洗手间。

杰米把包扔在地板上，侧身挤了进去。水槽上方有一面镜子，他看着镜子里的自己不禁苦笑一声。他的头发都竖了起来，一侧脸颊和额头上尽是泥巴。他把湿透了的衬衫往上一拽，脱了下来，砰的一声扔在地上。当他打开水龙头时，水龙头发出咳嗽般的喀喀声，伴随着断断续续不时喷溅的水花。放了好一会儿，水还是很凉，以至于杰米认为根本就没有热水。但又过了一会儿，好像另一股水流在墙里呼呼作响，顿时，水龙头终于冒出了滚烫的热水。

"啊！"杰米喘着气，从水流下猛地抽出双手。

"你在里面没事吧？"瑞秋喊道，从声音判断，她好像就站在外面，"是不是……发生了什么事？"

镜子里杰米正一脸困惑地盯着自己，心想，这真是个奇怪的问题。

"我没事。就是……水一下变得好烫。"

"原来是这样啊。"瑞秋微微一笑，"是的，这个水龙头经常会那样，不好意思啊！"她停顿了一下，接着说："你先洗吧，我走了。"

杰米稍微摆弄了一下，设法把水温调到不那么滚烫的程度，然后赶紧洗了起来。他对自己的发型无能为力——他把发胶放回家里了——但他还是换上了平时上学穿的裤子，还套了一件白色短袖。这件短袖有点儿紧，他通常把它穿在衬衫里面。因为学校里很冷，如果你在教室里穿件夹克或连帽衫，有些老师就会大发雷霆。所以，他只能这么穿。换好后，他转过身来，对着镜子自我欣赏了一番，感觉非常良好。这样穿，显得他身材健硕，而且他已经看出来瑞秋喜欢他手臂上的肌肉。

"暂时就这样吧。"杰米对着镜子里的自己说。

他想，如果瑞秋不喜欢他，就不会带着他来到她的书店，也不会冒着倾盆大雨吹着寒风去看他训练。他把脏衣物塞进包里，从后屋回到了书店里。

"……哈喽？"瑞秋不在柜台。灯是亮着的，但书店里没人。"瑞秋？"

他又回后屋看了看，但瑞秋也不在那里。杰米觉得自己像个十足的白痴——如果这是个游戏，那也是一个另类的游戏——他蹑手蹑脚地绕过那张被瑞秋当作柜台的大桌子，看她是否藏在桌子后面。

也没有。

"瑞秋？"

她到底去哪儿了？她的雨伞还插在门边的伞托上，水都渗到了地板上，书店的钥匙就随意地放在柜台上。她就这样……消失了。

杰米在这个小书店里转来转去，找了大概五分钟，还是连个人影都没看到，他突然有种毛骨悚然的感觉。此时，他呆呆地盯着书架，他那双没看过几本书的眼睛，根本无法分辨哪些书是有价值的，哪些书只是用来填充书架的。书架上的玻璃盒子里确实放着几本书，当他试图打开盒盖时，发现盒子被瑞秋锁住了，估计是防范那些手脚不干净的小偷，还有她潜在的男朋友。

不过，那本镶着金边的插图书再一次吸引了他，他发现自己不知不觉又站在了这本书的面前。他不知道这本书有多少年的历史，但它有一种古朴的美。或许插图里的那些金色、鲜艳的蓝色还有红色曾经光彩夺目，但随着时间的推移，都已渐渐褪色，但它现在……现在依然庄重，用"庄重"这个词来形容一本书，感觉真的很愚蠢，但又觉得很适合。这次没有人阻止杰米看插图书了，何况他已经洗过手了，还洗了两次。

杰米打开封面，翻了几页，这本书的纸张像羊皮纸那样厚，上面的字迹一点儿也不整齐，杰米认为是手写的，就是先把笔在小墨水瓶里蘸一下，再拿出来写的那种。杰米看不懂，纸上的字迹潦草，好像把字母混在一起写了，也有图表和图片，甚至还有五角星和看起来像维京文字之类的符号。再往后翻，杰米发现书上有月亮和火的图画，还有一整页的插图，画的是一片似乎在发光的黑色树林。杰米过了一会儿，才意识到画中可能加了点儿银色颜料，所以给整幅画带来了一种奇怪的空灵感。

杰米目不转睛地盯着它，眼睛追寻着树木的线条、穿过画面的银色小路，以及照耀着这一切的满月。当看到一只大乌鸦坐在枝头时，他吓了一跳，因为一开始，杰米并没有注意到它。虽然乌鸦在画里很小，但他可以看到它的眼睛正怒视着他。

"你真可怕！"他对乌鸦说，"我虽然不知道'可怕'到底是什么意思，但用来形容你最好不过了。"

就在这时，门开了，木门转动时刮擦地板的声音，听起来就像是乌鸦刺耳的叫声，杰米吓得跳了起来。

"你没事吧？"瑞秋问，满脸疑惑地对他笑了笑。她举起两个杯子，杰米认出那是对面咖啡店里的。"我想，我应该弄点儿喝的让咱们暖和暖和。"

"啊……是的。"他从书旁后退了几步，试图用一样的微笑来掩盖他略带愧疚的表情，"谢谢，那真不错。"

当瑞秋拿着饮料走过来时，他穿过房间迎了过去。

"我不知道该给你买哪种，"瑞秋说着递给他一个大纸杯，"但我想大家应该都喜欢热巧克力。"

"我超喜欢热巧克力。"杰米高兴地说。他挪了挪身子，想用身体把打开的那本插图书遮住，这可是他偷看的证据。不过，他的肩膀还是不够宽，瑞秋把头歪向一边，向他身后瞥了一眼，问："你没忍住偷看了？"

"对不起。"他做了个鬼脸，"我保证我洗过手了，我翻书的时候真的很小心。"

"没关系。"瑞秋笑着对他说，"和这里的一些书相比，它其实并没有那么值钱。但它是独一无二的，没有其他东西可以取代它。你能读懂上面的字吗？"

杰米认真地考虑片刻，然后摇了摇头，说："上面的字可不是新罗马字体。"

"对，不是的。"瑞秋笑着同意道，"这些字是用手写体印刷的，经年累月都已经褪色了。老实说，如果我没有在它刚出版的时候读过它，我也不知道现在是否能全部看懂。"

"这本书是什么时候出版的？"杰米扬起眉毛问道，"我们现在谈论的是前世今生，还是你其实是个永生的吸血鬼？这就是我只能在下雨的时候看到你，你不能在阳光下出去的原因吗？"

他说这话时，瑞秋的脸上掠过一种奇怪而狂野的神情，但最后她只是哼了一声。

"你希望我是个魅魔？"她说。

"你想多了，我还没吻过你呢。"

瑞秋过了好一会儿才明白这句话。这时，瑞秋气得张大了嘴，愤怒之下，她捶了一下杰米的胳膊。"你太坏了！我可不是这个意思。"

"你不是这个意思吗？"杰米问道，饶有兴致地看着瑞秋瞬间涨得通红的脸颊，得意地问，"你还好吧？怎么脸红了？"

"是喝了热巧克力的原因。"瑞秋反驳道。

"噢，当然。"杰米虽然表示赞同，但声音里透露出他显然不相信瑞秋的话。

这时，瑞秋噘起了嘴，她认为最好的办法就是沉默。她转过身背对着杰米，走向那本书。

"这本书并不像看上去的那么陈旧，"她说，"这是我的一个朋友写的。你知道这本书写的是什么吗？"

"看起来像……巫术？"

"是现代巫术。"瑞秋轻声纠正道，"但你说得也对，和巫术差不多。"她伸手去摸那张让杰米非常着迷的插图，问道："你为什么把它打开放在这儿？"

"我不知道。"他一脸无辜地说，"我只是……觉得那张图片真的很酷。在上面，我还看到了乌鸦。一开始我根本没注意到它，但感觉它一直在盯着我看。"

"乌鸦……"瑞秋喃喃自语道。

"对啊。"杰米走过来，站在她身后，伸出胳膊搂住她的腰，轻轻地指了指画上的那只鸟，"确实很难注意到它，但你仔细看看，它就在这儿。"

"是的，我看到了。"瑞秋平静地说。

这张图片确实很酷，但此时，瑞秋正站在他的前面，缕缕头发从发髻上滑落，盖住了她柔美的后颈，所以现在这张图片已经不再像之前那么吸引杰米了。杰米把热巧克力放在插图书旁边的架子上，然后用一根手指顺着她脖子的曲线，温柔地抚摸着瑞秋光滑的皮肤，一直到瑞秋上衣领子的位置。

瑞秋低声嘀咕了一声，扭动着身体挣脱了他的抚摸。与此同时，瑞秋又向后靠在杰米的身上，杰米顺势把双手放在瑞秋的腰部，慢慢地把她转过来，让她抬头看着他。杰米接过她手里的热巧克力，放在自己的杯子旁边。

"我真的很喜欢你。"他温柔地对瑞秋说，"谢天谢地，你没在那场车祸中丧生。"

瑞秋眨了眨眼睛，然后发出一阵大笑。"你是认真的吗？"

"当然了。"杰米表示赞同，"真不敢相信，我能这么顺利地说出这些话。"

"你真是个傻瓜！"

"一个可爱的小傻瓜？"他满怀期待地看着瑞秋，希望听到瑞秋肯定的回答。

瑞秋没有回答，而是踮起脚尖，吻了一下杰米的嘴唇。杰米惊讶地愣了一会儿——他没想到瑞秋会主动地迈出这一步——当他们双唇紧贴，她身上淡淡的香水味萦绕着他时，他已经沉醉在这个香吻之中了。

如果把一场车祸当作某种幸运，这种看法似乎不太妥当，特别是瑞秋在事故中还受了伤……但命运确实在魔幻般地安排着这两个人的轨迹。

三个月后……

11. 又是没变老的一年

"你没必要这么做，知道吗？"

"什么？我们都已经到这儿了！"

"我知道，但是……但你确实不必这样做，我不想这样。"

"杰米——"

"好吧，这是你的生日，你想怎么过就怎么过。"

瑞秋深情地看了杰米一眼，嘴角露出一丝微笑。"好的。"

"你想和我父母一起吃晚饭？在你生日这天，对吧？"

"我想和你在一起，我想真正了解你，还想弄清楚到底是你的爸爸还是妈妈，遗传给你这么糟糕的幽默感。"

"我没有幽默感？"

"是的。"瑞秋伸手去拉汽车的门把手，使劲地拉，"我是这么觉得。"车门还是打不开。"车门怎么了？怎么打不开？"

杰米涨红了脸，摸索着自己的安全带，同时猛地打开他那一侧的车门。"我都把这事给忘了，肯尼昨天把它弄坏了，现在必须从外面才能打开。"

瑞秋耐心地坐在车里等着，杰米绕着车跑了一圈，然后为她打开副驾驶座的车门。车门打开的时候，发出一阵响亮的咯吱声。

"这辆车合法吗？"瑞秋一边问，一边从车里爬出来。

"这辆车还有什么合法的地方吗？"杰米反问道，"它还能开，这就是它唯一值得称赞的地方。"

这是一辆深蓝色的掀背车，全车锈迹斑斑。车里的气味，就是那种大家都想去除的香烟的味道，这和前排座椅上的三个被烧焦的小洞倒是很吻合。发动机一启动就轰隆作响，连风挡玻璃上的雨刷都坏了。上周杰米刚通过驾驶考试，就搞来了这辆车，想在瑞秋面前秀一下车技。瑞秋一直不忍心说她其实害怕坐进去。

毕竟，和杰米在一起，可不是要拿自己的生命做赌注。

当然，杰米至少开得很认真，双手始终紧紧地抓着方向盘，就像用胶水粘在上面一样，注意力完全集中在路面上。他们从她的小屋出发，一路开到了杰米父母邀请她共进晚餐的餐厅，没发生任何意外，车也没抛锚。

瑞秋按照杰米教她的方式，稍微用力关上了副驾驶座一侧的车门，然后抬头看了看这家餐厅。她确实很想来这里，也确实很想见见杰米的父母，但是……

他们之间发展得太快了。

杰米知道她住在哪里，也知道她的书店在哪里。现在杰米也应该知道了，她一直声称和她住在一起的姑妈，其实并不存在。虽然杰米从来没有问过这事。现在她就要见杰米的家人了。

风险接踵而至。

然而……她就是控制不住自己。她比以往任何时候都更快乐、更有活力，她禁不住希望，也许事情最终会朝着她期待的方向发展。

尽管这样很危险，但极具诱惑力，瑞秋觉得她已经受够了以前的事情，现在是时候享受生活了。她拉着杰米的手，跟他走进了餐厅。

杰米的父母选择了一家适合家庭聚餐的餐厅，来招待儿子的新女友。当杰米打开门时，他俩立刻被一阵震耳欲聋的音乐噪声给震蒙了。从餐厅不同方位同时传来巨大的音乐声，此起彼伏，好像在争夺着这个餐厅音乐的话语权。而在餐厅的某个地方，一个小孩正尖叫着表达他的沮丧。

见到此景，杰米有些退缩。"对不起，"他对瑞秋说，"这是我爸最喜欢的餐厅，他吃东西比较挑。我现在就可以告诉你，一会儿他会点一份千层面，然后把沙拉里的调料都挑出来。"

瑞秋扑哧一声笑了，说："没关系，相比一个我要去猜该用哪把勺子的餐厅，我更喜欢这样的地方，至少不会有任何尴尬的沉默。"

"有我妈在，你就不用担心沉默的问题。"杰米面无表情地说。

他俩穿过拥挤的用餐区，杰米在寻找提前到达的父母，瑞秋不由自主地感到有点儿紧张和不安。这对她来说是第一次，尽管她比杰米的父母还大了五百多岁，但她仍然感到有压力。她想给他们留下一个好印象，希望他们会喜欢她。

就在这时，瑞秋看到一个女人正朝他俩疯狂地挥手。虽然他俩身处餐馆嘈杂的噪声之中，但她还是听到了杰米的叹息声。杰米一脸严肃地朝妈妈挥了挥手。

"这可是你逃跑的最后机会。"杰米对她说。

看着杰米满脸的不情愿，瑞秋只是咧嘴一笑，说："走吧。"

杰米的妈妈站起来欢迎他们，她的样子和瑞秋想象中的几乎一模一样。她穿着一条漂亮的连衣裙，外面套着一件雅致的开襟羊毛衫，她的短发烫成了端庄的鬈发。她双手交叉在胸前，正对着瑞秋微笑。杰米的爸爸背对着他们坐着，当他俩走近时，他也站了起来，对瑞秋热情地微笑，尽管他的眼睛里没有流露出任何的情绪。

"所以，这就是杰米一直说的女孩？"他亲切地评价道。

"爸爸！"杰米发出嘘嘘的声音。

"杰米以前不带我们去见他的女朋友。"杰米的爸爸继续说，狡黠地朝瑞秋眨了眨眼，"你一定很特别。"

"你现在知道为什么我不让你见他们了吧！"杰米卖关子地说。

"见到您很高兴。"瑞秋回答。

"哦，多么好听的口音啊！你是哪里人？"

真是怕什么就来什么。一听到杰米爸爸的问题，瑞秋脸上的笑容立刻凝固了。

"小的时候，我们经常搬家。"她说——这是事实，"其实，我从来没有真正地形成一种固定的口音。和我住在一起的姑妈，是在罗马尼亚和匈牙利的边境长大的。我可能从她那里学到了一点儿轻快的语调。"

再说一次，瑞秋的话不全是谎言，她口中的姑妈已经几百岁了，而且那时罗马尼亚还不存在，但确实是同一片土地。

"哦，多奇妙啊！我一直想去匈牙利。"

"我从没听你这么说过。"杰米赶紧接过爸爸的话。

瑞秋用胳膊肘狠狠地撞了一下他的肋骨。"我去过，但记不太清了，特里尔太太。"

"请叫我凯伦，孩子。你去那里的时候年龄很小吗？"

"还是婴儿的时候。"这不是撒谎，瑞秋上次去那个地方的时候还不到一百岁。她比站在她面前的女人年长得多，但她才刚刚开始真正理解自己漫长的生命意味着什么。

"啊，好吧，也许你还会有机会回到那里，快过来坐吧。"

这张桌子坐四个人有点儿挤。杰米的父母面对面坐着，所以瑞秋没有机会坐在杰米身边，她选择坐在杰米妈妈旁边的座位上。当杰米挨着他爸爸，坐在瑞秋对面的时候，她伸出一只脚轻轻碰了一下杰米的脚踝。杰米向她使了个眼色，递给她一份菜单。

"妈妈要吃阿尔弗雷多鸡肉，爸爸要吃千层面。但别点烤鸡，他们会把鸡浸在酱汁里，把奶酪都烤煳了。"

"我不想吃阿尔弗雷多鸡肉，谢谢。"杰米的妈妈对着儿子噘起嘴巴，隔着桌子伸手去拿菜单。她斜眼看了瑞秋一眼，说："但杰米对烤鸡的看法是对的。"

"好的。"瑞秋躲在她的菜单后面，浏览着菜单上的选项，但并没有真正把心思放在上面。杰米一边闲聊，一边和父母斗嘴。看着他们轻松地互相开玩笑，有一种特别的温馨感。这种感受以她无法理解的奇怪方式吸引着她——

恩尼斯。这使她想起了恩尼斯。他们总是互相斗嘴，但他们谁都不会当真，并且总是确保对方不会生气，因为他们是一家人。

直到恩尼斯抛弃了她，留下她一个人。

瑞秋啪的一声合上菜单，把它放回桌子上，关上了那些记忆之门。

"选好了吗，孩子？"杰米的爸爸问。

"我想吃芝士汉堡。"瑞秋并没有在菜单上看到这个——她没吃过菜单上的任何东西——她其实也不怎么喜欢芝士汉堡，但她知道，餐厅一定会有这道菜。

"不错的选择。"杰米的爸爸称赞道，"凯伦，你呢？"

杰米的妈妈抽了下鼻子，翻了一页菜单，然后把它放了下来，动作比瑞秋要轻柔得多。"我想我还是点阿尔弗雷多鸡肉吧。"

110

杰米的爸爸用一句平静的"当然可以，亲爱的"，掩盖了杰米被逗笑的扑哧声。

　　晚餐剩下的时间过得很愉快。杰米的父母善意地取笑着杰米，给瑞秋讲他童年的故事，还包括一件很糗的事。小时候，他在一家超市的洗手间里脱光了所有衣服，然后跑了出去，最后赤身裸体地跑出了超市。

　　"那时候我才两岁！"当瑞秋咯咯笑的时候，杰米抗议道。

　　"你当时都四岁半了。"杰米的妈妈回应道，"你知道你在做什么。当时你傻乎乎地大笑，还扯着嗓子大喊'我没穿衣服'。"

　　"真可惜，您没把它拍下来。"瑞秋轻轻地插了一句话。

　　"那时的手机可没现在这么先进。"杰米的妈妈说。

　　"还好，谢天谢地。"杰米回答。

　　"不过，如果能留下更多你和你哥哥的视频就好了。"杰米的妈妈低声说，脸上的笑容渐渐消失了。她转向瑞秋："我们还有一个儿子，他叫马克，比杰米大四岁，但他……他已经不在了。"

　　"我听杰米说起过。"瑞秋说。杰米之前给她讲过那个可怕的故事，描述了那辆汽车是怎么出车祸的，马克和他的女友被困在撞弯了的金属下面。虽然他们坚持了几个小时，但最后还是没能活下来。因为那辆车没被及时发现，等发现的时候抢救已经来不及了。"不好意思。"

　　"没事的。"杰米的妈妈对她微微一笑。

　　"你有兄弟姐妹吗，瑞秋？"杰米的爸爸问。

　　"有个哥哥。"她说。杰米从她对面走了过来，瑞秋向他投了一个抱歉的眼神。她从没有向杰米提起过恩尼斯，也不打算向杰米提起，但她现在却无法否认恩尼斯的存在，尤其在得知特里尔夫妇失去了一个儿子之后。"我们很小的时候就分开了，我不知道他现在在哪里，我甚至都不知道怎么去找他。"

谈话一下陷入了沉默，也许瑞秋应该守口如瓶的。

"天哪，这太让人难过了。"杰米的爸爸说道，不由得握住了妻子的手，"家庭很重要。"

"是的。"凯伦表示赞同，泪花在她的眼睛里闪烁。瑞秋赶紧把目光移向别处。这时，她突然想起来，之前杰米向她讲过父亲很难从丧子之痛中走出来，她尴尬地咬了一口汉堡。

随后，他们又一起吃了甜点，没有再聊更多。当瑞秋说要去买单时，杰米的父母坚决不让。

"我有工作。"瑞秋提醒他们，"至少我把自己的付了。"

"绝对不行。"杰米的妈妈严肃地回答。然后她的表情又柔和了下来说："留着去打保龄球吧。杰米，你们要去那里，对吧？"

"是的。"杰米说完站起身，准备离开。瑞秋一站起来，杰米就绕过桌子，紧紧拉住她的手，说："瑞秋以前没有打过保龄球。"

"哦，真的吗？"

瑞秋摇了摇头。"真没去过，杰米对我说可以启用球道两侧的护栏，这样我就不会得零分。"

杰米的父母被这个答案逗得哈哈大笑。

"你就这么干，直到打败这小子。"杰米的爸爸支持地说，"就你们两个人吗？"

杰米摇了摇头。"肯尼、约翰和克里斯都要来。"

"好像他们一直认为我是个虚构的女友。"瑞秋笑着说。

"杰米把你藏起来了吗？"杰米的爸爸傻笑着问，"想一个人独自占有你。"

事实上，杰米好几次想让她见见他的朋友，而瑞秋每次都能想到借口。这就是她的处事原则：避免太多的人际关系，避免让他人离她太近，不让任何人有机会看到她虚假生活的漏洞。

　　这是一个很好的原则，在很长的一段时间里，这对她来说都很有效。

　　同时，这也让她非常非常孤独。

　　和杰米走得越近，在一起的时间越长，这一点就越加明显。当她开始陷入这段感情时，就像打开了洪水的闸门一样，她想要的越来越多，不仅要有身体的接触，还要有相互的陪伴和两人之间的亲密感。于是，她把自己的处事原则抛到了脑后，现在唯一希望的就是将来不要后悔。

　　"好吧，"杰米的妈妈热情地笑着说，"希望这不是我们最后一次见面。和你聊天很愉快，希望你能度过一个美妙的生日。"

　　"谢谢您，也谢谢您的晚餐。"

　　杰米没有给她机会继续闲聊，他温柔地把一只手放在瑞秋的背上，催促她离开餐厅，并且漫不经心地挥挥手，向父母道别。他手里已经拿出那辆锈迹斑斑的汽车的钥匙了。

　　"他们几个已经到球馆了。"他说，"他们定好了球道，所以一会儿咱俩得较量一下了。"

　　说完这些，杰米再次小心翼翼地启动了汽车，慢慢地驶入车流中。不过，他们离保龄球馆不远，不到十分钟就到了。

　　"我感觉见他们比见你父母更紧张。"当瑞秋解开安全带下车时，向杰米坦白道。

　　"什么？"杰米对她皱起眉头，感到很困惑，"为什么？"

　　"因为我想让他们喜欢我啊！"她狡黠地回答。

　　其实，成年人很容易相处，只要注意礼貌，保持风趣，多问问题，基本就能聊到一起。瑞秋平时在工作中整天和成年人打交道——撇开那个让人厌烦的油腻斗牛犬（购买杰克·凯鲁亚克书的顾客）不谈——她几乎总是能让顾客满意。但是，瑞秋与同龄人交往的机会很少，她不知道时尚或电影中的流行元素，也不知道现在的网络流行语，总是需要一直问杰米才能明白。只有当她和杰米在一起的时候，才感觉到轻松、舒服。虽然她一直觉得自己是个正常的女孩，但和杰米的一群朋友相处，她怕自己会受到伤害。

"放心，他们会喜欢你的。"杰米向她保证，"我担心你看到跟我混在一起的那群白痴后，就不想和我有任何瓜葛了。"

不过，杰米看起来并不担心。他挽着瑞秋往球馆里走，显得无比骄傲，还绅士地为瑞秋打开了门。

保龄球馆里的声音比餐厅的还要大，音乐声震耳欲聋，保龄球击中球瓶的噼啪声在球馆里回荡。尽管如此，瑞秋还是清楚地听到有人在喊："喂喂！"

"哟！"杰米的大声回应冲进了瑞秋的耳朵，吓了她一大跳。杰米挥舞着一只手向朋友们示意，然后拖着瑞秋穿过接待室的门厅，走向保龄球道。球馆里晃眼的灯光和巨大的噪声让瑞秋不知所措，直到他俩走到朋友们提前租好的保龄球道时，她才注意到那三张咧着嘴笑的脸。

瑞秋惊讶地眨了眨眼睛，小小的座位区挂满了彩带和气球，矮桌上还放着一个生日蛋糕。她还没来得及说话，这三个从未见过她的男孩就大声唱起了生日快乐歌。

瑞秋本应该感到羞愧，但她没有，因为她太感动了，她觉得她感动得都要哭了。她清了清嗓子，哽咽着说："谢谢你们。"

"这是克里斯、约翰和肯尼。"杰米向瑞秋逐一介绍了自己的朋友。

当提到他们的名字时，每个男孩都朝瑞秋点了点头。克里斯的相貌平平，但有一头浓密的黑发，他比约翰和肯尼高几英寸。约翰比克里斯帅，皮肤黝黑，身材敦实。肯尼总是一脸的严肃，虽然戴着眼镜和牙套，但仍然表现出一副冷静、镇定的样子。"伙计们，这是瑞秋。"

"我常听杰米提起你们。"瑞秋说，"你们人很好。"

"他撒谎！"克里斯皱着眉头说，"我们就不是好人！"

"是你自己从来都不是好人。"肯尼附和道，还顺手递给瑞秋一件东西。她过了一会儿才意识到这是一份礼物。"我们给你准备了一份礼物。"

"你们真的不必这样做。"瑞秋说。她接过礼物，手指在闪闪发光的包装纸上抚摩着，已经很久很久没有人给她买过生日礼物了。她感觉这是一本书，当她撕开包装纸时，发现她猜对了，是一本平装书。

"我妹妹很喜欢读书。"约翰说，"杰米总是不停地向我们谈起你，所以我就把一些关于你的事情告诉了妹妹，她建议我们送你一本书。"

"我没有不停地谈论她呀！"杰米嘟囔着。

"哈哈，你当然有。"肯尼笑着回答。

瑞秋没理会他俩来来回回地开玩笑，只顾着翻看这本书背面的内容。这是一本奇幻小说，一本青少年读物，内容是有关现代巫术的，讲的是一个拥有超能力的女孩的故事。这一次，她本该感到些许恐慌，但泪水却再次在她眼里打转。

"这本书看上去就很有趣。"她的话打断了杰米的话，他正在提醒肯尼，肯尼的前女友非常喜欢看肯尼推荐的烘焙节目。"我已经迫不及待地想读了。"瑞秋说。

"我也给你买了礼物。"杰米说，他的表情看上去很急切，"我要晚些时候再给你。"

此话一出，引得约翰他们发出了"哦哟"的起哄声，甚至还有一些亲吻的声音。

"好了，好了，"杰米翻了翻白眼，朝着保龄球道点了点头，"我们是来打保龄球的，还是来干吗的？"

保龄球是……嗯，显然是熟能生巧，可瑞秋在过去的六百年里从没打过。杰米信守诺言，让瑞秋在第一场比赛中使用了球道两侧的护栏，这样很好，否则她根本打不到任何一个球瓶。瑞秋同意在第二场比赛中不再使用护栏，她觉得自己开始掌握窍门了，但她的球还是大部分滚进了球沟里。看着记分牌，她被彻底击败了。

"我认为保龄球不适合我。"她伤心地对杰米说。这时，克里斯潇洒地把手中的球扔到了球道上，又是一个全中——这已经是他连续投的第三个全中了。

杰米看着她绝望的表情，笑了笑，然后从瑞秋身后搂着她，下巴轻轻地抵在她的肩膀上，一起看着克里斯庆祝自己的全中。杰米的身上很暖和，为瑞秋抵挡着空气中的寒意。虽然球馆的空调正在全力运转，室温都降到了零摄氏度以下，但好像对驱散租来的鞋子发出的臭味不起任何作用。她转过脸来贴着杰米的脸，闻着杰米喜欢的须后水，她也很喜欢这个味道。并不是因为它闻起来很香，而是因为它能让瑞秋想到杰米。瑞秋不会承认，一天晚上，她故意拿了杰米的一件毛衣，藏在她的卧室里，这样她就可以穿上它，在她特别孤独的时候能闻到他的气味。

最近，这种情况更频繁了。似乎她在这个世界待得越久，当她独自一人在她安静的小屋里时，这种孤独的感觉就越强烈。

"你会打得越来越好的。"杰米向她保证，"如果你实在不喜欢，我们就不再来了。"

她知道杰米很喜欢打保龄球，他和朋友们每周至少来一次，这就是他们技术这么好的原因。

"我喜欢和你的朋友们一起玩。"她说，"他们很有趣。"她噘着嘴说："我只是不喜欢输。"

"也许这能让你高兴起来？"杰米低声对她说。她感到杰米在摆弄口袋里的什么东西，然后他把一个小盒子递到她面前。盒子没有包装，上面印着一家精品珠宝店的名字。

瑞秋知道那家店，她经常去。经营这家店的女老板不仅卖定制服装上的珠宝，她还有一个后屋，专门卖高纯度的蜡烛和熏香……还有一些瑞秋用来施法的草药和其他小玩意。

"这是什么？"瑞秋问。

"你的生日礼物。"杰米简单地说。

"你知道这家店？"

杰米紧紧地抱着她，她能感受到杰米在她身后耸了耸肩。"我从那里路过几次。这可能是你喜欢的那种东西。"他笑了，像在咳嗽一样，"但我还留着收据，如果你想换的话。"

"我不会换的。"瑞秋保证道。她打开盖子。"哇哦。"

这是一只款式很简洁的手镯，呈袖口形状。镯子中央有一颗水晶宝石，它的周围刻有象征着爱情、女性和性的符号。杰米不可能知道这一点，他只是单纯地觉得镯子很漂亮而已，但这些符号让瑞秋高兴得有点儿脸红了。她不相信巧合，但她相信预兆。

*这没关系，*小手镯似乎在对她说，*这是你应得的。*

但愿如此，她心想。

"你喜欢吗？"杰米问。

"我很喜欢。"她答道。瑞秋把手镯从盒子里拿出来，戴到手腕上。尺寸很合适，这是另一个预兆。

"也许它会给你带来好运？"杰米说，"该你打保龄球了。"

看到杰米的朋友们期待的眼神，都在等着她再次把球扔进球沟里，这样他们就又可以起哄了，瑞秋不禁抱怨起来。

12.生命掌握在她手中

第二天清晨，当瑞秋关门离开家时，天还没破晓。有只鸟在某个地方啁啾，这是打破深夜最后一小时寂静的唯一声音，此时屋外的空气是寒冷的。瑞秋把夹克裹得更紧了一点儿，竖起衣领围住脖子。她微笑着，看着手腕上的银色手镯在昏暗的路灯下闪闪发光。

她想到了杰米。

昨晚她向不可避免的事情妥协了，并且内心承认了这一点，她喜欢杰米，她真的很喜欢他。和他在一起让瑞秋很享受，这就是平凡的生活对瑞秋的诱惑。但昨晚在开车回家的路上，让她明白了她想要的和能得到的东西之间存在着巨大的鸿沟。

"所以，你十八岁了。"杰米把目光从路上移开了几秒，向她咧嘴笑了笑，"这是一件大事，你现在是成年人了，什么都可以做了。"他短暂地停顿一下，接着说："你可以去买啤酒了。"

"十七岁。"瑞秋认真地说。

"什么？"

"我才十七岁。"

"啊？"他皱了皱眉头，小心地减速，滑行绕过一个急弯，"不，你不是，你真的才十七岁吗？"

"是的，我就是十七岁。"她重复道。她的心怦怦直跳，这个谎言在她心底挥之不去。

"我敢发誓，我们那次在医院见面时你说你已经十七岁了。"

"那时我说我快十七了，你一定是听错了。"

她讨厌撒谎。也许她根本不必这样说。十七岁，十八岁……又有什么区别呢？区别是不大。但是，当一个女孩从十八岁变成十九岁，再变成二十岁的时候，区别就开始变得愈加明显。趁她还有机会，最好抓紧这一年。因为她和杰米的关系才刚刚开始，所以杰米才犯了这个小错误。

"真奇怪。"他摇摇头说，"好吧，那你就买不了啤酒。约翰会失望的。"

"那你失望了吗？"她谨慎地问。

"我是说……"杰米顽皮一笑，"和一个比我年长的女人约会，确实让我感到那么一点儿骄傲，但我会挺住的。"

瑞秋冷冷地笑着说："你的回答真让我伤心。"

"我开玩笑的，瑞秋。我才不在乎你多大。"

不过杰米最终还是会在乎的。当他逐渐老去而瑞秋却依然年轻时，当他们之间的差异变得那么明显以至于瑞秋都不能否认时，她该怎么办？难道要告诉杰米真相？

想到这儿，瑞秋大哼了一声，吓得一只鸟从她家门前的树上飞了出来。它飞快地穿过广场，在黑暗的天空映衬下，变成一个模糊的影子。瑞秋慢慢地向公交车站走去。

她不能告诉杰米到底是怎么回事。现在不行，将来也不行。这让她只有两个选择……

要么当感情存在的时候，享受其中，直至自己消失。

要么试着做点儿什么。

她不想消失。她喜欢她的小屋，也喜欢她的书店，更喜欢和杰米在一起，这让她有生以来第一次觉得自己真正活着。

当然，她以前也尝试过，并为此做过很多事情。比如，她施遍了她能想到的所有咒语，还去见了萨满和巫医，甚至还去找过信仰治疗师。但这都没有用。

但后来……

世界在改变。

"有网络真好。"瑞秋嘟囔着从口袋里掏出手机，又一次查看公交车时刻表。是的，今天公交车晚点了。

互联网为她打开了一个全新的世界。虽然网上有很多废话，但如果你知道要找什么，而且知道如何去找，那你就会发现很多秘密。而在现实世界，哪怕瑞秋环游世界，从一个国家到另一个国家，她可能都不会发现什么秘密。

不存在一成不变的事情，也不存在永恒的秘密，在网络时代，一切皆有可能。

公交车终于缓缓地驶入视野，车灯照亮了前方的路。眼看着司机就要从她身边开过去了，瑞秋赶紧走到马路边挥手，手里亮着的手机屏幕就像一盏明灯。公交车司机这才反应过来，在过了公交站牌几米远的地方停了下来。瑞秋不得不蹚过水坑上了车。

"对不起，"司机打着哈欠说，"我没想到这么早会有人。"

"没事。"瑞秋轻声说，把她的公交卡按在刷卡机上。

车上只有她和司机。瑞秋坐在司机后面，这样她就可以睡眼惺忪地盯着驾驶座后面的电视，电视上正播放着豪华游轮的广告。

今天的这班公交车比平时快得多，路上不会出现早晚高峰时的交通堵塞。他们经过的大多数公交站都没人，所以公交车开得很快。最后，他们在一个老太太面前停了下来，她弓着腰，挂着一根拐杖，艰难地上了车。尽管车上空无一人，她还是选择坐在瑞秋的正后面，一边缓缓地在长凳上坐下，一边喃喃自语，叹着气。

瑞秋短暂地闭上眼睛，深深地叹了口气，然后目不转睛地盯着电视屏幕。就在这时，她看到——

一个女孩正透过屏幕盯着她，她就是那个出现在瑞秋书店洗手间镜子里的陌生女孩。瑞秋已经几个月没有看到这个预兆了，但她仍然百分之百地确定她们是同一个人。

女孩盯着她看了很长时间，然后转身走开了。她先走过一座古老的石桥，然后穿过一片住宅区。瑞秋觉得如果能透过屏幕跟过去，她很快就会抓住这个女孩。

也许在某个时候，她会这样做的。

突然，住宅区的街道戛然而止，那个女孩混入了一片挤满了旅行房车的地方。然后，再往远处，是五彩缤纷的游乐设施和嘉年华的各式小摊。女孩似乎知道自己要去哪里，只见她在一片混乱中选择了一条路。最后，她在一辆深蓝色的篷车前停了下来。瑞秋的目光也随着她一起停了下来，瑞秋皱紧眉头，不知接下来自己会看到什么鬼东西。这时篷车的门被打开，有人走了出来。

瑞秋被眼前的一幕惊呆了，她一时间感到自己呼吸困难。

那是恩尼斯……

他对陌生女孩笑了笑——

"太可怕了，简直太可怕了。"老太太的声音在她耳边响起，把瑞秋吓了一跳。

"什么可怕？"她问道，转身盯着老太太，吓得顾不上失礼了。

"新闻啊。"老太太朝电视机点点头说，"这么多人都死了，真惨啊！"

瑞秋茫然地回头看着车载电视机。之前的预兆消失了，取而代之的是一个新闻记者正站在一栋着火的大楼前进行现场报道。

"噢，是，是啊。"瑞秋本想仔细看看这个新闻，她的眼睛习惯性地扫视着电视机底部滚动的实时信息，但透过屏幕，她此时能看到的却只有恩尼斯，他站在那里，看起来和她记忆中的一模一样。

那个女孩到底是谁？恩尼斯朝她微笑，眼神里流露出认可和幸福。瑞秋情不自禁地对他们之间可能的亲密关系感到一阵嫉妒。

她也不能忽视今天命运给她带来的预兆，特别是在她刚要开始新生活的时候。毫无疑问，这是一个预兆。

好吧，命运弄人。

"命运是你自己创造的。"瑞秋嘀咕着，皱起眉头望着窗外电闪雷鸣的天空。

"怎么了，亲爱的？"老太太问道，她身体前倾，慢慢地移向瑞秋，嘴里透着一股茶水的气息。

"没什么。"瑞秋抓起她的小背包赶紧站了起来，"对不起，我到站了。"

事实并非如此，她要下车的站离这条路还有三千米远，但她想远离这个老太太和电视屏幕，尽管现在电视机又开始播报新闻。她想远离预兆，想赶紧下车，试图把她心中那股突如其来的紧张感释放出来。

天气仍然很冷，初升的太阳光温润而微弱，瑞秋突然觉得自己不仅身体单薄，还虚弱无力。寒意穿透了她厚厚的外套，冻得她瑟瑟发抖。今天她没吃早饭就离开家了，长长的街道上各式各样的咖啡馆和面包店里飘出的咖啡与烘焙食品的气味正在召唤着她，不过她不想停下来。

爬过书店对面的那座小山足以让瑞秋暖和起来，但这并不能缓解她肚子里空空的感觉。她走着走着，腿抽筋了，好像是在有意地向瑞秋表示抗议。走过了几个街区后，她在一家大商店的门口停了下来，宽大的玻璃窗被射灯照得光彩夺目，把里面陈列的珍宝展现得淋漓尽致。

在橱窗里的一个天鹅绒垫子上，摆放着一只手镯，和瑞秋手腕上戴着的一模一样。

商店还没有开门，门前铺着瓷砖的台阶上还有一扇铸铁门，一前一后的两扇门，不由得让人联想到商店里可能藏着什么宝贝。在铸铁门的一侧有一条狭窄的小巷，没有指示牌显示它通向哪里。但如果你是这里的熟客，你就会知道了。

瑞秋使劲地敲了敲铸铁门，等待着有人来开门。

没过多久，店主就走出来了，她站在商店的门口，头发上夹着卷发器，手里端着一杯热气腾腾的茶。她大概五十多岁，朝瑞秋噘起嘴巴时，嘴角上的皱纹都凸显出来了。

"我一直在等你。"店主对瑞秋说，然后仰头大笑，"神灵们一直悄悄地对我说你来了，这听起来像是算命先生说的一些可怕的话，不是吗？但这是真的。"随后，她喝了一口茶，朝瑞秋扬起眉毛，说："他们还小声说，我应该把你赶走。"

"真的吗？"瑞秋平静地说。当然，她也可以在其他店买到她需要的东西，但找这些店需要花费更多的时间和精力，而她内心深处的某种东西现在就在高声尖叫。

"真的。"那个女人答道，"但我从来不喜欢听神灵的话，这就是我都五十五岁了，依然单身，也没成为百万富翁的原因。进来吧，说说你想要点儿什么。"

瑞秋跟着店主走过一条又短又黑的走廊，来到商店后面的大房间。这个房间一点儿也不像店主卖手工珠宝的前厅，既没有优雅、高档的装饰，也没有仙女灯，更没有叮当作响的音乐声。相反，空气中弥漫着一种病房里才有的沉重气息。瑞秋脖子后面的一阵刺痛让她明白，这个房间里有危险的东西。

黑暗而危险。

瑞秋忍住了去寻找刺痛来源的冲动，而把全部的注意力都放在货架上。货架上放着一筐一筐的骨头，这些骨头可能是从路上被撞死的动物身上收集来的，不过有一些看起来挺大，像是人的骨头。希望它们是牛或是马的骨头，她是不会找店主问明白的。有一个架子上摆满了护身符，应该把它们放在商店的前厅，和手镯、耳环放在一起，因为护身符对它们有很多好处。还有一个架子上摆满了一袋袋的草药，这些草药是念咒语时的必备品。

算了吧，瑞秋除了自己和咒语之外，不相信任何人。

"我需要一些新的编钟蜡烛——是蜂蜡的，不是大豆做的，再来点儿干蓍草和一些黑盐。还要一些西印度苦香叶，你有吗？"瑞秋看看店主，店主点头回应，并伸手从旁边的架子上取下一些东西。

瑞秋深吸了一口气。"我还需要一些查帕拉尔灌木、薄荷油，如果你有的话——还有麻黄。"

店主盯着瑞秋，把装着西印度苦香叶的重重的玻璃罐子，咚的一声摆在柜台上。

"你要做什么？"店主好奇地问。

"我知道自己在做什么。"瑞秋没有正面回答她的问题。店主眯着眼睛说："这些可都是危险的草药，你今天要的这些东西有的会让人抽搐，肝脏损伤。如果用错了剂量，还会导致器官衰竭。"

"我没打算毒害任何人。"瑞秋向她保证。

"也别给自己下毒！"店主回应道。

"我可比我这个年龄的人更有经验。"瑞秋认真地说。

"好吧，我知道了。"店主回到装着西印度苦香叶的玻璃罐子前，用力撬开了盖子，"你想要多少？"

"几盎司就行。"瑞秋说。

"我们有一个女巫会，从你一来到这儿开起你的小书店，我们就一直在盯着你了。"店主向她投来狡猾的眼神，"你的小屋很偏僻呀。"

听到这儿，瑞秋的心跳开始加快，她一直对自己的谨慎很有信心，但她不知道自己竟早已成了别人的监视对象。她甚至都不知道这里有个女巫会，她一直都太自信了。

"你比看上去要厉害得多，但你并没有造成什么麻烦，所以我们没有打扰你，让你做着这些事。我们想邀请你加入我们，但你不会愿意，对吗？"

是的，她不会同意的。告诉别人她的真实身份、她的真实年龄，还有她能做的一些事情，这样太冒险了。虽然现在人们不再烧死女巫了，但瑞秋可不想成为科学实验品。

"我一个人过得很开心。"她说。

"是吗？"店主问。然后她的眼睛又眯了起来，说："对，你最近确实开心多了。"

"什么？"瑞秋结结巴巴地开口。

店主笑得眯起了眼睛。"我刚才告诉过你，我们在监视你。"她转过身，从柜台后面高高的架子上拿出了几个小容器，摆放在柜台上，然后推到瑞秋面前。当瑞秋伸手去拿的时候，店主抓住了她的双手，用冰冷的手指紧紧地抓住她。

"你看上去像个好人。但无论你在做什么，都一定要小心。"

瑞秋终于可以明确地答应这个女人了。

"我会的。"

"我叫布莱尔，我觉得你可能想要知道这个。"

"并没有，但谢谢你。我叫瑞秋。"

"这我知道。"

回家的路上平安无事，没有任何预兆，也没有讨厌的乘客。说实话，就算有的话，瑞秋可能也不会注意到。现在，她已经回家了，在她的小屋里，在地下室里，念着咒语。商店里的女人说得对，这样做很危险，非常危险。

但唯一会受到伤害的人是瑞秋，没有一点儿风险的生活会是怎样的呢？

当她到站下车，回到自己的小屋时，她本想直接下楼，开始施法。但她饿得手一直发抖，于是先吃了一大碗麦片，然后强迫自己把碗洗了，又把衣服收好，让自己的身体有时间吸收一些能量。最后，她掀开地毯，向她的避难所走去。

今天的地下室很冷，感觉比实际的温度还低。瑞秋感觉不到这里常有的热情和温暖，就连树桩也沉默了。她小心地点燃了房间四周的蜡烛，决定要驱散黑暗，然后把买来的东西逐一摆好。老实说，她没有必要在这里施咒。她之所以这么做一方面是习惯使然，另一方面是这棵树带给她的安全感和舒适感。她希望自己在地下室墙壁上画的、印的和雕刻的所有保护区，能阻止一切不好的事发生在她身上。

她已经很久很久没有碰过这么危险的东西了。

她在树桩前放了一个小小的露营炉，然后打开煤气，点着，让火焰燃烧起来。她把一个专门用来酿造酊剂的旧锡杯放在炉子上。锡杯里已经装了一半的水，还有一点儿洒在了杯沿上。

"不要听。"她低声对那些蓄意搞破坏的幽灵说。

只见她闭上眼睛，身体前倾，把一只手放在树桩上，想让自己尽力冷静下来，集中注意力。树桩似乎在她的手下微微颤抖，就像一只忠诚的拉布拉多犬不愿离开主人的手那样。

"你也别听。"她喃喃地对树说。

瑞秋把手指伸进了锡杯里，然后猛地抽了出来，现在的水温绝对可以开始酿造了。她深吸一口气，开始加入她记在清单上的配料，小心翼翼地测着每一种草药的分量。鼠尾草、木炭灰、薄荷油、藏红花、蓍草花的干叶子、灌木和麻黄。她用一个长柄勺子搅拌着所有东西，飘上来的阵阵酸味让她恶心。还有最后一件事。

她拿起一把小刀，割破了自己的拇指。鲜血立即涌出，她挤压着伤口，直到几滴血滴进了混合物中。只见融进了血液的混合物嘶嘶作响，剧烈地冒泡，吓了瑞秋一跳。

"好吧，"她喘着气说，"这……真不让人省心。"

她让混合物煮了一会儿，把剩下的蓍草花的干叶子放在焚香碗里点燃，又加了一些雪松木片和干玫瑰花瓣，不为别的，只是因为她喜欢这种气味，它们能让她平静下来。这时，她闭上眼睛，把手伸向那棵树，手指准确无误地找到了她刻在树桩上的生命符号。她用指甲使劲地刮。下一个目标是家人。

恩尼斯，她一边想，一边用指甲在树桩上划来划去。*把我从恩尼斯*

身边解救出来。把我从恩尼斯身边解救出来。切断一切联系。

焚香味钻进了她的鼻孔，使她的神经和思绪平静下来，除了那一个。

切断联系。

最后，瑞秋睁开眼睛，端起杯子，把里面的东西一饮而尽。

锡杯太烫了，瑞秋一喝完就把它扔到了一边。不过，那口药剂还是烫伤了她。瑞秋拼命地抑制住吐出来的冲动，努力让滚烫的药剂滑进食道，灼烧到她的内心。

尽管药剂的味道很难闻，但她一口就咽下去了。滚烫的液体所到之处，都让她感到火辣辣的疼痛，她感觉内脏都快要被熔化了。

她马上要吐出来了。

不能吐，她绝望地想，一定要坚持住，咽下去。阵阵剧痛向她袭来，她呜咽着。

"瑞秋？"突然，有个熟悉的声音从地下室上边传来，是杰米。到底怎么回事，他来这里干吗？

她无法回答，因为一开口就会吐出来。

"瑞秋，你在这里吗？"她听到靴子在楼上走来走去的声音，更糟糕的是，她听到有人下楼的声音。

不要啊！

"瑞秋？你在吗？"

只见杰米走进地下室，脸上充满了困惑与好奇。瑞秋看到他时，最终还是没忍住，药剂从她口中一下喷涌而出，溅到了树桩上，浇灭了正在燃烧的熏香。紧接着，一声巨响，就像晴天霹雳，顿时地下室里的蜡烛都熄灭了。这时，从地下室楼梯口洒下的光线，刚好能让瑞秋看到杰米正抓紧自己的胸口，嘴张得很大，整个人都瘫倒在墙角。

片刻之后，他镇定了一些，慢慢扶着墙站起来，向瑞秋走去，但那一刻，刚才的那个瞬间，已经深深地刻在了瑞秋的脑海里。

糟糕。

"你没事吧？"杰米气喘吁吁地说，"刚才你吐的那是什么鬼东西？我的天，你病了。嗯，我扶你上楼吧。"

"杰米，"瑞秋一边喘着气，一边擦着嘴，她的胃还一阵阵地反酸，"你……你来这里干什么？"

杰米从来没有进过她的小屋，只是在外面的车里默默地等着，或者在她一个人进屋之前，和她吻别。当然，瑞秋也从没主动邀请他进屋。

"你把书店的钥匙落在我车里了。"他回答道，语气中带着担忧，"我以为你会需要钥匙开门。"

"哦。"一定是她在车里的时候从包里掉出来的。杰米说得对，她需要钥匙来打开店门。但说真的，这是多么糟糕的时机啊！

这种事发生的概率有多大？

真是命运弄人。

"你在这下面干什么？"杰米问，环顾着昏暗的地下室，"这是什么地方？"

她不知道该如何回答，特别是现在，药剂的副作用让她的胃不停地翻腾，恐慌在她的大脑中急剧地燃烧。

"你能扶我上楼吗？"她恳求道，"我感觉很不舒服，想躺下来。"

"可以，当然可以。咱们走。"

在杰米的搀扶下，她一瘸一拐地走上楼梯，身后留下了一片狼藉。她刚刚都做了些什么？她明明知道这会带来严重的后果。

只是她还不知道，这些严重的后果到底是什么。

13. 严重的后果

　　肯尼下公交车时，看了一眼杰米，对艾米丽低声说了些什么，艾米丽是他新认识的女孩。她也瞥了杰米一眼，然后在肯尼的脸颊上轻吻了一下，就消失在人群中，朝学校的大楼走去。肯尼慢慢地走过来，在离候车亭下的长椅几英尺远的地方停了下来，杰米正坐在那儿。

　　"是你爸爸的事吗？"肯尼问。

　　"什么？"杰米眨了眨眼睛，明白了肯尼的意思，回答道，"不是，他很好，下周就回去上班了。"

　　"那就好。"肯尼说。

　　"是啊，这样挺好的，他自己也很期待，他已经很久没有期待过什么事了。"

　　"不错。"肯尼撇了撇嘴，"那么，既然不是你爸爸的事，你为什么看上去这么痛苦？"

　　"我不痛苦啊。"

　　"不痛苦？你看起来明明痛苦得很。"

　　"我没有。我在……想事。"

　　"好吧，这可不是我认识的杰米。去他妈的想事，到底怎么了？"

　　杰米叹了口气，把鞋子伸进了长椅下的沙砾里。他还没有决定是否要和肯尼谈谈昨天的事情，但是……如果他真的不想说，他就不会坐在这里等他最好的朋友，还摆出这副脸色。

"你第一节没课吗？"杰米问。

"本来有一节职业生涯课，但我已经提交了大学入学申请的表格，所以现在没有课。"

"好吧。想去散散步吗？"

现在他们不能离开学校，除非是午餐时间，但学校后面的橄榄球场边上，有一条树木繁茂的小道。这条小道离教学楼足够远，说话不会被别人听到，如果被老师发现，还可以再走回去。树木还可以帮他们遮挡正在下着的毛毛细雨。

"所以，你到底怎么了？"他们翻过低矮的铁丝栅栏，来到树荫下，肯尼急切地问道。

"是关于瑞秋的。"

"她把你甩了，是吗？对不起，哥们儿，我觉得你俩最近好像很亲密。"

"什么呀？没有！她没有甩我，事情不是这样的。"

"好吧，那是什么？"肯尼停下来，倚在一棵树干上，随手把书包扔在了脚边。远处，第一节课的上课铃声响起。谢天谢地，杰米第一节也没课，但第二节课时，他要补考之前没通过的数学单元测试。已经两次不及格了，他本应该在图书馆抓紧复习的，但他总感到一种奇怪的不安，昨天一整天都在想那一件事，这让他根本无法集中精力学习。

"这是我俩之间的事，对吧？"杰米问肯尼，"你不能告诉约翰或克里斯，还有艾米丽，谁也不能说。"

"当然。"肯尼答道，看上去有点儿被侮辱的意思。

"好吧，好吧，抱歉，哥们儿。只是……我不知道该怎么说，你知道瑞秋和她姑妈住在一起吧？"

"是呀。"

"嗯，其实她没有。她说的不是真的。"

"那她姑妈呢？"

"我不确定她到底有没有姑妈。"

肯尼皱起了眉头。"那书店呢？那不是她姑妈的生意吗？"

杰米无奈地摊开双手。"我不知道，我想应该属于她姑妈。"

"在我们这个年纪，能有自己的房子和自己的生意？这合法吗？"

"你可以十六岁就离开家。"杰米提醒他，然后摇了摇头，"这其实不是让我发疯的原因。"

"还有别的事？"

没错，这只是冰山一角。

"我昨天去了她家。你知道的，因为她把书店钥匙落在我车里了，我想她今天早上开门需要用。我先敲了门，但没人回应。我看到屋里亮着灯，所以我就试着开门，结果门开了。但我却没找到她，最后发现客厅地上有一扇活板门敞开着。"

"活板门？"肯尼疑惑地问。

"对，就像地下室的门一样。"杰米解释道，"她的小屋真的很旧。"

"真酷，我们家住一个三室的联排大套，"肯尼说，"我们可没有地下室那样酷的玩意。"

"起初，我想那地方可能是用来放煤或储存什么东西的。我也不知道，当时顾不了那么多，我就进去了——"

杰米进了地下室之后，迎接他的是有生之年再也忘不掉的画面。地下室的空间不大，但墙壁上挂着厚厚的窗帘，还画着一些奇怪的符号，整个地下室都被蜡烛照亮了。瑞秋跪在一根血淋淋的大树桩前，弓着腰，好像随时会倒下一样。当她看到杰米时，吓了一跳，然后……

然后她吐得到处都是，所有的蜡烛都灭了，就像被狂风刮过一样。尽管地下室密不透风，杰米却感受到风的存在，而且几乎把他吹倒。

杰米把瑞秋扶上楼，焦急地等在浴室外面，等瑞秋冲洗干净之后，就扶她上床休息。之后，她就不想说话了。他不想责怪瑞秋，她身上又冷又湿，眼睛周围布满了疲惫的黑眼圈。瑞秋恳求他让自己好好睡一觉，况且他还要准备数学测试，所以杰米就离开了。

现在……现在杰米陷入一种奇怪的境地，他怀疑在瑞秋家看到的一切是不是自己的幻觉。

其实，他心里清楚不是幻觉。

"你到了地下室，然后……"肯尼戳了戳他，"是看到尸体了，还是看到了通往另一个世界的入口？或者那是一个变态的地牢？"

"闭嘴吧。"杰米笑着摇了摇头，"都不是。"

"你发现她姑妈被困在地下室了吗，就像《简·爱》里的那样？有吗？"看到杰米惊讶的表情，肯尼解释说，"我们都是在英语书上读到的那些情节。"

"对啊，这就是为什么你去年得了 A，而我只拿了个 C。"杰米承认道，"不，不是那样的。它是……你知道有些人的思想会很另类吗？"

"我们又要说到变态的地牢了吗？"肯尼问，"因为我很有兴趣。哈哈，开玩笑！"当杰米阴沉地看了他一眼时，肯尼补充道："我有女朋友了，不会抢你的。你刚刚说的什么意思，什么叫另类的东西？"他用手指给最后两个词加上引号。

"就像，你知道吗，就像治愈水晶之类的东西？"

"你的意思是像巫术？"

杰米不自在地耸了耸肩说："是的。"

肯尼咧嘴笑了。"我妹妹对这些东西很痴迷，她的房间里总是弥漫着熏香和蜡烛的气味。她把那些草药包挂在卧室里，用来捕捉房间里一些不祥的东西。她的床下还有一块占卜板，她还以为我们都不知道。"

"你是怎么知道的？"

"她以前总喜欢把巧克力藏在床下面，你懂的。"

杰米扑哧一下笑出了声。

"不过，说真的，很多女孩都喜欢这种事。她们读那些关于女巫、吸血鬼和狼人之类的奇幻书。"肯尼摇了摇头，又补充道，"我妈妈也喜欢读这类垃圾东西。"

"我妈妈都不让我拿着《哈利·波特》这本书进屋。"杰米冷淡地说。说实话，这对杰米来说没什么，因为除了体育专栏，杰米也不怎么读书。杰米深吸了一口气。"不过，这事你怎么看？难道不感到奇怪吗？"

"我没说这不奇怪，"肯尼开玩笑地说，"我是说很多女孩都喜欢这么做。"

杰米笑了。"谢谢，哥们儿。我只是……我真的很喜欢她，但是这让我很震惊。卡拉从不喜欢这样的东西，她更愿意花好几个小时看化妆教程或者舞蹈视频。"

"那我就没什么好说的了。"肯尼面无表情地说，"想回去吗？我饿死了，早饭都没吃，我想在上数学课之前，去自动售货机那儿买点儿吃的。"

"什么？数学课？"杰米抱怨道。

"是的。你不会这次单元测试又不及格吧？"

"嗯，可能还是不及格。"

当他们穿过球场，走回学校的主楼时，杰米试着判断自己是否感觉好些了。现在，他听到巫术这类的东西并不感到特别稀奇，于是松了一口气。但他内心仍然无法摆脱那种感觉，因为他看到的不是一个女孩在玩弄迷情药，那个场景似乎更……真实，更有冲击力，他当时确实感觉到有一股力量把他震得魂飞魄散。

"你问瑞秋关于巫术的事了吗？"肯尼问道。他们已经穿过了办公室旁边的门厅，绕到体育中心旁边的空地上，那里有一排卖零食和饮料的自动售货机。

"没，还没有。"

"好吧，那你应该问问。"他把手伸进口袋，掏出了一把零钱，"谁知道呢，或许她有什么咒语能让你变得更帅呢？"

"我更需要让我通过数学考试的东西。"

肯尼得意地笑了笑，开始往其中的一台售货机里投硬币。"没想到你学习这么认真，有什么想吃的吗？"

杰米摇了摇头，现在他感到一阵反胃，可能是因为那该死的数学测试。希金斯先生说过，这是杰米的最后一次机会，如果他这次还不及格，那这门课他就挂了。杰米其实并没有为此感到困扰——因为他打算离开学校后，就再也不学数学了——但他妈妈会抓狂的。

还有十五分钟就上课了，杰米想在食堂的长椅上学习一会儿，但他的胃一直翻腾着，还出了一身汗，尽管他觉得很冷。

"你没事吧？"肯尼问。这时上课铃响了，他把刚吃完的零食包装纸揉成一团，对杰米说："你看起来很难受的样子。"

"是的，我感觉不太好。"杰米表示同意，砰的一声合上文件夹，塞进书包里。

"也许你该告诉希金斯先生，看看能不能推迟单元测试。"

"他不会让我这么做的，"杰米回答，"我已经改了两次日期。"

他俩一起上了楼，对杰米来说，就像是走了很长一段路，书包沉重地压在肩上，他的腿也感到一阵无力。一进教室，他就一屁股坐在自己的座位上，谢天谢地，他赶上了测试，这让他松了口气。这时，希金斯先生马上走过来，把考卷放到他的面前。

"我希望你最近一直在复习，杰米。你有四十五分钟答题，你不需要拿到 A，你要做的就是及格，分数高一点儿低一点儿无关紧要，但一定要及格。明白了吗？"

"是的，明白了，先生。"杰米用手擦了擦嘴，汗珠已经顺着脸颊流到了上嘴唇。天哪，他感觉糟透了。"呃，希金斯先生，我能借支铅笔吗？"

希金斯正要转身离开，听到杰米的话，望着杰米问："你来考试，连答题用的铅笔都不带吗？"

"是的，先生，对不起。"

希金斯翻了翻白眼，说："好吧，我希望你能带点儿脑子。"

说完，他从口袋里掏出一支又短又粗、末端还有嚼痕的铅笔，一把扔在杰米的桌子上，然后蹑手蹑脚地走开了，大喊着让班里的其他同学拿出课本和笔记本。

杰米叹了口气，在希金斯给他的那张方形纸上潦草地写下了自己的名字和日期，然后看向试题，开始读第一道题。

他记得这个知识点，第一道题做出来了。为了屏蔽周围同学叽叽喳喳的声音，他开始写求解方程式。

第二道题他也会。第三道嘛……杰米眨了眨眼睛，文字在他眼前模糊了，他眯起眼睛盯着这页纸。他使劲摇了摇头，试图重新集中注意力，但眼前的一切都像在游动一样。一阵头晕袭来，他的胃又一阵翻腾。

于是，杰米站了起来，想赶紧去走廊尽头的洗手间，但此刻他的身体已经失去了平衡。为了避免栽倒在地上，他竭力地用手抓紧书桌，结果把笔和试卷撒了一地。

"杰米，你在做什么？你还没做完试卷吧。"杰米感觉希金斯的声音似乎来自水下，"杰米，你没事吧？"

"我想吐。"杰米喘着气说。

他转过身，开始跟跟跄跄地朝教室门口走去。随着他的视线逐渐模糊，教室的门在他眼里一会儿大一会儿小。一口热流涌上他的喉咙，但他硬是咽了回去。他想，一定要忍到洗手间再吐。

突然，他一头撞到了门框上，又弹了回来，仰面朝地板倒去。这时，一只手抓住他的上臂，猛地把他拉了起来。

"杰米？"希金斯先生的声音很大，在他耳边回响，"你没事吧？杰米，你吃了什么东西吗？"

什么？老师以为他嗑药了？

"没有。"杰米含混不清地说。他伸手去扶墙，想稳住身子，但他头晕目眩，墙还离得远呢，根本够不到。现在他除了空气什么也摸不到。"我感觉不太好。我要吐了。"

"好，好的，我扶你去洗手间。"

希金斯先生把他的胳膊放在自己肩膀上，搀着他走向洗手间。他们沿着长长的走廊走了四分之一时，杰米踩空了一步，腿打了个弯，希金斯先生毫无准备，被杰米的腿结结实实地绊了一下，两人都倒在了地上。

杰米滚烫的皮肤贴在油毡地板上感觉很凉快。他把前额靠在地上，

138

像一个胎儿那样蜷缩着身体。他隐隐约约听见希金斯先生在他头顶上大喊大叫，还感觉到有人在粗暴地摇晃他的肩膀，但这一切似乎都是在另一个世界发生的。他闭上了眼睛，因为灯光太亮、太热，都快把他弄瞎了。

"杰米？杰米……？快叫救护车 ——"

14. 后悔

杰米从不会给瑞秋发短信问候早安晚安，也不会发短信告诉瑞秋早餐吃了什么，公交车来得有多晚，或者抱怨班里的每个老师都很烦人。瑞秋低头盯着自己的手机，想知道是否有必要重启。

她当然可以直接给杰米发短信，但她已经接连给他发了三条——不，是四条短信——还打了两个电话。她唯一感到欣慰的是，每条信息旁边的提示是送达，这说明他已经收到短信了，只是还没来得及看。这至少意味着，杰米并不是直接无视她……可能吧。

瑞秋叹了口气，把手机塞回柜台抽屉。她今天很忙，一批又一批的顾客让她忙得不可开交，但她还是有足够的时间闷闷不乐。这次的咒语当然没起作用，那天早上她做了测试，在小臂上切了一个浅浅的伤口，尽管她用绷带包扎着伤口，但很快就感觉到伤口结的痂因为即将脱落而发痒。这伤口愈合得太快了，说明那种奇怪的联系依然存在，瑞秋和恩尼斯依然联系在一起，而她与这种非自然的长寿也依然联系在一起。

其实，她内心并没有感到多么惊讶。早在她第一次发现不对，并分析了原因后，她就已经尝试了她能想到的所有咒语、药剂和萨满巫术。对于此事，她已经习惯了失望。尽管如此，今天早上她还是分心了，不小心以十英镑的价格卖掉了一本价值一百英镑的书。

当咒语正要奏效的时候，杰米走了进来。他看到了瑞秋的地下室，也见到了那棵树，还撞见了正在施咒的瑞秋。对于那天在地下室发生的事，瑞秋不想多说。哦，她还吐了自己一身，在杰米的搀扶下才爬上楼梯——从昨天开始，她的内心经历了痛苦的煎熬。但是现在，她知道不能就这样对昨天的事闭口不谈，但杰米既没有回复她的短信，也没有接她的电话。

她试图不让二加二等于四，但似乎找不到任何其他合理的解释。每次（大约每隔六分半钟）她拿出手机查看消息，却没有看到新的短信提醒的时候，她的心情就更沉重了。

下午早些时候，店里安静下来，但晚上的忙碌还是让瑞秋考虑雇一个助手，这样可以提高书店的销售额。她不仅要忙前忙后，还要回答顾客的各种问题，实在忙不过来。当最后一个顾客离开后，她锁上门，顿时感到双脚酸痛不已，脑袋也嗡嗡作响。她叹了口气，走到书架前，把那些东倒西歪的书整理了一下。

"忙碌是好事，"她对自己说，"忙碌意味着能赚到钱。"

事实上，她有很多钱。她经营书店主要是因为她喜欢这里。

瑞秋向书店的后面走去，想去拿几块饼干吃。突然她停了下来，把头转向右边，凝视着，试图弄清楚她所看到的有什么反常的地方。

那本插图书，还摆在书架上最显眼的地方，但并没有像她离开时那样合上。一定是有人翻开了它。好吧，不过……她想把它放到玻璃橱窗里去。然而，此刻引起她注意的、在她脑海里敲响警钟的，是这本书一直敞开着的插图。

插图上是一幅夜景，月亮透过一片漆黑的树林，渗出银色的光。一只乌鸦躲在树上。

这正是之前杰米所着迷的那个画面。

她慢慢地走到书前，把手指轻轻地放在书页上。乌鸦开始向她扑来，她甚至听到了乌鸦的叫声。

"乌鸦不是凶兆，"她对着乌鸦说，"就像黑猫一样。事实上，你可能不是乌鸦，你看起来更像一只掉进煤桶里的鸽子。"

她感觉受到了侮辱，砰的一声把书合上。

"乌鸦不是凶兆，"她重复道，"不是。"

这本书不会说话。

瑞秋对自己很恼火，先去了趟洗手间，然后吃了两块饼干，随手又拿了两块。

她回来时，发现那本插图书又被打开了，看到的依然是那幅同样的插图。

"不，不，不，不，不，不！"她气冲冲地跑过去，把书合上，拿起来，塞进了上排书架上的一小道缝隙里。然后瑞秋怒视着这本书，看它是否敢滑出来。"你可以收回你的预兆了。"她对着这本书说。她把一只手举到额头上，按着自己的太阳穴，说："我竟然和一本书争论，这就是我的宿命。"她哼了一声。"我在自言自语，看来我该回家了。"

但她没有。她走下山后，并没有挤在候车亭一边避雨，一边等37路车，而是直接坐上了刚停靠在站台的43路车。如果这都不是预兆的话，那么她也不知道什么才是。

她虽然不确定杰米在哪一站下车，但她知道杰米住在哪里。杰米向她炫耀新车的那天晚上，曾载着她路过他家。他还把当地的很多地方都指给瑞秋看，包括他的学校，甚至他前女友的家。当公交车开到杰米所在的街区附近时，瑞秋努力地寻找那些地标，试图确定自己的方向。杰

142

米曾在街角的商店告诉过她，他小时候几乎把所有的零花钱都花在了小纸袋包装的自选混合口味糖果上。当她看到这家商店时，就知道快到杰米家了。她按下停车按钮，站了起来。公交车在站台停了下来，她跟跟跄跄地赶紧下车，还向司机道了声谢。

现在该怎么办呢？外面狂风大作，天气寒冷，好在下了一整天的大雨终于停了下来。但瑞秋还是感到有些不安，难道真的要去杰米家吗？让杰米解释为什么一整天都无视她的信息和电话？那是疯狂女友的行为，不是吗？

"你来这里，是因为你担心杰米。"她告诉自己，"如果没有什么可担心的，命运女神是不会给你发出预兆的。"

当预兆出现的时候，你总是忽视它，一个声音在她的脑海里回荡。

但这次她没有忽视。瑞秋环顾了一下四周，看到了杰米家红砖风格的房屋就在马路对面。她朝那个方向走去，试图回想杰米当时载着她拐了几个弯。然而，每条街道看起来都一样，如果不是因为他妈妈的白色小掀背车占用了停车位，导致他的旧车被遗弃在路边，她根本找不到这座房子。找到了杰米的住处，瑞秋总算松了一口气，但走到通往前门的小路前，她停了下来。杰米会在家吗？如果他不想和她见面，自己该怎么做？

她告诉自己，那就坐公交车回家，再也不和男孩交往了。瑞秋借着刚燃起的怒火，走到杰米家门前，敲了敲门环。几分钟后，门打开了，杰米的妈妈站在那里，一只手抓着一个行李袋，看起来憔悴而不安。

"特里尔太太，"瑞秋皱着眉头说，"您还好吗？"

"哦，天哪，瑞秋。我都没想起来给你打电话。你听说了吧？肯尼告诉你了吗？或者克里斯告诉你了？"

仿佛有一块坚硬的冰掉进了瑞秋的肚子里。

"听说？听说了什么？没人对我说过什么呀。怎么回事？杰米没事吧？"

"他住院了！"杰米的妈妈喃喃地说。她用鼻子深深地吸了一口气，用手捂住嘴，努力让自己平静下来。当她再次开口说话时，声音有些哽咽，但很镇静。"我只是……我只是回来给他拿点儿东西。医生说他至少需要在医院待上一晚，而且——"她终于还是没忍住，不再镇定了，突然抽泣了一声。

"他怎么了？"瑞秋追问，"他出事故了吗？"

"我们也不知道。"杰米的妈妈泪流满面地说，"医生们还在做检查。我不明白，今天早上他还好好的，然后在数学课上他开始觉得不舒服，几分钟后就昏倒了。"

"他还清醒吗？"瑞秋僵硬地问道。

"时有时无。"杰米的妈妈答道，"医生认为他服用了某种过量的药物，但我告诉他们，我的杰米绝不会那样做的——"

"他不会的。"瑞秋同意道。

"当然，他的血液检测结果是阴性。医生们正在做更多的检查，试图找出原因，他们给他静脉注射，现在他看起来很苍白，而且——"她一时说不下去了，紧紧地闭上眼睛，抓着行李袋的手指关节都发白了。

"我能进来吗？"瑞秋平静地问道。

这让杰米的妈妈稍微清醒了过来，发现自己都忘记了招呼瑞秋进屋。

"哦，可以，当然。"她往后挪了一步，给瑞秋腾出地方，让她赶紧进门。

"我来吧。"瑞秋轻轻地伸手去拎袋子，从杰米的妈妈手里把袋子接了过来，"您先坐下喝杯茶，我来帮您拿他需要的东西。然后……如果可以的话，我想和您一起去看杰米。"

"噢，太好了，是的，你一定要去。医生还没有把他转到病房，因为暂时不能确定杰米的病情，所以我们可以随时去探望。我想他会很高兴看到你的，他一定会的——嗯，我看得出来，他很害怕。"

"您先喝杯茶。"瑞秋提醒她，这时杰米的妈妈还站在走廊里，显然她担心得有点儿魂不守舍了。

"哦，是的，茶。"她匆匆忙忙地朝厨房走去，瑞秋则慢慢地走上楼梯，来到杰米的卧室。

她没来过这里，在今天之前都没有进过他家，但没花多久时间，她就发现了一些杰米需要的东西：一套睡衣、几件舒适的运动衫、他喜欢的香喷和发胶。在她收拾东西的时候，各种想法在她脑子里打转。杰米从来没跟她说过自己不舒服，却突然昏倒了……杰米的妈妈说得对，他绝对不会嗑药，医生显然没有确定他的症状。

"别本末倒置，"她喃喃自语，"你还什么都不知道。"

不过瑞秋会知道的，只要看他一眼，她就知道杰米的病是不是由超自然事物引起的，比如从她嘴里说出的一句错误的咒语。

如果她真的那样做了的话……

如果她不小心对他施了邪恶的魔法……

乌鸦从她书中的插图上向她啼叫，这个场景突然闪现在她的脑海中，但就像当时合上书一样，她立刻就打消了这个念头。

你还什么都不知道，她提醒自己，等见到杰米再说。

去医院的路上，瑞秋和杰米的妈妈没有交流。杰米的妈妈认真地开着车，她的注意力完全集中在前面的路上。到了医院之后，她在停车场绕了几圈才找到一个车位。她终于把小车停下来，熄灭了发动机，安安静静地坐在驾驶座上，呆呆地望着车外的黑暗。

"咱们进去吧？"瑞秋轻声地问。

杰米的妈妈没有回答，只是闭上了眼睛，紧抿着嘴唇。过了好一会儿，她才解开安全带，猛地打开车门。

她们从正门进入，杰米的妈妈和护士站的护士小声交流了几句之后，她们走进了急诊室。急诊室外面大部分的隔间都已住满了患者，帘子被拉了起来以保护隐私。她俩走过长长的走廊，又绕过一个拐角，就看到杰米的爸爸正在一个隔间外徘徊，低头按着手机屏幕。

当他抬头看到她们时，面色苍白地朝妻子笑了笑，又向瑞秋点了点头。

"你给芒罗长老打电话了吗？"杰米的妈妈指着他攥着的手机问道。

杰米的爸爸沉下脸，把手机塞进口袋里，说："还没有。"

"约翰！"

"杰米不想他出现在这里，凯伦。你知道他会感到不自在的。而且，"看到杰米的妈妈凝重的表情，他开玩笑地说，"你把一个牧师带到床边，会把孩子吓坏的，他会认为这是最后的告别。"

"芒罗长老不是牧师。"凯伦反驳道。

玩笑显然没有成功，杰米的爸爸恢复了刚才阴郁的表情。"我知道，亲爱的，我知道。但我是为杰米着想。"他转过头看着瑞秋，说，"不过，你带了一个肯定会让他高兴起来的人。你好，瑞秋，你还好吗？"

"我……是的。"她礼貌地笑了笑，说，"我很好。"

"那就好，进去打个招呼吧，我们会给你们一些独处的时间。"

杰米的妈妈张开嘴，还想说些什么。

"好了，凯伦。来吧，我们去找个安静的地方，你可以给芒罗长老打电话，和他聊聊，好吗？"

这些话极大程度地缓和了杰米妈妈的情绪，她跟着约翰出去了，把行李袋留在瑞秋脚边的地板上。瑞秋把它当作送给杰米的礼物，于是拿起它，溜进了帘子里。

杰米睡着了。杰米的妈妈说得对，他面色真的十分苍白。有那么一瞬间，瑞秋以为她看到的是一具尸体。然而，过了一会儿，杰米突然侧过身来，她的心又跳动了起来。她放下行李袋，走到床前，眼睛盯着粘在杰米一只手上的针头，针头上连着输液管，而氧气管则直接塞进了他的鼻孔。他的眼睛下面有明显的紫斑，头发细长而油腻。

他看起来……嗯，病得很重，就像他得了一场让人虚弱的疾病而且病了几个月一样。

护士已经给杰米穿上了病号服，空气中还能隐约闻到呕吐物的味道，瑞秋怀疑他是不是吐在校服上了。穿上这身病号服，杰米的手臂大部分裸露在外面。瑞秋伸手握住他的手腕——没有扎针的那只——轻轻地摇了摇。

"杰米？"

他咕哝着什么，在枕头上转过头，但并没有睁开眼睛。瑞秋突然感到胃里一阵难受，她伸手抓住杰米病号服的领子，轻轻地往下拉。没有往下拉太多，卡在肩膀那里，但瑞秋已经可以看到杰米的胸部，苍白的皮肤上有一些稀疏的汗毛。接着，瑞秋发现有细微的魔法脉冲出现在杰米的心口位置，那又黑又丑的魔法藤蔓像毒药一样蔓延在他的血液里。

瑞秋喘着气向后退了一步，把杰米的病号服拉回原处。自从听杰米的妈妈说他突然生病后，瑞秋的体内就有股轻微的紧张情绪在不断地涌动，到现在为止她觉得自己都要吐出来了。

瑞秋身后的帘子被嗖的一声拉开，她转过身，本以为是杰米的父母。但走进来的却是护士，她一只手拿着图表，一只手拿着注射器。看到瑞秋时，护士停了下来，然后对她露出了专业的微笑。

"你好。你是杰米的妹妹吗？"

"他没有妹妹。"

"那你是他的女朋友？"

瑞秋点点头。

护士笑了笑，继续往小隔间里走，摆正了床尾的监测表。"按照医院的规定，这里只允许家人进来，但我不会妨碍你们的爱情。"

"那是什么？"瑞秋问，她看到护士把注射器的针头插入静脉输液袋的一端，然后注入了一些液体。

"只是一点儿维生素 B_{12}。"护士告诉她，"他的血糖水平下降了。"

"那很严重吗？"

护士报以一个专业的微笑，说："医生很快就来，到时候你可以问他。虽然，"护士停顿了一下，"杰米的父母需要在场，值班医生有点儿老派。如果我是你，我会说是他的妹妹。"

说完，她眨了眨眼睛，然后就离开了，忙着完成下一个工作。

"瑞秋？"杰米的声音沙哑而疲惫。瑞秋转过身来，看到他正瞪着眼睛望着她。

"嘿！"

杰米的脸上露出一丝隐隐的微笑。"嘿。你怎么知道我在这儿的？"

"你妈妈说的。"瑞秋朝他做了个鬼脸，"我，呃……一整天都没有你的消息，我很担心你，所以就去了你家。"

她本想轻描淡写地说出来，但这不是她习惯的方式，他俩都心知肚明。尴尬的表情爬上她的脸颊。

"对不起，我本想今天早上给你发消息的。我只是，嗯，参加了数学测试，然后我就开始觉得很难受，然后……"杰米指着病床。

"是的，"瑞秋喃喃地说，"后来呢？"

突然，他们陷入了沉默。在寂静中，瑞秋能听到咒语在杰米的身体里蠕动，随着血液侵蚀着他的身体。

"对不起——"

他们两人同时说出了这句话，然后突然都停了下来。停顿了一会儿后，他们都笑了起来。

"对不起，"杰米这次先说了，"我真的，我本想给你留言的，我应该这样做的，只是……昨天有点儿奇怪。我，嗯，我不知道该说什么。"

"没事的。"瑞秋表示理解。

"不，太糟了。但我想知道关于巫术的事。也许等这场闹剧全都结束后，你可以展示给我看。"

"当然可以。"瑞秋回答。她笑了，努力不把脑海中闪现的想法表现出来。如果她不做点儿什么，杰米在这一切结束后就不会出现了。

"你为什么抱歉？"杰米问。

"哦。"瑞秋做了个鬼脸，"我，嗯——"

我很抱歉让你接触了一个可能要你命的咒语。

我很抱歉把你拉进我的生活，我早该知道会这样的。

"我很抱歉去你家，自己像个跟踪狂一样的女友。"

"没关系，"杰米向她保证，"这说明你关心我，这让我很感动。"

"你感觉如何？"瑞秋问，转移了话题，"你妈妈对学校发生的事情没有说太多。"

"太奇怪了。"杰米说，回忆时不禁皱起眉头，"我早上醒来的时候没有不舒服。我是对数学测试感到有点儿紧张，但并没有生病或其他什么。就在数学课之前，我开始感觉不舒服。然后，大约五分钟后，我甚至连厕所都去不了。随后，我在走廊里昏了过去。"

"那你现在感觉怎么样？"

"算是好点儿了吧。"杰米耸了耸肩，肩膀稍微动了一下，"他们给了我一些治疗反胃的东西，但我只是觉得累，累得都睁不开眼睛了。"

他看上去就是这样。当他们开始交谈时，他还比较敏捷，但在他们短暂的交谈之后，他变得越来越迟钝。瑞秋看着他的眼睛颤抖着闭上，然后忽地又睁开了。

"实在抱歉，我感觉脑袋里像一团乱麻。"

"没关系，"瑞秋说，"你该休息了。"

"我还想和你聊天。"他祈求道。但这些话还没说完，他的眼睛就已经闭上了。

"现在睡吧。"瑞秋对他说，但这话已经多余了，因为他已经睡着了。她伸出一只手，放在他的脸颊上，感觉又热又湿。"我晚点儿再来。"

泪水已经模糊了她的双眼，她跌跌撞撞地走出小隔间，费了好大劲才拉开帘子，好像帘子在有意挽留她一样。天哪，她都做了些什么？

15. 一场交易

咣, 咣, 咣, 咣!

瑞秋不知道现在有多晚了。她独自一人离开了医院, 上了一辆停在医院外面的出租车, 直奔城里。不一会儿, 她就到了那家熟悉的商店门口, 之前她就是在那里买了施咒的用品。咣, 咣, 咣, 她重重地敲着那扇沉重的铸铁门, 很快就从里面传来了应答声。

"听到了! 听到了! 来了! "

随着一阵链条的摩擦声, 门终于打开了。店主布莱尔站在那里, 头发凌乱, 身上裹着一件睡衣。她把睡衣的腰带系好, 怒视着瑞秋, 说: "你知道现在多晚了吗? "

"不知道。"

"都快半夜了! "

"我需要你的帮助。"

"你听到我说的话了吗? 已经半夜了! "

瑞秋没有回答布莱尔, 只是盯着她。布莱尔也盯着她看了一会儿, 然后无奈地摇摇头, 后退几步, 让瑞秋进去。她关上了门, 两人被完全笼罩在黑暗之中。

"来吧。这边走。"

她领着瑞秋穿过走廊，走上了一组光线昏暗的螺旋形石阶，一直走到一个小平台上，那里还有一扇门开着，等待着老板回来。走进这扇门，她们显然是进入了这位女士的私人空间，这里温暖舒适，地板上铺着地毯，墙上还挂着照片做装饰。

"过来吧。"布莱尔指着一间小客厅。当瑞秋走进来的时候，布莱尔打开了主灯。这里空间狭小，塞满了各式的家具。两面墙的书架上放着大量的书。这里没有地方让眼睛休息，混乱的忙碌让瑞秋感到不安。这与楼下商店平静祥和的环境截然不同。瑞秋看着布莱尔脸上愠怒的表情，想知道她是不是故意把自己带到这里来的。

瑞秋不必为这个小心思而烦恼，她早就心烦意乱了。

布莱尔坐在一把丑陋的芥末色扶手椅上，指着正对面的一把椅子让瑞秋坐下。那是一把低矮的桶椅，坐起来很不舒服。瑞秋坐在椅子边上，已经有些不耐烦了。

"出事了？"布莱尔问，谢天谢地，她直奔主题。

"是的。"

"灌木、薄荷油和麻黄。你还记得跟我说过什么吧？你说：'*我知道自己在做什么。*'"她提高了音调来重述瑞秋说过的话。

她确实这么说过，她还说她不打算毒死任何人。

"我不打算 ——"

"这真是老鼠和人的最佳计划。"布莱尔调侃着。

瑞秋皱起了眉头，说："我不是来听你的讲座的，我是来找你帮忙的。"

"好吧，那你两样都能得到。"

"太棒了。"瑞秋低声咕哝着。

布莱尔听见了，但假装没听见。"告诉我你到底做了什么？"

瑞秋描述了咒语和配料，怎样把它们混合在一起，以及在吞下混合物之后，她内心出现的躁动，然后……

"他只是……我不知道他在那里做什么。当时，我正抵抗着咒语，想把它带来的不良反应压下去，把咒语控制在我体内，但他的出现吓了我一跳。我一时注意力不集中，吐了一地。我感觉到力量爆炸了，像一阵肆虐的狂风一样，从我的地下室里一涌而出。杰米挡住了它的去路，我本以为……我本以为他没事。我以为这股力量没有碰到他。"

"现在他在医院里。"布莱尔接着瑞秋的话说。瑞秋描述这个过程时，布莱尔瞪大了眼睛，双手紧紧地抓着椅子的扶手。

"是的。"瑞秋平静地回答，她低下头看着花纹地毯。它似乎在她眼前移动，上面的线条变成了蠕动的蛇，瑞秋意识到自己在流泪。她使劲地抽了抽鼻子，她知道，现在还不是哭的时候。

现在需要做的是尽快补救。

"你在想什么呢？"布莱尔问，"你想干什么？"

这是今天最重要的问题，不是吗？

"我不能告诉你。"瑞秋回答。

"什么？你不能告诉我？你大半夜来敲我的门，求我帮忙，却不告诉我你要干什么？"

布莱尔说得有道理，但瑞秋从来没有告诉过任何人她身上的真相。对她来说，这么做很不安全。

"你可以相信我，"布莱尔轻声说，她看出了瑞秋内心的挣扎，脸上流露出一丝同情，"你和我，我们是一样的人。"

"我们不是。"瑞秋确信地说。她深深地吸了一口气，问："你读过《道林·格雷的画像》吗？"

布莱尔眨了眨眼睛，完全被这突如其来的话题转变弄得不知所以。"你在阁楼里藏着一幅画？"

"不，"瑞秋露出苍白的微笑，"我没有阁楼。你还记得书上讲他永远年轻的故事吗？"

"我对这个故事倒是很熟悉。"布莱尔说。

"我不会变老，我不能变老，我也不会死亡。我的孪生哥哥试图逃避命运，结果把我们都困在了十七岁。"

"你有一个双胞胎哥哥？"

瑞秋点了点头。

"这是一种强大的关系。那他现在在哪儿？"

"我不知道。"

"你施的咒语是为了……？"

"为了切断我们之间的关系。这是不对的，对于他的所作所为，我是无辜的，但我却为此遭受磨难，整整六百年了！"

布莱尔眨了眨眼睛。"六百年？这简直……难以置信。"

"但你要相信我。"瑞秋说。虽然这样说很疯狂，但她没有感觉到来自布莱尔的任何怀疑或质疑。

"当然，因为你是来找我帮忙的，所以你没有理由撒谎。"布莱尔说，"我们知道你与众不同，很特别。但我，我的力量还不够。无论我的家族继承了怎样的力量，它都已经被冲淡了，我现在能做的只是认识到它的魔力，但我不会用。"

"但你楼下那些是 ——"

"那是女巫会的另一个成员送的礼物。"

瑞秋盯着布莱尔，她的心在往下沉。

"所以，你帮不了我。"

"我？是的，我连咒语都不会。但我告诉过你，我属于女巫会。我想梅丽莎是能够帮助你的最佳人选。我可以给你她的电话号码——"

"给我她的地址吧。"

布莱尔停顿了一下，看着瑞秋，说："如果你不请自来地出现在她家门口，我想她是不会帮你的。"

"你说得对。"瑞秋回应道，"但我没时间等了，杰米还躺在医院。医生根本不知道他得的什么病，但我知道。我必须想个办法来弥补我之前做的事——"她哽咽得说不出话来。"一旦咒语真正发挥作用，就为时已晚了。"

接下来是漫长而令人不安的沉默时刻，瑞秋不想主动打破这份沉默。

"好吧，"布莱尔最后说，"好吧，你先在这儿等一会儿。"

几分钟后，瑞秋手里紧紧抓着一张纸，迈着沉重的步子走下台阶，朝房子旁边的小巷走去。外面的空气又冷又湿，她不禁打了一个寒战。不过，她现在心里感觉好多了。因为她有了前进的方向，有了寄托希望的人。

"瑞秋？"布莱尔在门口停了下来，喊道。

瑞秋停下了脚步，回头看了看。

"我说过你可以信任我，我是说真的。但梅丽莎……你可要自己小心点儿，不要轻易地做任何交易。"

说完这些，布莱尔就把门关上了。瑞秋听到了上锁和插门闩的声音，随后是链条摩擦发出的嘎嘎的响声。

尽管布莱尔的商店在城中心的一条主干道上，但现在却打不到出租车或优步。当然，在工作日的凌晨两点钟，这并不奇怪。瑞秋在手机上查了一下梅丽莎的地址，发现离这里不到三千米远，步行也就四十分钟。现在上门拜访显然已经太晚了，但这并没有阻止瑞秋猛敲布莱尔的大门，也阻止不了她去找梅丽莎。于是，她记下了路线，把手机塞进口袋后出发。

梅丽莎住在城里比较老的地段，那里的房子很大，是用石头建造的，花园用华丽的锻铁围了起来。梅丽莎的房子在一排排房屋之中，这些房屋建在一个广场旁边，中间还有一个公共公园。瑞秋找到了地图上显示的目的地，她面前有几级石阶通向一扇黑得发亮的前门，应该就是这里了。瑞秋在人行道上站了一会儿，使自己镇定下来。坚定的决心使她走到了这里，但在半夜去叫醒一个陌生的女巫……她虽然做过比这更愚蠢的事，但这也算极致了。

她正在犹豫不决的时候，门突然打开了，在灯光照射下，一个瘦长的剪影瞬间铺满了门口。

"你打算整晚都站在那里吗？"一个冷冷的声音问道。

瑞秋很奇怪，她好像在哪里听到过这个声音，直到她走上那几级台阶，看到那个人影的脸，她才恍然大悟。布莱尔让她去见的梅丽莎，原来就是那个想买插图书的女巫。

好吧，也许这并不奇怪。巫师的圈子很小，当她感觉到对方名片上散发出的力量时，她就知道对方是真的巫师。

"你知道我要来？"瑞秋站在门口问。

梅丽莎微微一笑。"我向你保证，这没什么了不起的。我可不能预知未来，是布莱尔打电话告诉我你可能会来。"

"哦。"

她笑得更明显了。"你失望了吗？"

"不，我很感激。"

"你确实应该感激，那些不受欢迎的陌生人，在我家门口都会受到猛烈的冲击。"她往后退了几步，露出一条装饰雅致的宽敞走廊，"进来吧。"

瑞秋跨过门槛时，感觉到屋子里的涟漪掠过她的皮肤。她眼神谨慎地盯着梅丽莎。梅丽莎却赞许地看了她一眼，然后转身领着瑞秋向屋子里走去。

瑞秋觉得自己通过了某种考验，就跟了上去。

"布莱尔把你告诉她的所有细节都跟我说了。"梅丽莎边说边走进一间宽敞的开放式厨房，在厨房中央的一张凳子上坐下，"所以，我非常了解你的情况。布莱尔无法解释的是你施的咒语。我相信你跟她提过，但她知识欠缺，还不能理解这意味着什么。她是个可爱的女人，但不是很强大。"她得意地扬起眉毛，接着说："不像你和我。"

"是我的力量不够强大。"瑞秋谨慎地回答。

"不，你很强大。不然的话，你能对那个男孩做出那样的事吗？"

"我不是故意那样做的！"

"当然不是，但你释放了足够大的能量，没有什么能控制住你，所以才攻击了杰米。"梅丽莎停顿了一下，"告诉我咒语是什么？"

"破坏和冲突。"此时，小心谨慎是没有什么意义的，尤其是当她需要这个女巫帮助的时候。

梅丽莎呆住了。"那是黑暗的东西，你在哪儿学的那种魔法？"

"互联网。"

虽然瑞秋比梅丽莎大几百岁，但梅丽莎在看着她的时候，却让瑞秋感觉自己像个在校长面前扭扭捏捏的女学生似的。

"互联网？"

梅丽莎蔑视的语气激起了瑞秋的反抗，她辩解道："我不是白痴，我知道我在做什么。除了我之外，其他人不该冒险的！"

"你以为你很聪明，聪明到可以使用这种暗黑的、不可预知的魔法，但实际上，你却笨得连地下室的门都没锁！"

瑞秋没有回答这个问题。

"你能帮我吗？"瑞秋问道。

梅丽莎摇摇头，瑞秋的心一沉。瑞秋的脸上一定流露出了失望的表情，因为梅丽莎抬起手打断了她的思绪。

"我可以帮你。但是你搞砸了危险的魔法，这是要付出代价的。"

"布莱尔说你会收取报酬。"

梅丽莎轻声笑了笑。"我说的不是我自己，好吧？我是要收取报酬，因为我想要得到补偿。我的意思是你必须做出牺牲。"

"不论付出什么代价，我都愿意。"

"你现在当然会这么说。"梅丽莎回答。

"无论什么代价，我都愿意。"瑞秋重复道。

"你的生命！"梅丽莎告诉她，"这就是你必须付出的代价。布莱尔告诉我，你的男朋友 ——"

"杰米。"

梅丽莎微微点头表示认可。"杰米快死了。你施的咒语会慢慢侵蚀他的身体，直到他的器官衰竭，心脏停止跳动。阻止咒语的唯一方法是把咒语引进你的身体，把你的生命献给他。"

瑞秋摇了摇头，心中燃起了无力的怒火，但这样没有任何用处。

"我做不到！"她对梅丽莎咆哮道，"如果我可以，我会立刻这么做。

但布莱尔应该告诉过你，我为什么要施那个咒语，因为我不会变老，也不会死。"

"你只是现在做不到。"梅丽莎同意道。

这让瑞秋犹豫了一下。"你是什么意思？"

"你不是说你死不了吗？其实你不是永生的，你只是被诅咒困住了而已。"

"一个我无法摆脱的诅咒。我什么办法都试过了。不然你以为我是怎么陷入这种混乱局面的？"

"你并没有试过所有的办法。"

"我有！我吞下了所有的药，念了所有的咒语。我曾被烧死在火刑柱上，我曾和一个得了瘟疫的人一起关了好几周没吃没喝，我曾试着自杀，但这些都没有用！"

"因为诅咒不在你的身上，是吗？"梅丽莎平静地回答，"是你哥哥的原因。"

瑞秋盯着女巫。"你到底在说什么？"

"你被诅咒所困，是因为你哥哥试图逃避他的命运。如果他完成了——"

"我会恢复正常吗？"

梅丽莎摊开双手。"我想会的。像你这种情况前所未有，但是当你被他所带来的影响困住时，你是帮不了杰米的。"

"但如果他做了呢？如果他……他被淹死了，就像在我的幻觉里一样。如果他那样做了呢？"

"那你就可以自由地为杰米牺牲自己的生命了。"梅丽莎耸耸肩，表达了对瑞秋的同情，"但你用两条命，换杰米一条命，值得吗？"

"值得。"瑞秋回答。

"确定？"

"我确定。"瑞秋坚定地说。

"好吧。如果你能说服你哥哥面对他的命运，再回到我这里，我就会帮你念咒语救杰米。"

"你想要什么来换取对我的帮助？"瑞秋问。

梅丽莎笑了。"也没什么，你的书，那本插图书。它美丽而独特，我就喜欢收藏这么独一无二的东西。"

瑞秋紧抿着嘴唇说："那本书对我来说特别珍贵。"

梅丽莎发出清脆的笑声。"哦，我知道，这也是它如此吸引我的原因之一。"

"还有什么？"

"你的友谊。我想，也许你和我可以作为搭档，成为一股不容小觑的力量。"

"如果我死了，我们就做不成好搭档了。"瑞秋说。

"你说得对，但你永远不知道事情会如何发展。再说一遍，如果我是你的朋友，或许我会要求得到更多……你可能拥有的宝贝。"

"我只有一本那样的书。"

"你可能会惊讶，你身上还有什么能让我感兴趣的东西。我从没见过像你这样能从过去的痛苦中汲取力量的人。"

瑞秋顿时浑身变得冰冷。"什么？"

"你和那棵树一起燃烧，一定很痛苦。我不确定自己是否还想再看到它，但你，你已经把它铭记在心了。"

"你怎么会知道我的那棵树？"瑞秋的声音很轻。

梅丽莎耸耸肩，这个动作和她身上的其他东西一样，都极富女性化。

"我是巫师，瑞秋。和你一样，我不仅仅用眼睛看东西。幽灵们正在低声问我，我们成交了吗？"

瑞秋犹豫了一下，但没有别的办法。一旦她死了，那棵树对她又有什么用呢？于是，她走上前去，和梅丽莎握了握手。

"等你解决了你哥哥的问题，再来找我吧。"梅丽莎说，"如果你愿意，就在上班时间来找我。"

16. 1649 年 9 月，爱丁堡

四周弥漫着刺鼻的气味，那味道涌进了她的鼻孔，不一会儿就把她熏醒了。

她缓缓地睁开双眼，看见门口站着两个人。他们往屋里探头，移动间，脚下的地板嘎吱作响。他们手上拿着火把，火光摇曳，燃烧产生的石楠花和金雀花味在屋内弥漫。四处烟雾缭绕，她只能从门外透进来的微弱光线，窥察他们的身形，那身影又高又壮，她觉得站在门口的应该是个男人。

"知道住这儿的是谁吗？"其中一个高个子问。

"谁？"

"一个妓女，很漂亮，不是那种寻常的街头货色。她以前总去那些豪宅里侍奉富人，肯定是个天生尤物。"

另一个人冷哼了一声。"你快去烧掉她的衣服。"

"不用，那边有口盛满沸水的大锅，把衣服全扔进去，泡上一会儿，拿出来就跟新的一样。"

"把这些全扔进锅里？"

两个人停下来思考了片刻，其中一个人不爽地咕哝了一声。

"也许我们就该烧掉它。"

"是的。"

他们走进屋里，瑞秋看到他们整个脑袋都被围巾裹住了，手上也戴了手套，全身只有眼睛露在外面。

"这儿死了一个。"那个想偷衣服的男人指着安妮已经腐烂的尸体说道，"还有一个呢？应该有两个人。"

他们找的正是瑞秋。当发现安妮的尸体开始腐烂时，瑞秋就远远地躲到房间的角落里，用毯子把自己裹成一团。几周后，她已经饿得皮包骨头。然而，那时的她，胃部痉挛，身体已不再听从她的咒语，所以无论她如何乞求，她还是没能和安妮一起死去。她舔了舔长满青苔的石墙，靠几滴水维持虚弱的生命，最终，她庆幸这个地方一直弥漫着严重的湿气。

"你觉得她们都躺在床上？"

"我不知道。过去看看。"

"你过去看看。"

其中一个看起来油头滑脑的人，推着另一个人往房里走。他伸脚把安妮身上的毯子踢走，一脸嫌弃。

"这儿真的只有一个人。我们把她裹起来，拖上推车，就完成任务了。我特别讨厌这些下等人住的地方。空气不流通，到处都是传染病。"

他们把火把插在一旁，把安妮的毯子铺在地上。瑞秋猜测，之后他们就会把安妮裹进毯子里，抬到死亡马车上。只是两人都不愿意接触安妮的尸体，她看着他们为此纠结了好一阵。看到自己的好朋友去世后，还受到这般嫌弃，瑞秋心里很难受。突然，其中一个人有了主意。

"把床的一头抬起来，她就会自己滚到地上。"他说着走到床的另一端。

他俩一拍即合，另一个人也跟了上去。他们一下把床的一头抬了起来，安妮便顺着床滚到地上，砸出一声闷响。安妮被蛆吃得只剩骨头，轻轻一摔，尸体便散了架。她的头直接滚到了瑞秋跟前，瑞秋一下没忍住，轻声呜咽起来。

"怎么回事？"其中一个人质问。

"不关我的事！"他的朋友反驳道，"我怎么知道头会掉下来啊！"

"笨蛋，我不是说你。我好像听到了其他动静。"

"你说什么？"

那人没应声，但瑞秋听到脚步声离自己越来越近了。角落里光线很暗，被锁了这么久后，瑞秋蓬头垢面，已经和肮脏的墙体还有身上的破毯子融为一体了。当那个男人从阴影中扭过瑞秋的脸朝着自己时，瑞秋的心都死了。当那人看清楚之后吓得直往后退。

"那儿有个女人！"他喊道，"她还活着。"

"别傻了。"另一个男人说着从他身边走过。他比之前的男人凑得更近，弯下腰，几乎贴到了瑞秋脸上，吓得瑞秋直往后缩。

这可不好。没有一个普通人能像她这样，每天只喝墙缝里渗出来的水就能活这么久，瑞秋的身份怕是要暴露了。

"她……"那人低声说，片刻后，他大嚷，"她是女巫！"

他也吓得直往后退，一不小心跌坐在了安妮的头上。这场面很滑稽，瑞秋连动弹的力气都没有，两个强壮的男人却怕得要死。

顷刻间，他们都忘了自己处在一间弥漫着鼠疫病毒的屋子里。为了更仔细地看清瑞秋，他们甚至扯掉了包在自己脸上的围巾。然后，那个先发现瑞秋的人，开始大喊大叫起来。

"女巫！她真的是女巫！"他一路叫喊着跑到街上，男性低沉的嗓音因极度的恐惧发出声嘶力竭的咆哮声，瑞秋在屋里听得一清二楚，"牧师！快去找牧师！我找到了一个女巫！"

强烈的绝望感席卷而来，瑞秋痛苦地闭上双眼。她现在没有力气逃跑，甚至连眼泪都流不出来。她一直都很小心谨慎。六十年前，女巫猎杀行动席卷全国，那时她便孤身一人躲了起来。尽管如此，她还是听过那些故事，目睹了那些暴行。又过了三十年，当珍妮特·博伊德被处决，一切似乎要重新开始时，瑞秋越想越怕，便逃到了国外。

鼠疫还在不断肆虐，粮价因粮食歉收而暴涨。她听到有人开始议论纷纷，绝望的男女们认定巫术就是一切不幸的根源。她一直在想，也许真的到了再次离开的时候……但安妮生病了，她不忍丢下她不管。

如果她的哥哥恩尼斯碰上这种事，也会做出一样的选择，但事实却是……

因为自己的一时心软，瑞秋惹火烧身了。

留在屋里的那个男人，在瑞秋身旁紧紧盯着她，防止她逃跑，看到自己的同伴回来了，他才松了口气。和他一起回来的还有一个人。

"您好，默里牧师，"留在屋里的男人恭敬地说，"很高兴您能来，我们找到了一个女巫！"

"我听说了。"牧师冷冷地回答。牧师的声音低沉而粗哑，等他走进屋子，瑞秋看清了他的面貌，他的面色灰白而苍老，蓄着卷曲的胡子。他穿着厚重的黑袍，脖子上紧紧地系着一条白色的围巾。他一脸阴郁的表情，眼睛里露出一种邪恶的光芒。

他走到瑞秋身前蹲下来。

"让我看看这里到底发现了什么。"他阴笑着说。

17. 捉迷藏

　　瑞秋离开了梅丽莎的家，走到回城里的站台等车，不一会儿就看到了开往她家的早班车。这是今天的第一班公交车，还不到发车时间，公交车停在站台空转。司机好心地让瑞秋先上车，她坐在车里的空调出风口旁边暖和一下。瑞秋累极了，四肢沉重，头也疼得厉害，她想稍微睡一会儿，但一闭上眼睛，脑袋里就忍不住会想那件事。

　　她要怎么做才能找到恩尼斯呢？

　　按说只要在瑞秋的能力范围之内，用咒语定位一个人不是什么难事。几个月前，她就试过，但当时她做了一个可怕的梦。在梦里，她去了恩尼斯待的地方，然后她便尖叫着溺水被淹死了。除了一些毫无意义的闪光，其他什么也没有看到。恍惚间，有人正举行狂欢，突然一个巨浪把她卷了进去，瞬间夺去了她的呼吸。醒来后，她发现自己躺在地下室的地板上瑟瑟发抖。

　　她犹豫着要不要再试一次，虽然命运女神不喜欢有人为了同样的事情麻烦她两次，但瑞秋又有什么选择呢？恩尼斯每年都没有寄圣诞贺卡给瑞秋，瑞秋也没有时间在各地寻找嘉年华。

　　公交车到达瑞秋住的地方时，天还没亮。广场上安静极了，仿佛预示着什么事情即将发生。瑞秋穿过广场走到门口，发现门闩的位置有问题，明明邮递员走的时候把门闩插好了。于是，她朝街上望去，看到她的那个邻居——叫警察来抓她的老太太，正掩在客厅的窗帘后面偷看自己。她见瑞秋发现了她，就赶紧走开了。过了一会儿，老太太客厅的灯也熄灭了。瑞秋知道这老太太还会回来，她会在黑暗的屋子里，透过窗户偷偷盯着自己，便伸出手朝老太太的方向做了一个开枪的动作。

"真是个爱管闲事的老太婆。"她愤愤地说。

说完，她砰的一声把门猛地一拉，比她生气时还要用力，结果门上的一块木板竟掉了下来，砸到了她的手上。

"该死！"

此时，天还很黑，屋里也没来得及开灯，瑞秋根本看不清自己的手被什么划破了，但她能感觉到，像是块锯齿状的木片，划得很深。她下意识地把手举到嘴边，用牙咬住了碎片，一下拽了出来。顷刻间，鲜血喷涌而出，一阵剧痛席卷而来。瑞秋吮吸着伤口，好让血液慢点儿流出来，眼泪在眼眶里打转。心头的重担已经让她感到筋疲力尽，同时她还担心着杰米，如果她找不到解决的办法，杰米该怎么办呢？手上的伤口已经基本止血了，但破口处仍感觉一跳一跳的，这只是半路冒出来的一件小事罢了。瑞秋把破门板踢到一边，摸索着抓住门把手，费力地用另一只手开门，泪水模糊了她的视线。

进屋后，她一下把所有的灯都打开了，然后冲进厨房。她猛地拉开冰箱，一只手紧紧地攥住冰冷的葡萄酒酒瓶。

向命运讨要说法可不是聪明的行为。

把自己搞得灰头土脸更不明智。

借酒消愁愁更愁。

她缓缓地把手松开，这个酒瓶和旁边的烧烤酱瓶碰在一起，叮当作响，仿佛在诉说瑞秋心中的苦闷。瑞秋抓起一瓶橙汁喝了几口，糖分的摄入让她些许振作起来，她转身穿过走廊，再一次打开了地下室的活板门。

她的一条腿刚踏上台阶，就感到胃部一阵猛烈的绞痛。如果她做不到呢？如果还跟上次一样，命运只给了她一次短暂的一瞥，她还是没能发现恩尼斯的下落，那该怎么办呢？

如果找不到解决的办法，她就只能眼睁睁地看着杰米慢慢被咒语杀死。

她喘着粗气，每每想到这些就吓得浑身发抖。

"瑞秋，那样绝对不行，"她喃喃自语，"一定要振作起来，决不能屈服于命运。"

她鼓足勇气，拿出了全部的决心，坚定地走下楼梯，准备有目的、有条理地整理她所需要的一切。她熟练地点燃了所有的蜡烛，在树桩前放了一张垫子和一个小碗，碗里装满了干玫瑰花瓣和几缕"魔鬼吸"。"魔鬼吸"是一种能打开内心世界的药品，如果麦克奎恩警官闻到了，肯定会把她抓起来。她随手抓起一条发带，把头发往后一扎，再把袖子撸到肘部。然后她站在树桩前，一只手放到光滑的树桩顶上，感受着树桩中微弱的能量流动。

那个小裂缝就藏在她的手掌下面，她不想让这点儿瑕疵对她的咒语产生丝毫的影响。

"我需要你的帮助，"她对树桩说，"别让我失望。"

她跪在垫子上，点燃了碗里的草药，然后闭上眼睛，深吸一口气，开始念咒语。

这些咒语对瑞秋来说太熟悉了，她根本不需要去想该说什么，只需要让她的嘴去感受这些声音。但是此刻，她过于焦虑，双手攥成拳头，抵在膝盖上。她想要的那种让魔力流经全身的放松状态迟迟没有到来。

这样显然是行不通的。

于是，她停了下来，专注于自己的呼吸，呼气、吸气……不停地试图放松自己，清空脑中的思绪，这样才能让燃烧的草药发挥真正的作用。渐渐地，她开始产生轻微的超脱感，肉体开始变轻，便再次念起了咒语。

那种感觉就要到了。咒语终于起作用了，她完全沉浸其中，念咒声在耳畔萦绕。

让我找到他，她想，快让我找到他。

一阵热闹的欢笑声和响亮的舞曲声传来，嘉年华的旋转木马嗖嗖地一圈接一圈地转着，红白相间的灯光闪得有些刺眼。瑞秋曾在书店洗手间镜子里见过的那个大眼睛女孩，此时就站在水池边，以一个救人的姿势跳进水中……然后，瑞秋的视线随着女孩看向水里。女孩在水里摆动着身体，转过头来。突然，发生了什么？仿佛巨大的水压让瑞秋喘不上气来，肺部疼痛欲裂，她就要坚持不住了。

瑞秋在惊恐中睁开了眼睛，她发现自己跪坐在地下室里。她深吸了一大口气，全身已汗流浃背，肾上腺素还在血管里奔涌。她慢慢回过神来，眨了眨眼，发现自己的意识回到了身体里，这意味着刚才的咒语已经结束了。

"不，"她奋力地摇着头，"这样根本找不到他！告诉我他到底在哪儿！"

她慢慢起身，去架子上拿了把小刀。回来时她突然双腿一软，跌倒在了树桩旁，碗里的灰和烧了一半的干玫瑰花瓣散落一地。她紧紧地抓住刀柄，用力把它插进树桩里。虽然插得不算深，但已经把坚硬的树皮刺穿了。她抓着刀柄，将刀继续往下划，她看到树桩里面有轻微的滑动，树好像在微微哭泣。她举起先前被门板划破的那只手，用力在树桩上猛撞，等鲜血缓缓流出，再抹到树桩上。

"让我再看看。"她说。

瑞秋没有注意到自己的声音比以前更低沉、更有力。她太专注于把自己的意志都强加在这根树桩上，吸取树的力量，那是她经年累月地雕刻、施咒、与树交流所赋予的力量。

"求求你，让我再看看。"

说完，瑞秋闭上眼睛，顿时脑海里的画面如潮水般涌来。她先看见一块印有"埃尔金"三个大字的城镇标牌。接着又看到一座石桥，桥下河水奔流。然后看到一条道路以惊人的速度向前蔓延，穿过城镇，来到了嘉年华。这时，瑞秋看到了一辆破旧的篷车，车门打开，恩尼斯走出来，一边走一边抖了抖身上的夹克。瑞秋倒吸了一口凉气，认真地看着他，恩尼斯看起来变了好多，但举手投足间，还是能看到过去的影子。她想伸手抓住他，但顷刻间，身边的一切都飞速旋转起来，她也飞了起来，飞过了一座桥，然后沿着河岸的一条小路，一直飞到了一个水池边。

突然，她开始失控，一路往下坠，空气冲击着她，整个人在空中胡乱翻转，她慌乱地伸手试图抓住些什么，但除了可怕的自由落体，什么也改变不了，瞬间，她消失了。黑沉沉的夜空中，星星被云朵遮住，瑞秋像颗流星一般，从空中坠落。她歇斯底里的喊叫声都被耳边呼啸的气流撕得粉碎，她感到无比愤怒，却不知道愤怒的原因是什么。终于，愤怒消失了，取而代之的是恐惧，恐惧使她失去了理智，她挣扎着，扭动着，与不可避免的命运做斗争，直到——

直到她坠入水中，水流的巨大压力让她喘不过气来。随后，她感到寒意袭来，像一把尖刀刺入了她的肺。她的眼睛虽然是睁着的，却什么也看不见。她挣扎着想呼吸，但没有空气，只有水咕咚咕咚地灌进来。

她被湍急的水流卷起，把她带到更深更冷的地方。

她拼命地往上游，却不知道水面在哪里。她试着与水搏斗，但刚一张口，嘴里就灌满了水，她越是挣扎，就越是痛苦。

就在那时，她的大脑突然停止了活动。

濒死时刻，她整个人都失去了知觉，但水流在胸口的压力好像减轻了。

星星在她眼前闪烁，但随着她向深渊越陷越深，所有的小光点都一个接一个地消失了。

瑞秋醒来时侧身躺在地下室的地面上，整个人像胎儿一样蜷缩着。她深深地吸了一口气，肺部一阵灼热的感觉。她坐起来，哼唧了几声。尽管身上的每一处都很痛，但她还是笑了，因为咒语终于起作用了。

埃尔金，恩尼斯就在那儿。这似乎是命运有意的安排，多年前他就应该死在那里的。现在他又回到了埃尔金，这不可能是巧合。

也许恩尼斯和她一样，已经受够了这种永远望不到头的日子。或许他自己都不知道，命运指引他来这里，就是为了帮瑞秋化解麻烦。

终究，谁也逃不过命运。

瑞秋不会让一切听天由命的，她要确保恩尼斯不再逃避命运。

即使瑞秋会要了他的命。

"对不起，我的哥哥。"他已经活了六百年，该满足了。"我来找你了。"

不过，刚爬上楼梯，她整个人便往一边倒去。眼前的一切开始变得模糊，脑子也不听使唤。她用一只手扶着额头，跌跌撞撞地走回房间，倒在床上，一沾枕头就睡着了。

她没睡多久，最多几个小时，下床的时候，体力恢复了不少，头也不晕了。她得立刻去找幻觉里看到的那个叫埃尔金的地方，虽然距离有些远，几乎在这个国家的另一端。她脑子里还想着去那里的各种方法，手上已经收拾起了行李。去那么远的北方需要一些时间，而她现在最缺的就是时间。

尽管如此，在她动身之前，她必须去看看杰米。

医院里依旧一片忙碌的景象。值班的护士已经很累了，瑞秋轻松地从护士站溜了进去，到了杰米的隔间外面。她先瞥见杰米的妈妈正站在一排隔间中间的一个空隔间里，走了几步，又看到了杰米的爸爸约翰。约翰背对着瑞秋，他身旁站着一个愁眉苦脸的医生。瑞秋放慢了脚步，贴着帘子慢慢往里走，她不想有人注意到自己。这时，她听到一个低沉的声音。

"我认为这是最好的办法，让病人转到重症监护室，这样我们能更全面地监测他的变化。"他停顿了一下，"如果这些变化需要干预，我们可以更快地做出反应。"

"你说的干预是什么意思？"杰米的妈妈声音有些颤抖。

"我们可以采取各种方法，比如尝试不同的药物。必要的时候，也会给他戴呼吸机。"

"你觉得这有必要吗？"杰米的爸爸问。他背对着瑞秋，说话的声音很小。只见医生一脸无奈。

"我们目前的用药对杰米没有效果，他的器官有衰竭的迹象。考虑到现在还没有找到病因，我们只能不断尝试。同时，如果他的器官加速衰竭，在重症监护室可以更方便地使用治疗器械。"

杰米的妈妈不停地抽泣，用手帕捂住了嘴。

瑞秋不想继续听下去了，趁杰米的父母和医生谈话的时机，悄悄地溜进了杰米的隔间。

刚才听医生和杰米父母的对话，瑞秋还以为杰米睡着了。走进隔间后，瑞秋才发现杰米正倚在床上，盯着帘子看，背后靠着几个枕头。隔间里多了一台新机器，机器的小屏幕上显示着杰米心脏跳动的频率。瑞秋顺着连在机器上的电线找到了贴在杰米胸口的一块小垫片。

"嘿，"他轻声说，然后朝瑞秋笑了笑，"没带葡萄来吗？"

"什么？"

"葡萄啊。这是来医院看病人最常见的礼物啊。"

"你很喜欢吃葡萄吗？"

"跟你开玩笑啦。"

瑞秋笑着看了看杰米，说："差点儿被你骗了，我本来以为你喜欢巧克力或汽水之类的。"

"那你带的是这些喽？"

瑞秋做了个鬼脸。"呃……"

杰米开心地笑了起来，身子往后挪动，接着痛苦地摸了一下腰。

"对不起！"瑞秋赶紧往床前走了两步，抓住杰米床边的栏杆。

"你现在的举动有些搞笑。"杰米装模作样地说，嘲笑地向瑞秋翻了个白眼。

"喀，你住了院，反倒幽默起来了呢，"瑞秋回击道，"真是越来越不靠谱了！"

杰米喘息着，然后抱怨道："你可别这么说！"

"好啦，好啦，那我不说了。"

"没事的。"杰米一脸严肃地问道，"你进来的时候看到我爸妈没？医生在和他们谈话吧。"

"嗯，进来的时候我看到他们了，"瑞秋轻声地说，"我不想打断他们的谈话。"

"听医生说要把我转到重症监护室。"他把那只没有挂水的胳膊伸过来给瑞秋看，胳膊肘部内侧全是瘀青，"他们每隔几个小时就来抽一次血，看来我病得越来越重了。"

看着杰米失望的表情，瑞秋内心充满了自责和恐惧，说："对不起。"

杰米失落地说："说实话，我挺害怕的。我希望他们能告诉我真实的情况。"

"我明白。"瑞秋声音哽咽，嗓子像被玻璃划破了一般。

"他们一直都在安慰我，想让我放宽心，就好像病情并不严重。医生也是那样，但肢体语言出卖了他们。我知道自己的病情很严重。"

"他们已经尽力了。"瑞秋回答。不过，这都是安慰的话而已。瑞秋不想骗他，她厌恶这样的自己。她深深地吸了一口气，缓解一下自己的情绪，说道："我得走了，还有工作等着我。最近赶公交车简直就是场噩梦。"

"当然。"杰米说。他的失望溢于言表，瑞秋看得出来他在努力掩饰着情绪。"嘿，你为什么不开我的车呢？"一阵轻微的笑声，"我是说，我现在反正用不上它，你拿去开，就不用赶公交车了。"

开车去埃尔金的速度肯定会快很多。"你确定吗？"瑞秋问，"你父母不会介意吧？"

"我可没打算征求他们的意见。"杰米朝角落里的一把小塑料椅点了点头。椅子上堆着一摞叠好的衣服。"钥匙就在牛仔裤的口袋里。"

瑞秋很快就找到了车钥匙。"谢谢你，杰米。"她紧紧地攥住钥匙，感觉钥匙锋利的边缘就要扎进手掌，"我一有空就会过来看你。"

希望一切顺利。

18. 一个岔路口

开杰米的车简直就是一场噩梦。之前瑞秋见杰米开车时一直都小心翼翼，以为杰米是受哥哥车祸的影响，今天她才发现，原来杰米那么小心的真正原因是这辆破车的方向盘太难控制了，压根不听自己的使唤。今天她才开了不到一个小时，肩膀就已经疼了，因为她要不停地使劲摆弄着方向盘，以免偏离正确的方向。这根本就是个死亡陷阱，但她现在可没心情被这种讽刺逗乐。

尽管瑞秋想尽早赶到埃尔金，但迫于这辆车子的现状，她还是选择了一条安静的小路，一路都开得很慢。关键是她还没有驾照，可不能被交警碰上。一旦被逮捕，警察就会问她要身份证和其他一大堆证明材料，只要拿不出来，她就别想脱身了。与此同时，咒语会持续对杰米产生影响，会不断地伤害杰米体内的器官。所以，瑞秋宁可选择多花点儿时间从小路走，也不冒险走大路。况且车子本身也有些问题，车速刚超八十千米每小时就发出了嘎嘎声，让人莫名地害怕。瑞秋上次被公交车压住之后，就再也不想体验那种感觉了。

瑞秋再次启程时，已经快傍晚了。手机导航上显示的距离数越来越小，目的地就快到了，此时的车外已经黑得伸手不见五指。当瑞秋开到离埃尔金还有八十千米的地方时，仪表盘上温度表的数值慢慢上升。这时，一辆车在她前面拐角处开过来，突然打开远光灯，一瞬间，瑞秋眼前一片空白。

然后，她一头栽进了幻觉里。

她看到一个男孩和一个女孩正坐在沙发上接吻，彼此依偎在一起，无比亲密。她很容易就认出了恩尼斯，因为他一头黑发，而且面部的线条棱角分明。那个女孩背对着瑞秋，但瑞秋记得那一头深棕色的头发。

"安娜。"恩尼斯温柔地说，然后贴到安娜面前，在她的下巴上轻轻地吻了一下。

瑞秋试图从眼前的一幕转开，这个时刻太过亲密，况且恩尼斯还是她的哥哥，这样看着他们不免尴尬。刹那间，瑞秋直接进入了另一个幻觉。这一次，她成了恩尼斯，当冰冷的水流将她吞没时，她清楚自己将面临什么。

没关系。她明白这种结局是不可避免的，这就是恩尼斯的宿命。虽然瑞秋清楚自己处在幻觉之中，但她还是没能止住恐慌和痛苦。她很想喘一口气，但一张嘴，水就灌进她的嘴里，冷水刺骨，肺部也疼痛欲裂。她拼命挣扎着寻找水面，试图弄明白这个除了黑暗之外什么都没有的世界到底是怎么回事。水流卷着她，像一只大手，把她扭来扭去。

突然，她的眼前出现了些许光亮，她竭力让自己冷静下来，向自己不断地暗示这一切就要结束了，然后——

然后，瑞秋在水中看到，有人跳入水中，溅起了巨大的浪花。那人伸出双手，好像在寻找着什么。

尽管知道水中的那个人影永远不会听见她的声音，瑞秋现在是出现在幻觉中的恩尼斯，但看到眼前这一幕，她还是忍不住大喊："救命！救命！"

那人影在水里弯腰转身，朝瑞秋的方向游来，像海豹一样自如，游近后切断了瑞秋身边湍急的水流。按说水下的光线很暗，瑞秋无法看清那人的脸，但这一切只是幻觉罢了。所以，瑞秋能清楚地看见那人就是安娜。安娜在瑞秋面前停了下来，调整了一下位置，然后抓住瑞秋的肩膀，用力拽着她游向水面。

她们浮出水面的一瞬间，瑞秋本能地大口吸气，慢慢觉得自己活了过来。此时，瑞秋开始意识到周围的幻觉在慢慢消失。

"不，"她犯嘀咕，"不可以。"

刺耳的汽车喇叭声一下把她从幻觉中拉回了现实，瑞秋看到一辆白色货车从身后呼啸而过，加速驶向远方。她紧握着方向盘，因为太过用力，手指关节都已经发白。她急忙踩住刹车，车子停在了路中间。此时，她吓得不能再开车了，赶紧打开双闪，把车慢慢地开到路边的草地上。

安娜。现在瑞秋终于明白自己为什么会在幻觉里见到她了，不管这个女孩是谁，她终究会破坏瑞秋的计划。因为安娜想救恩尼斯，这样就等于置杰米于死地。

但有瑞秋在，安娜休想得逞。

瑞秋在恐慌中暗下决心，赶紧把车挡拨到前进挡，然后一脚油门开进车道，轮胎在草地上轧出两道明显的印记。四周漆黑一片，瑞秋根本顾不上道路的急弯，始终紧踩油门。还好老天都在帮她，一路上都很顺利，不仅没遇到警车，而且几乎没遇到其他车辆。很快，瑞秋看到了路标，她正越来越接近她的目的地。

瑞秋一边开着车，一边回想刚才看到的幻觉。她意识到自己在进化，魔力也在慢慢变强。她虽然有些不知所措，但既然已经发展至此，她也只能接受。

终于，瑞秋看到了城镇的标牌，对她来说，这既是一种解脱，也是一个清醒的时刻。夜色中，瑞秋开着车慢慢地驶入这座城镇，眼前的景象几乎和她在幻觉里见到的一模一样，这里就是拼图中的一部分。接下来，她要去找嘉年华。那地方不大。瑞秋沿着主街慢慢地行驶，看到了在幻觉中见到的那座古老的石桥，桥上有几盏老式的铁质路灯，桥下的河水在路灯的照射下奔流。

这里的水一直流到那个水池，一样的桥、一样的河水和水池，一切都和幻觉里的一模一样。

瑞秋认出了这座桥，便开车驶了过去，然后沿路开到了一个住宅区。在这里，瑞秋拐了不少弯，她开始担心自己是不是走错路了，突然道路两侧的房屋消失了，嘉年华出现在前方，就在她的面前。

恩尼斯一定就在附近的某个地方。

晚上，嘉年华已经关门了，一条铁链挂在入口处，锁住了嘉年华所占据的一大片场地，里面的灯大多数熄灭了。瑞秋找了块平整的草地，停车熄火，然后下了车。这是半个世纪以来，她离哥哥最近的一次……她来这里，是为了让恩尼斯接受几百年前命运就给他安排好的结局。瑞秋现在的心情，五味杂陈。

大晚上的，在没什么灯光的嘉年华中穿行，感觉多少有点儿诡异。虽说照明灯的亮度，足以让瑞秋在迷宫似的摊位和游乐设施中慢慢向前走，但有限的光源让瑞秋感到，嘉年华里的小丑或卡通人物好像躲在阴影里偷看她。凉风吹起的垃圾在她脚边飞舞。嘉年华的员工们住的篷车还要往后走。那些被用来生篝火的旧油桶还在微微冒烟，但周围已经没人坐着取暖了，只有几辆篷车还亮着灯。瑞秋扫视着那些围成半圆形的篷车，寻找她在幻觉中看到的那辆。要找到它其实并不难，有人给米灰色的车身喷了亮色的漆。不过，他们的艺术审美不行，更像是无聊的年轻人在随便玩玩，看起来和这里的氛围格格不入。她知道自己要找的那辆篷车没有开灯，但这么晚了，它到底在哪儿呢？突然，她发现了，就在前面。

瑞秋鼓起勇气，沿着草地上踩出的路走过去，狠狠地敲了几下门。

里面传来砰的一声，接着一个低沉的声音喊道："等下！"

瑞秋等待着，她的心怦怦直跳。尽管暂时一切未知，她还是很兴奋。同时，她又想逃跑。要不是现在杰米只能依靠她，她有可能真的会掉头就跑。

哐的一声，门打开了。里面一片漆黑，但即便如此，瑞秋还是能看出开门的那个人不是她的哥哥。失望和宽慰的感觉在她体内交织。

"嘿，"他看着瑞秋困惑地说，"什么事？"

他看上去比恩尼斯大不了多少，脸上没有皱纹，凌乱的头发说明他是直接从床上爬起来开的门。如果你喜欢那种有点儿硬朗、感觉凶凶的男人，那么他也算是帅气的。但瑞秋不喜欢这款。

"抱歉，打扰了，"她说，"我在找我哥哥，恩尼斯。"

"谁？"那人一脸搞不清状况的样子。瑞秋感到一阵恐慌。难道是她找错地方了吗？不可能，这辆篷车和她在幻觉中看到的一模一样。

"恩尼斯。"她重复道。

"从没听说过这人。"

"你确定吗？我们长得很像。他的眼睛也是灰色的。"

"哦，你说的是斯雷特吧？他就住这儿。"

斯雷特。瑞秋反复念叨着这个名字，试着把他和记忆中的哥哥联系在一起。虽然这种感觉很奇怪，但不知为何，瑞秋觉得这个名字还挺适合他的。她早该料到自己的哥哥会起个新名字，就像抛弃她一样，也把旧名字抛弃。他是故意这样做，不想有人找到他吗？

"他现在在吗？"瑞秋问。

杰克摇了摇头。"一整晚都没见到他，不过他明早应该会回来的，大概在嘉年华开门的时候。"

"好的，我明白了。"瑞秋把嘴抿成一条细线，顿时感觉非常沮丧。虽然埃尔金这个城镇不算大，但找个人也不太容易。她总不能深更半夜挨家挨户去问吧？"我可以进来等他吗？"

那人眨了眨眼，然后露齿一笑。"当然可以，亲爱的，但我这儿只有一张床。"

瑞秋扬起了眉毛，问："你和斯雷特睡一张床吗？"

那人皱着眉头，说："不！他睡在沙发上。"

"那就太好了。"瑞秋笑得眯起了眼睛，"我真的很感谢，请问你叫什么名字？"

"杰克。"

"谢谢你，杰克，真的很感谢你。我从很远的地方过来，已经很久没见到我的哥哥了。"

杰克站到一旁，打开了一盏灯，让瑞秋进来。走进篷车，瑞秋觉得里面看着更局促，有一个方形的小客厅，靠墙的一侧有个小厨房。瑞秋的面前有两扇小门，她猜它们分别通向洗手间和杰克的卧室。一想到等会儿睡觉的时候，他俩之间有扇门隔着，瑞秋多少松了口气。她现在整个人有些亢奋，脑子里翻来覆去的都是近来发生的事情。

"洗手间请自便。"杰克指着两扇门中最近的那扇说，"这里是斯雷特放毯子的地方。"

他掀开沙发坐垫，露出下面的储物区，然后拿出了一床被子和一个枕头。

"谢谢。"

"不客气。"杰克看着她，继续说，"我早该猜到你们是兄妹，你俩确实长得很像。"

"我们是双胞胎。"

"你们长得不一样？"

瑞秋盯着杰克，等他自己反应过来刚才的话有多愚蠢。过了一会儿，他的脸涨得通红，难为情地转过头去。

"确实，当然不会完全一样。"他清了清嗓子，"你的眼睛很漂亮。我一直以为你哥哥起名叫斯雷特是因为他很胖，你懂吧？像'石板'一样厚。但现在，看着你的眼睛，一切都明白了。"

哦，天哪。

杰克走到瑞秋身旁，伸出一只手，好似要摸瑞秋的脸颊，吓得她往后退了一步。

"是的，我俩的眼睛很像。"她抓起枕头抱在胸前，当作天然的屏障，"谢谢你，我真的很累，想趁现在赶紧休息一下。"

"哦，当然，当然可以。"杰克对她咧嘴一笑，"我也该去休息了。天一亮，我就得起来照看马。"他顿了顿，满脸期待地看向她问道："你喜欢马吗？"

"我不喜欢。"

这是事实。马身上有气味，经常跑起来不听指挥，瑞秋从马鞍上滑下来的次数已经够多的了，她可没兴趣再去骑它。这下，杰克也没话可聊了。

"哦，"他说，"那晚安。"

他朝瑞秋挥了挥手，转身就回了卧室。瑞秋整个人终于放松下来，长舒了一口气。她走到那张又短又窄、看上去毫无吸引力的沙发旁，铺好床，钻进被子里静静地等着。

19. 死亡率

"我快受不了，约翰。"

"放松点儿，凯伦。现在的医疗水平很高，一切都会没事的。"

"你自己都没信心，就别说这种安慰话！"妈妈的声音很尖锐，把杰米从昏睡中吵醒了。其实，他只是一直闭着眼睛，根本没睡着，因为病房里的灯光太亮，照得他难受。同时，闭上眼睛，他更容易听清父母说话的内容。因为他们总是对杰米守口如瓶，坚持要去病房外和医生说话。

"他们正在给杰米试这种新药，我们得乐观一点儿。"

"这种新药就会比之前试过的那三种好吗？试过的药还不够多吗？这些医生一点儿头绪都没有，约翰！他们都不知道杰米得了什么病，他们压根不知道该怎么治！"

"他们正在尽力。"

"可杰米的病情越来越严重了！"这时妈妈在咆哮，她的声音更加尖锐刺耳。杰米听到爸爸嘘了一声，让她安静些，但毫无效果。"怎么会发生这种事呢？他们怎么会不知道杰米的病？他们不是医生吗？他们应该知道！他们应该……"

妈妈哭了起来，这声音刺痛了杰米的心。

"没事的，亲爱的，一切都会好的。"他听到爸爸低声说，爸爸的声音很低沉，应该是在拥抱妈妈。

"杰米根本没有好转的迹象，约翰。你没听到医生说吗？器官已经开始衰竭了，他快死了。我只是搞不明白，为什么他身上什么问题也查不出来，甚至连病毒都没查出来。怎么会这样？"

这番话后，外面安静了好久，杰米才听到爸爸用极小的声音说："我不知道。"

"我不能再失去杰米了，约翰。我受不了了！"

"不会的。"爸爸坚定地回答。

"你保证不了。"

一时间，爸爸也不知道说什么好。他沉重地叹了口气，然后平静地说："我们再请一次芒罗长老。我想他会帮助我们的。"

妈妈犹豫了一下，说："可我不想离开儿子。"

"他在睡觉呢，亲爱的，让他好好休息吧。"

他们收拾东西时，传来一阵窸窸窣窣的声音，然后杰米感到有一只手轻抚着他的脸颊，戒指贴在脸上冰冰的，杰米知道这是妈妈的手。他不由得缩了一下，想睁开眼睛，但当妈妈在他的额头上轻轻一吻时，杰米努力装出睡着的样子。一直到听见他们拉上帘子，确认他们走出了病房，杰米才睁开眼睛。

眼泪立刻顺着他的脸颊滑落下来，他的喉咙憋闷得慌，像是堵了玻璃碎片。杰米眨了眨眼睛，止住了眼泪，但眼前还是一片模糊。这感觉就像他小时候戴上爸爸的眼镜，在房子里摇摇晃晃地走来走去。他深深地吸了一口气，结果为了抑制咳嗽而浑身颤抖。他的父母可能还没走远，他不想让他们看见自己这个样子。

他没跟任何人讲过，但他内心其实很害怕。

真的很害怕。

他感到浑身无力，无法正常呼吸，视线越来越模糊。他并不完全理解器官衰竭是什么意思，但他想象着自己的内脏化成了一锅汤，大概就是那种感觉。现在，在那里，在他的胸口，他的心脏还在勇敢顽强地跳动着。

妈妈一直尽量避开他，没在他面前这么做，但他知道妈妈在为他祈祷。爸爸也是，他们祈祷他能活下来，祈祷医生能尽快找出病因，给出有效的治疗方案。但同时，妈妈相信马克在天堂，沐浴着上帝的荣耀，等着自己。杰米暂时没这个想法，不是说他完全摒弃了这种想法，只是他压根没花时间好好思考过这个问题。尽管此时的他，内心感到绝望，但他知道信这些没用。

死亡似乎近在咫尺，像一张黑乎乎的大嘴，即将要吞噬自己。可能在下一刻下一秒，他就走了，留下一个无用的躯壳。

突然，他的心跳急剧加速，身边的那台监护仪开始发出哔哔的声音。他试图让自己平静下来，不想让护士匆忙地赶过来，更不想让父母担心，但心里越是这样想，就越害怕。

他不想死。

眼前的世界变得更加模糊不清，他看到一个穿着蓝色衣服的人影大步地穿过帘子，查看着监护仪。一个平静、沉稳的声音在说着什么，但他的耳朵里全是脉搏跳动的声音，其他的啥也听不见。随后，他看到护士按住他的留置针，往里面注射药物。过了一会儿，他感觉自己开始变沉，心跳也慢了下来。他甚至没有觉察到自己的眼睛是什么时候闭上的。

当他再次睁开眼睛时，不知道已经昏迷了多久。他发现一个女人正坐在他的病床边，耐心地看着他。虽然杰米的视线还有些模糊，但他能看出这个陌生女人身上穿的不是白大褂，看起来也不像医院里的人。她穿着时髦的西装，里面套着一件女人味十足的衬衫，梳着一头干练的短发，发梢微微向里卷曲。

"你是谁？"他声音略带嘶哑地问道。

她笑了。"你还能说话，这是个好兆头。"

"什么？"

"不过，它对你的伤害越来越严重了，看来她还是不够快。"

"你是？我想你可能走错房间了。"

女人被杰米的话逗笑了，笑得嘴都咧开了。"嗨，我就是来这儿找你的。你叫杰米，对吧？"

这算不上是个问题，但杰米还是回应了："对。"然后，杰米也顺便问了她的名字："那你是谁？"

"我和瑞秋很熟，我叫梅丽莎，但我怀疑你能不能记住我说的话。"

"我也不确定。"杰米诚实地回答，"这是一次特别奇怪的对话，我觉得会一直留在我的脑海里吧。"

她笑了，轻声咯咯起来。"也许吧。"

"是瑞秋让你来看我的？"

"哦，不是，她不知道我来这儿。"

好吧。这个对话越来越有意思了。

"你在找她吗？她昨天还来过，但我不知道她现在在哪里。"

瑞秋昨天开着杰米的车离开了医院，在那以后他就再也没有自己女朋友的消息了，连一条短信都没收到，更别说打电话了。妈妈给他拿来了手机充电器，帮他充上电，还给他读了学校朋友们发来的几条短信，因为手机上的字体有些小，他现在根本看不清，但没有瑞秋的任何消息。

杰米一直想掩盖这份难过，但这真的让他很受伤。

"我知道她在哪里。"那个叫梅丽莎的女人说。

"哦。"这话并没有让他感觉好多少。

梅丽莎微微一笑。"她去想办法救你了。"

"什么？我不明白。"

"我知道你不明白。"她狡黠地笑了笑，然后叹了口气，看着杰米身边的各种监测仪器，摇了摇头，说，"不过，我担心她要来不及了。"

杰米已经受够了这些含糊其词的表达。

"那你呢，你为什么来这里？"

"我很好奇啊。"她耸了耸肩，穿着西装的肩膀微微动了一下，"这是一个强大的演员阵容，让我印象非常深刻。当然，这些还帮不了你。"

"什么？！"杰米的语气中已经充满了愤怒。

"你还不知道她的身份，对吧？你也不知道她能做些什么。"梅丽莎话里话外满是同情，"你甚至都不知道自己发生了什么，也搞不懂自己生病的原因，对吧——"她突然站起身，椅子在油毡地板上蹭出吱吱的声音。"我可没资格开导你，不过，我可以帮她争取一点儿时间。"

说完，她朝着病床走过来，杰米无处可逃。现在他自己根本下不了床。

"放松，"梅丽莎低声说，"让我来帮你。"

她把手放在杰米的胸前，冰冷的手指拂过他裸露的皮肤，嘴上开始轻声吟唱。几秒钟后，杰米的胸口一阵灼热。杰米低头一看，看到她手指上出现了他不认识的图案，那是文身吗？看她的穿着打扮，感觉又不太像。过了一会儿，他便顾不上研究她手上的图案了，因为她的手在发光。准确来说，不是她的手，而是她的手和杰米皮肤之间的缝隙里有光透出来。

之后，情况变得更糟了。

杰米体内的某种东西好像对这种光亮有了反应。他先是感觉到，然后看见自己的皮肤下面有个黑色的东西，像蠕虫一样在他的体内蠕动。

"你在搞什么？！那是什么？快把它弄出来！"

"我做不到。"梅丽莎喃喃地说，一脸专注地看着他胸口的变化。又过了几秒钟，她把手抽回去，那光亮也随之消失了。杰米的皮肤又恢复了原先的苍白。"这应该能控制住它。"

"你刚刚做了什么？"杰米倒吸了一口气。

"有一个咒语，它在毒害你的内脏，"梅丽莎告诉他，"我暂时控制住了它。"

"咒语？这太疯狂了。"

"确实有点儿。"她脸上又露出了那种恼人的微笑。

杰米意识到刚才她的话中有话，问："你说的'暂时'是什么意思？"

"我告诉你了，我没办法把它弄出来，只有瑞秋能做到。我尽量为她争取了点儿时间。"

"我不懂！"杰米摇着头说。

"我知道。但我也说过，我没资格开导你。你的疑问应该让瑞秋解答，祝你好运，杰米。"

说完，她转身走出了病房。时间一分一秒地过去了，杰米等着看她会不会回来，但她没有。

十分钟后，一个护工匆匆忙忙地进来给他的水壶换水。杰米已经开始怀疑，刚刚发生的一切都是自己想象出来的。

20. 团聚

恩尼斯整晚都没回来。瑞秋躺着刚等了一个小时，就有点儿生气了。然而，慢慢地，随着车内一个钟表发出的嘀嗒嘀嗒的声音，她的愤怒逐渐变成了疲惫，不知不觉竟睡了过去。这次是一个无梦的睡眠，焦虑使她很难睡熟，但她也只是模糊记得杰克在黎明前出门了。之后，车内一片安静，她又打了会儿盹。

突然，有人一把推开了篷车车门，瑞秋被惊醒，整个人都僵住了。她静静地躺在厚厚的毯子下面一动不动。篷车里很暗，没人能注意到她。她的心一下子提到了嗓子眼，久久的期盼和等待终于要变成现实。她没有再多想，果断地坐起身，毯子滑落到腰间。

恩尼斯正站在门口，看到她就像见了鬼一样。

他们就这样见面了。瑞秋本以为自己早就准备好了，很清楚自己在做什么。来这里找恩尼斯，就是让他直面命运，朝萦绕在他们两人心头的那个幻觉走去。只是她想不到，经过这么久再次见面会是什么感觉。

他看上去和瑞秋记忆中的一模一样，但处处让人觉得陌生。

恩尼斯首先打破了沉默。

"瑞秋？"

她咽了下口水，努力回应："你好，斯雷特，昨晚我就来了。"

她本来不该这么叫他，但从瑞秋嘴里说出来，又感觉特别合适。恩尼斯是过去的记忆，是瑞秋曾经认识的人，而斯雷特则代表现在，他此时此刻就站在瑞秋的面前。

他微微一笑，说："我相信五百年的时间可不短。"他停顿了一下，皱起眉头，眉宇间露出一丝皱纹，问："你怎么还活着？"

什么？瑞秋也皱了皱眉头，他是认真的吗？

"你是在开玩笑吗？"她把毯子扔到一边，转过身来，坐到沙发床沿上。

他看起来很有风度，还有点儿害羞，说："我——因为问你怎么样、在做什么，好像有点儿不对。"

瑞秋的喉咙里发出了一种哽咽的声音，这是一种介于大笑和叹息之间的咆哮。

"见到你真好，"斯雷特继续说，"我很想你。"

听起来他是认真的，这让瑞秋心里郁积很久的怨恨瞬间爆发。逃跑的那个人不是她，她并没有抛弃恩尼斯！

"我知道，"他说，仿佛已经看透了瑞秋内心的想法，"我知道我走了，可是我不得不走。"

"你可以带我一起走的。"她怨恨地说。各种滋味瞬间涌上心头，就像那天一样清晰，有困惑、有痛苦，还有怀疑，最后是愤怒，这些感觉丝毫没有随着时间的流逝而淡化。瑞秋痛苦地问："你知道你把我丢在什么样的境况里吗？"

"对不起，瑞秋。"

他的道歉就像贴在墙缝上的膏药一样，微不足道。瑞秋挥了挥手，就把它拂到一边。

"你以为道歉就能抹平一切？不可能。"她吐了一口唾沫，"你抛弃了我！"

"对不起。"他重复道，"后来，我的确想办法去找你了。我回来找你，可是你已经走了。"他停顿了一下，见瑞秋没有说话的意思，又问道："你来这儿干什么？"

她来这里干什么？和瑞秋想象的不一样。她来这里找斯雷特，不是为了发泄怨气，也不是要把这些年受到的伤害悉数奉还给他，尽管这样做真的很解气。她来这里是为了救杰米。思虑一番后，她深深地吸了一口气，理清了凌乱的心绪。

"你觉得是为什么？"她问，"那个幻觉。"

这个答案让他很震惊。斯雷特惊得一动不动，如同一座石像一般。

"你看到了？"

"也就是每天晚上看见吧，天知道已经多少年了？"说着这些，瑞秋越发激愤，"我做了这个可怕的噩梦，我就站在那儿，一筹莫展，眼睁睁地看着你被淹死。"

他静静地思考瑞秋说的话，透过他灰色的眼睛，很难猜透他心里在想什么。

"对不起，"他低声说，有意避开了瑞秋的视线，"对不起，我的表现不太好，我只是……我没想到你会来。"

"真的吗？"

瑞秋的话让他感觉很生气，斯雷特咬着牙瞪着她，说："当然是真的。那你一定很煎熬，不得不这么眼睁睁地看着。"

瑞秋张开嘴，想要告诉他，自己完全理解他当时的感受，因为她亲眼看到了，也切身感受到了……但这些话就是说不出口。因为她亲眼见过，感受过，她都不希望让自己最讨厌的人承受这份痛苦，更不用说是自己的亲哥哥了。

"我讨厌这样。"她平静地说，"我愿意放弃一切，只要能不用再听到你尖叫，听见你落水的声音，知道你再也上不来。"

斯雷特移开视线，泪水在眼眶里打转。

"你是怎么找到我的？"他问，困惑地看了她一眼，"你一直在关注我吗？"

瑞秋轻蔑地哼了一声。

"没。"她回答道，"要是我知道你在哪儿，我早就会计划这场重逢了。"

如果早就团聚，那又会发生什么呢？尽管当时的情况很糟糕，但人们对即将发生的事情往往会有预感。很多事注定会发生在当下。

"你是怎么找到我的？"斯雷特又问了一遍，这次的语气比之前柔和了很多。

该怎么跟他说呢？肯定没法和盘托出。

"我一直在做梦，"瑞秋承认了，"一闪而过的梦。很长时间以来，我一闭上眼睛，唯一看到的就是那个幻景。可是最近，我也不知道，我开始会零星地看见一眼你的模样。你没在做什么，只是在过你的日子。但这也足够让我知道是在这个小镇，于是我就过来了。我不知道你会不会在这儿，不知道我看到的那些画面是不是以前的，或者……或者是还没发生的，但我还是来了。等我看到嘉年华，就认出来是我梦里的样子，于是我就知道了，我知道我找到你了。"

"多长时间了？"斯雷特追问道。

"什么？"

"你说你只是最近才开始看见这些一闪而过的画面。"

"哦，"瑞秋做了一个鬼脸，不想被追问太多细节，"几天吧。我想，应该不到一星期。"

"然后你就放下一切过来了？"

"如果是你看见我，你不会这样吗？"她厉声说道。事情并没有像瑞秋期待的那样发展，一切都比她想象的要困难得多。她感觉再这样下去，自己要失控了，这可不妙，她经不起失败。"我不是为这个来的，"她用温和的语气说，"我不想吵架。"

"我也不想跟你吵架。"斯雷特回答。

他会的。如果他知道瑞秋来这里的真实原因，他肯定会的。瑞秋摇摇头，努力让自己振作起来。她得重新振作起来，暂时远离她的哥哥。

"我只是……我需要一点儿时间，需要一点儿空间来思考。所有的这一切太不可思议了。我以为我准备好了，可是现在，看见你 ——"

"别走。"斯雷特走上前，想伸手拉她，但瑞秋一下跳了起来，就像一只受惊的小狗。他停了下来，一脸痛苦地说："求你了，瑞秋。"

"我需要一点儿时间，我不会……我哪儿也不会去的。"她忍不住说，"我不会抛弃你。"

斯雷特的心像是被刺痛了，向后退了一步。

"留下吧。"他恳求道。

"我不 ——我不能。"瑞秋摇了摇头，泪水模糊了双眼。她拼命告诉自己不能哭。然而，这是一场还没开始就注定失败的战斗。此刻，她只想逃离这里。"我得走了。"

"等一下。"他挪了两步，挡在了门口。他死死地盯着瑞秋的眼睛，好像要看透她所有的心思。"你为什么来这儿，瑞秋？你是想救我吗？"

哦，斯雷特。可怜的恩尼斯，他难道没看出来吗？现在问这些已经太迟了。

杰米是无辜的，瑞秋一定要救他。可能她和她哥哥也会因此得到救赎。

"我来救咱们俩。"瑞秋告诉他，然后没等眼泪掉下来，转身就逃走了。

一推开门，外面的冷风就像打在瑞秋脸上的一记耳光。她站在门外，深深吸了一大口气，试图清醒下头脑，然后迅速动身离开，生怕斯雷特追上来。

她不确定自己想不想让斯雷特跟上来，但她确定自己需要一点儿时间重新振作起来。

此时的嘉年华已经热闹起来，工人们正忙着为一天的活动做准备，瑞秋从他们中间匆匆走过时，尽管有些人向她投来奇怪的目光，但没有人上前阻止她，大家还是继续忙活自己的事。很快，瑞秋看到杰米的车随意地停在草地上，她现在头脑很乱，想赶快离开这里。

一开始她没发现自己被跟踪了，因为她不知道别人为什么要这么做。斯雷特一直待在篷车里——瑞秋想他来找她，但还是觉得他不来才是最好的，虽然她在这儿谁都不认识。不过，她感觉身后一直有个人影在跟着她，盯着她，这种感觉越来越强烈，直到瑞秋转过身，发现了她。

她就是那个女孩——安娜。虽然她离瑞秋还有段距离，但很明显，她在跟踪瑞秋。难道她想和瑞秋见个面？好吧，那就见吧。

怀着气愤和沮丧的心情，瑞秋一路走到石桥上。安娜慢慢地走近了些，她认为——也有理由认为，瑞秋肯定不认识自己。当安娜走到石桥的最高处时，瑞秋突然转过身，回头看向那个摧毁了原来的幻觉又创造了一个新幻觉的人。

斯雷特在幻觉中活了下来，而杰米却得病了。

瑞秋突然停了下来，把安娜吓了一跳。

"你跟着我干什么？"瑞秋问道。

"我……什么？"

看着这个为了救恩尼斯而让杰米病入膏肓的女孩，瑞秋的怒火再次燃起。

"离恩尼斯远点儿。"瑞秋不屑地说。

"我没——"安娜困惑地摇了摇头，"你是说斯雷特？"

"斯雷特。"虽然她自己也这样叫他，但听见安娜这样喊他，瑞秋更加气愤，"别给我捣乱，我需要这样做，我不会允许你坏我的事。"

这话并没有给安娜造成困扰，她摊开双手，举在胸前，想让瑞秋平息怒火。

"我不明白你是什么意思。"她说。

安娜看起来那么年轻、那么单纯，感觉什么都不懂。一种对牛弹琴的挫败感让瑞秋的言语愈加刻薄。

"我不知道他从你身上看到了什么，你只是个小姑娘。"

瑞秋的目的达到了，安娜听了这话有些生气，她的肢体语言也发生了变化。

"你看，"安娜开始说，"我不认识你——"

"是啊，你不认识我。"瑞秋冷笑着说，"你不知道你心爱的斯雷特——"她说出了那个名字，"他和我是什么关系。你什么都不知道。"安娜确实对这些一无所知，但瑞秋不能容忍她妨碍了自己。瑞秋试着控制住自己的怒火，平静下来好好说话，但还是得给安娜一些警示。"我不喜欢这样，"她告诉安娜，"但是，我必须得这么做。总而言之，这件事得完成。"她凑到安娜面前，想要明确地向她传达这个信息，"所以，别给我捣乱。"

说完这番话，瑞秋更加坚定了自己的决心，头也不回地走了。她一路沿着主街走，穿过一个公园，看见里面有橄榄球场和儿童游乐园。游乐园里，有两个小孩正在旋转木马上玩，一男一女长得很像，应该是兄妹，男孩明显要大个一两岁。木马一圈又一圈地转着，他俩坐在上面兴奋地叫喊。瑞秋望着他们，心中的怒火渐渐散去，多了些悲伤。但她明白，自己必须下定决心，她现在只能这么做。

不一会儿，瑞秋眼前出现了一条穿过树林的小路，沿着它走下去，试图在茂盛的树林里压制住心中的愧疚。恩尼斯，也就是斯雷特，毕竟是她的哥哥，他们还是双胞胎，不管他做了什么，也不管过了多少年，她都爱他。瑞秋对安娜其实没有恶意，瑞秋猜，安娜根本不清楚自己卷入了什么事情之中。

她无法想象斯雷特会把他的秘密告诉安娜，就像瑞秋觉得她不会告诉杰米一样。

但也许他真的做得出来。也许他对安娜的坦诚，正是出现新幻觉的原因。这些都不是瑞秋能问的，她也不想知道。到时候，杰米的器官已经慢慢被侵蚀，他没法知道瑞秋到底是谁，也不知道自己到底遭遇了什么。

但如果瑞秋再次回到他身边，也许她会亲自告诉杰米这一切。梅丽莎说过，以命换命。瑞秋和杰米在一起，可能不会有童话般的结局，但也许瑞秋可以告诉他从前的事。

走着走着，到了路的尽头，瑞秋倒在一小块空地上。在她的前面是一小块岩石和一个大水池，来自河流的水不断涌入水池，打破了水面原有的平静。

她以前在幻觉里见过这个水池，是以斯雷特的视角看到的。

也许她注定要来到这个地方，直面她的计划。她慢慢地向水池走去，到了水池边，她一脚踩进池边的淤泥里。瑞秋蹲下身子，手指在水里画圈，刺骨的凉意立刻蔓延到全身，她握紧手，手渐渐地变得麻木。她无须想象自己身处水下的感觉，因为她在幻觉中已经感觉到了，但是在梦中见过的场景与现实中还是有差别的。

她要把斯雷特推向可怕的深渊。如果她没有处在这种两难的境地，那么，她会努力帮助他，想其他的办法。她也会因为安娜可以改变幻觉，救自己的哥哥而感到开心。

但她必须确保诅咒已经被打破了，无论这种捆住他俩的诅咒到底是什么。

"我很抱歉，"她低声说，把手从水池中缓缓收回来，让水滴像眼泪一样从指尖滑落，"你已经活了很久，比任何人都长得多。对不起，我必须得这么做。"

她比谁都清楚，道歉改变不了什么。

21. 暗箱操作

瑞秋在商业街边找了一家小旅馆，这家的价格很实惠。打开房门的瞬间，她一下明白了实惠的原因。原来，房间虽然很宽敞，但是很冷，而且还有一股明显的霉味。她走到床边，把背包往床上一扔，硬硬的地毯被踩得嘎吱作响。房里有一张双人床，紧紧地靠着一扇窗，床上铺着已经洗旧了的白色床单。

房间里唯一值得称道的是靠在远处墙边的烧木头的小火炉。

"我会让你派上用场的。"瑞秋嘟囔着把脱下的外套和其他东西一起都扔到了床上。

她跌坐在一把桶状扶手椅上，身体前倾，弯下腰把头埋进双手里。现在的情形比她预想的要困难得多，在这种情况下，直接对斯雷特说肯定是行不通的。那她该怎么把斯雷特带到水池边，让他自己跳下去呢？斯雷特必须面对他的命运，让幻觉成真。而且瑞秋要确保这是最初的幻觉，而不是安娜跳进湖里救斯雷特的那次。

她在河边虽然已经警告过那个女孩，但光这样口头说说可不行。

"我需要帮助。"她喃喃地说。

瑞秋站起身，走到那个烧柴的小火炉跟前。炉子旁边堆着一小堆木头、一篮子火绒、几支蜡烛，还有一盒火柴。多亏了小旅馆里糟糕的供暖系统，迫使瑞秋很快就学会了如何生火。这里可不是她家的地下室，也没有她熟悉的那根烧焦的树桩，但好在环境还算合适，她可以进行新的尝试。虽然多少有点儿害怕，但更多的是兴奋，毕竟这是一次很有意思的体验。

瑞秋看着炉子里燃烧的火苗，观察了许久。在确保火焰能持续燃烧之后，她一把抓起背包，想找支笔，但在包里没找到，房间里也没有。于是，她简单收拾了一下，打算出门去买支笔。她把小化妆包留在房间里，顺手把包里一半的化妆品都撒在了浴室的台子上，突然……

"啊哈！"瑞秋的手指在化妆包底下摸到了一个小管，她费劲地抠了出来，原来是一支旧唇彩。她觉得这个唇彩的颜色和她的肤色不是很搭，所以几个月前就把它随手丢在了包里。"有这个就行了。"

她扯掉粘在唇彩盖子上的头发，打开盖子，在手掌上画了个指引的符号。这个符号看起来像是一棵掉光了叶子的树，又像是刽子手游戏里一个将死的人，但具体像什么完全取决于你看它的视角。

今天，它是个刽子手。

瑞秋回到炉子旁，炉火烧得正旺，火苗在欢快地起舞，噼啪作响，房间里也跟着热了起来。她跪在硌人的地毯上，理了理思绪，努力地集中注意力。魔法是黑暗的，而且绝对是危险的。她以前在心慌意乱的状态下施过咒语，结果把自己烧得很惨，她几乎用尽了自己所学的医学知识，还熬了很多草药，才慢慢治愈。现在可没时间再容许她犯错了。

她放慢了呼吸，闭上双眼，开始吟唱低沉而缓慢的曲调。她想象着火焰，在脑海中看着它们。火焰的颜色，燃烧的形态，她感受着它们，慢慢进入了一种恍惚的状态，就像蛇一样，不停地旋转和摆动自己的身体。

慢慢地，她抬起手，往炉子口伸了过去。热浪舔着她的双手，她的胸前响起了阵阵回声，但这次她没有被烧伤。她的皮肤没有任何变化，唯独手掌上画的那个符号，突然开始发红发亮。

"让我看看，"她喃喃地说，"请帮帮我。"

嘉年华正在热闹地举行，杰克和一群陌生人站在油桶旁，背后是围成半圆形的篷车。

"我不能就这样让他逍遥法外，他得受点儿教训。"

周围的人低声议论着纷纷表示同意，杰克怒容满面。

"他叫什么来着？"

"康纳。他是和斯雷特拍拖的那个女孩的哥哥，他以为他能惹我，简直太天真了。"

"他只是个孩子，杰克。"一个苍老的声音沙哑地说道。

"我才不在乎呢，他想和大人们一起玩，就必须承担后果。"

大家都点点头。

"那你打算怎么办？"

"我还没想好，但我不会就此罢休。"

"让我看看康纳是谁。"瑞秋低声说，"我想看看他。"

一张面孔开始浮现在瑞秋的脑海中。康纳是一个男孩，他和安娜，远不如瑞秋和恩尼斯长得像。她仔细凝视着他的五官，试图记住他的长相。这时，她的手臂突然感到一阵剧痛。

"噢哟！"她猛地把胳膊从火里抽了出来，手攥成拳头，紧紧压在胸前。疼痛在她的手里就像一个火球，还好已经慢慢消退了。当她打开拳头时，手掌的皮肤已经恢复如初，用唇彩画的符号现在只剩下一个模糊的轮廓。

"要求看康纳的脸看来有些过分了。"她自言自语道。

炉子中的一块木头烧裂了，火堆里发出尖厉的爆裂声。

"那好吧。"她微微一笑，紧接着叹了口气，"你为什么给我看这个？是有什么用意吗？"

从刚才的幻觉来看，显然康纳把杰克惹毛了，杰克想要报复。但是……

"这对我有什么帮助？"

瑞秋没有得到答案。

"那好吧。"

尽管没什么烧伤的迹象，瑞秋还是起身去了洗手间，用冷水冲了冲刚刚烫到的手。水槽上方有一面镜子，镜子里的她看着憔悴而疲惫。

"我不明白，"她喃喃地说，"杰克、康纳和我要做的事有什么关系？难道他俩能帮我把斯雷特带去水池？"瑞秋对着镜子里的自己一脸疑惑地说。"杰克要报复康纳，"她推断道，"如果我把他们都带到河边，斯雷特会跟过来吗？"

也许吧。如果安娜知道她哥哥惹上麻烦了，或者，斯雷特知道了杰克和康纳之间有过节，没准他会来劝架呢。

瑞秋突然感到，一切都很混乱。现有的线索里，各种不确定性太多了。不过她既然向命运寻求指引，这些就是命运要告诉她的。

"信任，"她对着镜子里的自己坚定地说，"你必须选择相信。"

那好吧。第一步，先让康纳和杰克在河边碰面。

22. 信使

书页翻动的声音唤醒了沉睡中的杰米，他慢慢睁开了眼睛，看向床边的椅子。虽然他的视线还有些模糊，但不至于把身边那个身材瘦削、留了一头浓密的黑灰色头发的人错看成自己的爸爸。

那是芒罗长老。

他在这干吗？

芒罗长老没察觉到杰米已经醒了，正低头看着一本书，舔了舔手指，又翻了一页。

杰米闭上眼睛，想继续睡会儿，但一想到芒罗长老就坐在他边上，他整个人都觉得不自在，于是又睁开了眼睛，皱着眉头问："我爸妈呢？"

芒罗长老微微一惊，抬头看着杰米，随即脸上露出了笑容。

"哦，你醒了。"

显而易见嘛。

"我爸妈人呢？"

"他们回家了，最近太累了。我建议他们先回去好好休息下，吃个饭，洗个澡，再换身干净衣服。当然，我不认为他们真能睡得着。"芒罗长老苦笑着说，"但我觉得，就算稍稍休息一下，人也会精神很多。"他停顿了一下，深吸一口气，最后说道："你妈妈快要崩溃了。"

听到这些，杰米的眉头皱得更紧了。其实，芒罗长老说的，杰米心里都清楚，但他对此无能为力，他也不想生病！

"你不需要待在这里的，"杰米说，"我一个人可以的。"

"你妈妈让我照看你。"

"我说我可以的。"

芒罗长老假装没听明白杰米要赶他走，只是耐心地笑了笑。

"我在这里陪着你，能让你妈妈得到些宽慰。你要是觉得不舒服，我可以坐在隔间外面。"

杰米一时有些局促，不知该怎么说。如果他把芒罗长老赶走，妈妈知道了肯定会伤心，他当然不想让妈妈伤心。当然他也不会让芒罗长老坐到外面的走廊里，他一向不是那种小气的人。

"没事，"他喃喃地说，"只是……你不用为我祈祷什么的。"

芒罗长老转过头，认真地看着杰米，然后轻声笑着问："为什么我的祈祷让你感觉不舒服？我可不是牧师，不会帮你做临终祈祷。"

他讲的笑话也太冷了，杰米默默地移开了目光。

"不是因为这个。"

"那是因为什么？"

杰米耸耸肩。"我只是……不信这些。我不想你为我祈祷。"

"那么，我可以为你妈妈祈祷吗？请求主在她照顾你的时候，赐予她力量。"

芒罗长老等着杰米的回答，两个人都陷入了沉默。最后，杰米转头看向他，说："是的，我觉得没问题。"

"那就这样，我不用为你祈祷。不过，如果你突然改变主意了，一定要让我知道。"

"不用刻意屏住呼吸啦！"杰米喃喃地说。

"我很擅长憋气，曾经在水池里和兄弟姐妹们比赛憋气，他们都比不过我。如果我没记错的话，我的纪录是一分两秒。"

杰米疑惑地看着芒罗长老，心想：他是在跟我开玩笑吗？

芒罗长老转头看了看杰米，脸上没什么特别的表情，然后突然咧嘴笑了笑。

"我想我还是继续看书吧，可以吗？除非……"

"除非什么？"

"嗯，你妈妈让我关注你手机里的信息提醒，她说等你醒来，就可以读给你听了，她觉得听到朋友们的消息会让你振作起来。"

"哦。"这些会让杰米振作起来。杰米觉得自己现在都与外界隔绝了，整天被困在这个小隔间里，好像外面的世界突然不复存在了一样。

"如果你愿意的话，我为你读一读？"

不要。那几乎是杰米的本能反应。他不喜欢芒罗长老打扰他的家庭，更不想让他和自己的朋友扯上关系。

但是，他又真的很想知道他们发了些什么信息。想到朋友们都在等着他，内心的渴望就更加折磨人了。

"好吧，"他嘶哑地说，"那好吧。"

芒罗长老看上去既惊讶又高兴，他把手伸向床边的小柜子，把手机从充电线上拔下来。

"现在，"他说，"我也有一部手机，但你的比我那个高级多了，我该怎么解锁呢？"

"这是人脸识别的，"杰米告诉他，"对着我的脸就行了。"

芒罗长老凑了过来，把手机屏幕举到杰米面前。他身上闻起来好像是混合了灰尘、熏香和薄荷糖的味道。屏幕闪了一下，杰米的手机屏幕打开了。

突然，杰米有点儿慌。

"只点开我的信息就行，"杰米说，"不用点别的。"

芒罗长老咯咯地笑了。"哦，你不用担心。我不会随便看你浏览器的历史记录。"

说话间，他朝杰米眨了眨眼，杰米的脸都羞红了。

"我手机里没有那些东西！"因为杰米很细心，每次都会小心翼翼地删除浏览记录。

"放心，我会尊重你的隐私。"芒罗长老保证道，"现在，让我们来看看信息。首先是肯尼的信息，可以打开吗？"

"嗯，"杰米说，"麻烦了。"

"嘿，哥们儿，希望你没事。你父母不让我们去医院看你，但你妈妈说，等你康复了，她就会告诉我们的。希金斯先生在课上说，只要你能好起来，就算你考试不及格，他也会让你通过数学考试的。哥们儿，我还会再发消息给你的。"

听芒罗长老用铿锵的声音讲着肯尼的玩笑话，有种说不出的奇怪。

"需要我回复吗？"

"好的，麻烦了。就回：告诉希金斯先生别担心，我会通过他的考试。再告诉他，我很抱歉那天吐在他身上。"

芒罗长老一边忙着用手指点击着屏幕，一边轻轻地笑了起来。

"要看下一个吗？是一个叫克里斯的人发来的。"

"好的，读读他的，谢谢。"

"嘿，笨蛋。"芒罗长老一下不出声了，鼻子里轻蔑地哼了一声。

"对不起。"杰米有点儿慌。

"没事，我听过粗话。我还小小地放纵过自己，有那么一两次吧。嘿，笨蛋，听说你病了。需要我给你带葡萄吗，想要黄书的话也不是不可以啊。"

"天哪，"杰米喃喃地说，"其他的消息还有谁的？"

杰米可不确定，其他伙伴不会害他躺在这儿出洋相。而且，他其实只想听一个人的消息。

"还有约翰和伊恩，你的联系人里是有个叫神经病瑞恩的吗？"

杰米尴尬地咳了几声。"那是为了把他和讨厌的瑞恩区分开。"

"我明白了，暂时没有那个讨厌的瑞恩发来的消息，但你确实有一条来自一位年轻女士的消息，"杰米的心跳都快了起来，"叫卡拉。"

卡拉？

"哦。"

芒罗长老扬起了眉毛。"哦？"

"你……先跳过她吧。读读其他的，就只有她了吗？"

"是的。"

"行吧。太好了，非常感谢。"

芒罗长老把手机放在膝盖上。"我猜你是在等什么人的信息吧。"

"什么？没有。"

一阵沉默之后，杰米解释道："我是说，也没刻意地等。她不用留言。我只是觉得……只是觉得她会给我发信息。"

"我猜，是你的那个女朋友吧。瑞秋，是吧？"

"我……是的。"

他是怎么知道瑞秋的？

"你妈妈告诉我的。"芒罗长老已经回答了杰米的问题,"别生你妈妈的气,她只是太兴奋了,她很喜欢瑞秋。"他停顿了一下,声音放低了一点儿,接着问:"你需要我给瑞秋发条信息吗?"

"不!"杰米惊恐地盯着芒罗长老。

"杰米,你要知道,我也年轻过。"芒罗长老说,嘴唇紧紧地抿在一起,忍住了笑容,"我现在结婚了,也经历过男欢女爱。所以,相信我,没什么好尴尬的。"

对芒罗长老来说,讲这些真的很容易。杰米被他说动了,确实想给瑞秋发条信息,这可怎么办?

"你能……你能给她发,就说,我希望她今天工作愉快,希望很快见到她。如果她有时间的话。"

"当然可以。"芒罗长老花了几分钟才用一根手指敲出这些信息。几乎就在它发出的同时,新信息的接收提示音就响了。

"是肯尼发来的?"杰米问。

"是瑞秋,"芒罗长老回答,"你想让我读一下吗?"

"是啊,拜托。"

"对不起,最近一直没在家,所以没去看你。我有急事要去见我的哥哥,很快就会回来,保证会爱护你的车。"

杰米终于松了一口气,瑞秋总算回复了,而且回复得这么快,一下消除了他所有的疑虑。

"告诉她——"

手机新信息的提示音又响了,打断了杰米正在构思的信息。

"还是瑞秋。"芒罗长老说,"我想你,我迫不及待地想回到你身边,这次我会带给你比葡萄更好的东西。嗯,"芒罗长老撇了撇嘴,"我希望不是一本黄色杂志，因为你的朋友克里斯已经说过了。"

"我真想杀了他。"杰米喃喃地说，用他那只没插针管的手揉了揉额头。

"或许我还应该补充一点，这条信息后面跟着一串 x，我猜这是吻吧？大概有四个，不，是五个。"

杰米太高兴了，丝毫不在乎坐在一旁的是芒罗长老，只顾着自己傻笑。

"你想回应一下吗？发六个？"

"比赛是吗？"

"不，但我还是想赢。"说完，芒罗长老笑了，杰米也笑了。

"杰米，你看起来像是被什么东西给压垮了。"

确实如此。虽然他的头现在嗡嗡作响，但瑞秋的信息解锁了他内心的某种东西，释放了他一直以来的紧张情绪。

"你该睡觉了，我想，等你醒来的时候你妈妈会回来的。我会一直在你身边，不会祈祷的，至少不是为你祈祷。"

杰米本想笑，但他感到一阵头晕，他不确定……黑暗瞬间笼罩了他的思想，他重新入睡了。

23. 第一步

晚餐。共进晚餐应该算是一个明智的选择。晚餐地点不能选在斯雷特的地盘，瑞秋觉得在那里她会处于明显的劣势，而应该选择一个公共场所，这样他们就不能旁若无人了。瑞秋希望这种环境能迫使他俩守规矩些。理论上，这行得通。

和斯雷特坐在一起点餐，像兄妹一样闲聊，在一顿佳肴里叙旧……这绝对是错误的，就如同轻柔的旋律中发出了刺耳的声音一般。

"好吃吗？"瑞秋问道，一秒钟的沉默她也不想忍受。

斯雷特心想，但愿自己的食物味道比她的好。看看她那三文鱼上的酱汁就像醋一样。

"很好。"他说，"你的呢？"

"很好。"

她朝他浅浅一笑，低头继续吃东西。她想再聊几句，但是马上打消了这个念头。她觉得无论说什么，听起来都很蠢。她不知道该如何开始她真正想谈的东西，也不知道该说些什么。

哥哥，你是否愿意改变六百年来我们这诡异的命运，救救我的男朋友？虽然这样做，结局会很惨，我也知道这些年来你过得不错。

对，就这么说。

“我很高兴咱们像现在这样。”他的话打断了瑞秋的思绪。

“吃饭？”

“聊天。”

是啊，虽然聊得不多。不过，总得有个人先开口，瑞秋想。

“我也是。”她接过话来说，“我今天上午不应该那样走掉。我不是有意的，我只是——”她哽咽到说不出话来。她的情绪已经酝酿到位，哪怕受到轻微的触动，都随时可以爆发出来。她深吸了一口气，继续说：“我知道自己重新见到你会情绪激动，但是我以为我能处理好的。我没想到情绪会这么激烈。我真蠢。”

“我觉得我俩处理得都不太好。”

好吧，的确如此。

“嗯。”她哼了一声，站在斯雷特的角度想象着，“你看见我，一定很震惊，因为你以为我死了五百多年。”

“我要是知道——”

“可是你不知道。”瑞秋打断了他的话。她不想谈这件事，至少不是在这里，不是现在，也可能永远不想。

“不应该那样，我们不应该失去联系的。”他做了个鬼脸，“对不起，真的，真的对不起。我知道这弥补不了我的过错，可是我改变不了这个现实。真希望我能改变它。”

她几分钟前的信念一下消失了，斯雷特的话像是打开了她委屈的闸门。

“你就……你就这么走了！等我醒来，发现你已经走了。我开始还不敢相信，可是等我看到你的东西都不见了……”瑞秋摇了摇头，满脸愤怒，“你有没有想过去看看后来发生了什么？”他把目光移开了，瑞秋接着问："你想知道吗？"

他的脸绷紧了，但还是点了点头。

"我被抓了，钱被发现了，恩尼斯。"瑞秋停顿了一下，盯着他，"要是你把钱带走，一分也没留给我，那倒还能好点儿。可是我……唉，我不相信你真的走了，起初不相信，所以我就在那儿等你。我不应该待那么久的。等我振作起来离开的时候……用他们的话说，我被抓了个正着。"

她被逮捕了，被拖着游街，又被扔进了潮湿肮脏的牢房，那里没有食物和水。这还不是最糟糕的情况。

"对不起，"斯雷特重复道，"我看见自己被扔进河里，我以为这说明我会被抓。但我在幻觉里没看见你，所以我就想着要是我走掉，也许——"

瑞秋对他说的话嗤之以鼻，根本不相信。

"对不起。"他低声说。

对不起，对不起，对不起，对不起。这是他唯一能说的。瑞秋觉得也没有什么别的话可说了——毕竟，过去的事已经无法改变——但这似乎还不够。

"我以为我会死。"瑞秋告诉他，语气中带着一股异常的平静，"我以为他们会当场割断我的喉咙。"她摇了摇头，接着说："我真希望他们那样做了，那样反倒好些。"

"瑞秋，求你了。"

"什么？你现在不想听了？"她讥笑道。

"我要是知道——"

"你知道的。至少，在你抛弃我之前，要是你能停下来稍微想想，你就会知道！"

211

她没再说下去，把头转向别处。她得停下来，斯雷特做了什么并不重要，现在把怒气发泄到他身上是没有任何意义的，不管这感觉有多能宣泄她的不满。她还有自己的使命，这才是最重要的，而不是纠结这六百年的伤感。

"咱们别吵了。我不是来翻旧账的，恩尼斯。"

瑞秋脑海中萦绕的记忆让她脱口而出这个旧名字。

"那你是想干什么？"他问道。这不是指控，只是询问。

瑞秋凝视着他，回忆起他的容貌，开始了她的告别。

"过去很久了。"她轻声说，"太久了，该放下了。"

"我想这么做，"斯雷特答道，他握住瑞秋的手，"我想弥补我的过错。"

"希望你说的是真的，"她说，"别再逃避了。"

"不会了，"斯雷特肯定地说，"是时候面对我一直试图逃避的事情了。"

瑞秋有种很奇怪的感觉，她觉得他们说的是同一件事。她握着斯雷特的手，既感到希望，又感到绝望。

破晓时天色阴沉，气温寒冷。瑞秋躺在她那张不舒服的双人床上，望着窗外，天空慢慢地变亮了。晚上浪费的时间让她感到皮肤发痒。时间在痛苦中缓慢流逝，杰米还在几百千米外垂死等待。

在这儿花的时间太长了。

杰米昨天还给她发了短信，她提醒自己放宽心，杰米的病情可能恶化得还不算太厉害，但她还是得抓紧时间。

她昨天吃晚饭时从斯雷特那里得到了一些信息，所以她大致知道了康纳住在哪里，上的是哪所学校，这些信息已经为找到他做好了准备。现在她要做的就是想办法把他带到水池边，然后把杰克也带到那里，同时期望斯雷特也能去那里。

应该挺简单的。

她从床上爬起来，试图平息自己内心的恐慌，为这一天做最充分的准备。她用了比平时更多的时间来打扮，从随意塞在包里的衣服中挑了最讨人喜欢的一套——一条紧身牛仔裤和一件披肩领的黑色羊毛套头衫，恰好衬托出她的曲线。她的鬈发很好地衬托了她的脸型，如果把它们别在耳后，她看起来会更显年轻。干脆就扎马尾辫吧。她端详着镜子里的自己，试着改变那一副坚决而冷酷的表情，取而代之的是一种近乎天真无邪的表情。

她看起来就像个努力的少女，这就很完美了。

瑞秋在地图上查找时发现，康纳的学校是镇上的两所学校之一，所以她很高兴自己向斯雷特询问了细节。其实他的学校找起来并不难，从瑞秋住的旅馆出发，步行一会儿就能抵达。当瑞秋到那儿时，熙熙攘攘的学生正从周围的住宅区街道上拥出，还有不少是从公交车上下来的。瑞秋站在那里盯着看，发现周围的人都穿着相同的校服，这让她觉得很不自在。她扫视着每个人的脸，不停地把那些到处转悠、互相开玩笑的男孩与她心目中的康纳做着匹配。

看来是没戏了，正门上方的时钟快九点了，聚集在学校外面的人越来越少，瑞秋开始担心起来。

她觉得不可能用这种方式找到他。

为了不引起别人的注意，她站到树荫下观察。她看起来就像个学生，所以还担心会有工作人员以旷课为由来抓她。她闭上眼睛，把康纳在她心中的形象牢牢地记住。

康纳，康纳，她一遍又一遍地加深着自己对他的印象。

可惜她没有召唤的能力。不像有些女巫，可以站在小山上，迎着风呼唤你的名字，然后就等着，不管你走了多远，她都坚信你会来到她这儿。如果瑞秋也有这个能力，而且拥有一滴康纳的血，或者是他的一根头发，她就能让康纳来到她的身边。但她目前所拥有的，只是他的名字和对他五官的匆匆一瞥所留下的记忆。即使他俩距离并不远，她也没有其他更好的办法找到他。

康纳，康纳。

上课铃响了，学校的一天又开始了，校园里只有一两个迟到的学生匆忙地跑上台阶。康纳还是没有出现。虽然瑞秋努力地在脑海里一遍又一遍地呼唤康纳的名字，但他依然没有出现。她正在犹豫是不是要进去找他——尽管她都不知道他姓什么，也不知道他是哪个年级的——这时铃声又响了一次。她对着钟表皱了皱眉头，很困惑，毕竟才过十分钟，但当门砰的一声打开，一个男孩走出来时，她的困惑很快变成了惊讶。康纳。他和幻觉中看到的并非一模一样，但不可否认，那就是他。

终于奏效了。或者说瑞秋非常幸运。不管怎样，她做到了。

康纳刚走到台阶突然停了下来，用手抓着头，皱着眉头，好像不太清楚自己在做什么。瑞秋深吸了一口气，准备开始她人生中最精彩的表演，可是她还没来得及从树下走出来，他就跑走了。他飞快地跑下台阶，离她越来越远。

该死的。

瑞秋只能迅速跟上，小跑追赶，他走得可真快。康纳要去哪里？瑞秋心生疑惑。不过，让瑞秋松了一口气的是，他朝着嘉年华相反的方向，去了商业街，毕竟她还没准备好让康纳和杰克见面，那样会毁了这个不成熟的计划。事情会这么简单吗？他朝商店走去，可能想去面包店再吃一顿早餐？瑞秋的肚子在咕咕叫，她今天还没来得及吃东西呢。有过这次经历之后，她向自己保证，以后不管多忙都要吃早餐。

当康纳开始走上通向桥的小山坡时，瑞秋决定趁着周围没人，抓住机会。她赶紧向前跑了几步，想要拉近两人之间的距离，然后对他喊道："康纳，康纳，等一下！"

康纳听到声音，停了下来，转身去看。当他看了一圈，没有发现认识的人时，脸上立刻露出了警惕的神色。

"我认识你吗？"康纳对着瑞秋问。

瑞秋笑了笑，走到康纳跟前。康纳虽然皱着眉头，但并没有后退。毕竟瑞秋看上去只是一个没有恶意的女孩。

"我是丽贝卡。"瑞秋自我介绍说，"我……我在学校见过你。我是安娜的朋友。"

"哦。"他脸上愁眉不展，"你想干什么？"

"我只是……"瑞秋紧咬着嘴唇，装出一副害羞的样子。她觉得自己的样子很可笑，其实看上去也的确可笑。快说呀，她心里不断鼓励自己。想说什么就赶紧说啊。"我只是想跟你打个招呼。我从安娜那儿听说了好多关于你的事，感觉好像认识你一样。"她尴尬地笑了一声。

"你跟安娜同年级？"

瑞秋心想，不，这样说可能不太行，太年轻了。她需要引起康纳的兴趣，而不是让他把自己当成一个小女孩。

"不是。我比她高一级。我俩都在游泳俱乐部。"

这又是一个从斯雷特那儿听来的小秘密，不过，已经足以让康纳放松警惕了。

"哦，对。"

瑞秋趁着他放松警惕，又朝他靠近了一些，还腼腆地看了他一眼。

"我在想……安娜说你现在没有约会的对象。"

瑞秋觉得自己说这话很可笑，但康纳并没有注意到。现在，康纳终于明白了瑞秋的意图，瑞秋几乎可以从他眼睛里看出他的心思。

"是的。"

"真的吗？"瑞秋对他灿烂地笑了笑。

"我们可以……去喝杯咖啡什么的？"

不，那不行。瑞秋还要对付杰克。她看了一下表，做了个鬼脸，说道："呀，现在不行。"

康纳侧了侧身，可能在想自己是不是误会了。

"当然，没问题。"

康纳说完往后退了一步，看起来想要摆脱这个尴尬的局面，但瑞秋伸出手抓住他的胳膊，阻止了他。

"不，请你等一下。只是……我现在得去一个地方。"她停顿了一下，"你待会儿去见我行吗？也许八点半左右？我知道有点儿晚，不过——"

瑞秋的眼睫毛下露出俏皮的神色，她希望这种表情能充分地传达在黑暗中可以亲吻或其他的各种可能性。康纳显然心领神会，一脸满意地说："嗯，可以。"

"太好了！"瑞秋看了一眼河水，朝上游的小路望去。"我知道一个很酷的地方，在那边。这条河有一个弯，在那儿形成了一个小水池。还有些大石头，可以坐在上面。真的特别美。"她用余光瞟了康纳一眼，接着说，"而且很私密。"

"溺水池吗？我知道那儿。"

溺水池，他们真的是这么叫的吗？天哪！

"你可以在那儿见我吗？"

"八点半？"

"对。"

这办法行得通吗？瑞秋反复地问自己，这个办法感觉是那么笨拙和不可思议，然而……

"好的。到时候见——"

瑞秋想在她穿帮之前赶紧离开那里，于是向后退了几步，朝康纳轻轻挥了挥手，然后转身离开了。

下一步该去做做杰克的工作了。

24. 更进一步

找到杰克应该不难。瑞秋打算去嘉年华，她知道嘉年华要一直关到下午晚些时候人们下班放学。尽管如此，当她到达那里时，她发现嘉年华已经结束了，工人们正在收拾东西。

他们要走了，要去另一个城镇，另一个地方。

不，这可不行。瑞秋还没有准备好，还没有把所有的事情都安排好，而且，那个幻觉还没有发生！

当她匆匆地穿过嘉年华里的集市时，惊恐和急切交织在一起的感觉，又在她的心里翻腾，这种感觉对瑞秋来说已经太熟悉了。瑞秋没有理睬那些手动操纵机器使其恢复运行状态的人，她不想引起别人的注意，所以没有停下来向任何人询问杰克在哪里。她现在完全凭着之前对斯雷特和杰克的篷车的记忆来推断位置。

果然，她猜对了，她在马厩里找到了杰克。他手里拿着一把咖喱色的梳子，正在为旅行准备马匹。马厩里不仅充斥着马身上的汗味，还夹杂着涂了油的皮革味和一股让人窒息的马粪味——这和瑞秋那天晚上第一次见到杰克时他身上散发的臭味一模一样。

虽然那只发生在几天前，但感觉好像是一百年前的事了。

"嘿！"她高兴地挥着手向杰克喊道。

杰克停下手中的活，把一只胳膊随意地搭在马背上，看着她慢慢走近，脸上露出一丝疑惑。

瑞秋一边走，一边提醒自己：对，就这样，瑞秋，对他友好点儿。

"你们要走了吗？"她问道，然后停下来，轻轻地拍了拍马背。那匹马不停地甩着头，一副咬牙切齿的模样。

瑞秋可不想受伤，于是向后退了一小步。

"是的，"杰克回答，"明天就去另一个地方了。"他瞥了瑞秋一眼，说："你哥哥不和我们一起走。"

"什么？"这对瑞秋来说是个好消息，"他要离开嘉年华了吗？"

"他被解雇了，你不知道吗？"杰克说这些话的时候，好像还透着一股开心，没有一点儿不舍。

"为什么？发生了什么事？"

杰克耸耸肩。"他态度不好，不是吗？"杰克露出不屑的表情，"少了他也没什么大不了的。"

瑞秋开始有些讨厌杰克了，杰克试图通过揭她哥哥的短来刺激她。可惜这是白费力气，因为瑞秋坚信，亲密的兄弟姐妹是不会被离间的。

不过，如果杰克发生了什么不愉快的事情，瑞秋也不会生气。

"我听说，"尽管有点儿怵那匹马，但她又向前走近了一步，"你遇上些麻烦事，和一个当地人闹翻了。"

听到这话，杰克不由得皱起了眉头。

"你在哪儿听到的？"

瑞秋耸了耸肩，巧妙地避开了这个问题。

"那个人是安娜的哥哥，对吧？他叫什么名字来着，克雷格还是什么？卡梅隆？"

"康纳。"杰克啐了一口。

"对，康纳。我听说他陷害了你。"

杰克的眼里充满了杀气，几个世纪以来，瑞秋见过这种表情。这种表情向来不会带来什么好的结果。对瑞秋来说，必须好好利用她所拥有的一切，而此时，在瑞秋的计划里，杰克不可或缺。

"真可惜，你还没来得及找他算账就要离开了。我都能想象出他会对他的朋友说什么，肯定说你夹着尾巴逃了。"

话一说出口，瑞秋就知道自己说得有点儿过了。杰克脸上的表情已不再是愤怒，而是怀疑。

"你想要干什么？"他问道。

瑞秋咬着嘴唇，大脑飞速思考着。杰克比她想象的要聪明得多，被他看穿了她刻意的引导，也许表现得诚实一点儿会更好。

"这么说吧，我对康纳也有意见。"

杰克傻笑。"他拒绝你了，是吗？"

好吧，这话着实刺痛了瑞秋。康纳当然没有拒绝，但是在杰克看来，瑞秋是一个会被蔑视的女人？这让瑞秋很生气。不过，她谨慎地不让这种情绪显露在脸上。于是，她把目光从杰克身上移开，不高兴地噘着嘴。

杰克窃笑起来，瑞秋知道他正完全按照她所希望的那样，理解着自己的反应。

看来杰克这小子不是很聪明。

"告诉我，你想要干什么？"他直截了当地问。

"我知道今晚康纳会去哪里。"她看着杰克的眼睛说，"如果你想要报复，那么这是你唯一的机会。"

"我可不想再被警察找麻烦了。"杰克摇着头说。

"放心，那是个既安静又隐秘的地方。"瑞秋保证道，"况且你明天不就走了。"

杰克确实想那样干。瑞秋从他的眼神里可以看出来。只见杰克倚着马，望着远方，冥思苦想了很久，然后猛地点了点头。

"告诉我他在哪儿。"他说。

"行。"

这事算是办完了，瑞秋打算最后再去一次篷车。这时，周围一个人也没有，篷车的门紧紧地关着，瑞秋得拧开那把不结实的锁才能进去。但当她走进去的时候，看到的场面简直让她失望透顶。斯雷特的所有东西都不见了，那条他用来铺床的毯子，是篷车起居室里唯一剩下的东西。

"这也太扯了吧！"瑞秋发出嘘声。她把毯子拽到一边，检查窗帘后面的架子，又把手伸进沙发后面，结果还是什么也没有，只有几枚不知是从谁的口袋里掉出来的硬币。真是糟透了。瑞秋坐在沙发上，脚上的毯子已经被弄得乱七八糟，她叹了口气，一句话也说不出来。

她刚要站起身，突然发现有什么东西堆在门边，好像是有人走的时候从一捆东西里不小心掉下来的。她离开沙发，把它捡了起来。那是一件红色T恤，很修身，但尺码有点儿小，肯定不是杰克的。她把T恤放在鼻子前闻了闻，像是刚洗过，闻起来还有洗衣液的味道，夹杂着一点儿篷车里潮湿的、霉菌的味道。她敢断定这是斯雷特的。

"你总有东西让我记住你啊！我的哥哥。"她喃喃地说。

她把T恤夹在腋下，溜出了篷车，砰的一声关上门，然后离开了嘉年华。她从没想过以后还会回到这里来。

瑞秋回到了旅馆，她觉得自己今天所做的事，就像是堆了一个摇摇晃晃的"纸牌屋"，现在她只希望这个"纸牌屋"能一直撑到天黑，其间不会有浑蛋破坏她的计划。

总有事困扰着她，有些事情似乎准备得还不够充分。

尽管她已经尽了最大的努力，确保杰克和康纳会在池边碰面，但他们两个其实都不是她最需要的人。她指望安娜知道她哥哥的行踪。她还希望斯雷特能及时出现幻觉，看到康纳遇到了麻烦，然后被感动去帮助他。

事到如今，感觉还一切未知。

她计划里的所有事情都安排好了，但其中任何一环稍有变化，即便是很小的变化，那一刻就可能过去了，最终的幻觉也不会出现。这将意味着瑞秋会处于无休止的不确定状态，而杰米将面临死亡。

"一定还有别的什么事情可以做。"她自言自语道。

她再一次后悔自己没有召唤的能力，把康纳从几米远的地方拉出教室，这和黑暗中在几英里之外召唤某人完全是两码事。

瑞秋突然灵光一现。她无法把斯雷特召唤到水池边，但她能尝试让他对那儿感兴趣，虽然这个计划并不完美。事实上，这个计划既不严密又有点儿愚蠢，离完美更是差得远，但它的确让瑞秋多了一份保障，试图让命运按照瑞秋希望的方式开展。它应该是这样的。

想到这儿，瑞秋抓起背包，开始翻找里面的东西，她先从包里把衣服和洗漱用品都拿出来，然后找到了一个又长又细的拉绳袋。她把袋子的系带扯开，抽出一些小棍子。它们看起来很像筷子，但不是用来吃东西的。大多数人用它们来占卜，但瑞秋向来没有这种天赋。每根小棍子上都刻有符号，这让它们在施法时能起到作用。瑞秋感到心神不宁，本来想有条不紊地把它们整理一下，但她的手抖得太厉害了，最后把这些小棍子全扔在床上，用手在它们中间随便抓了一根。

是好运，或者是命运？

都不是。当她的手碰到其中一根小棍子时，一阵战栗直冲她的手指。她拿起它看了看，是生与死的符号，一个刻在另一个之上。在占卜里，这是不好也不坏的结果。这次占卜对她来说简直是恩赐。瑞秋绝不会选那根小棍子，但也不会忽视那样的标志。

抓牌咒语操作起来虽然容易，但不是很精确。这种方式制造不出引诱的声音，更多的是造成一种琐碎的不适感。如果你是一个意志力坚强的人，或者你能够专注于正在做的事情，那么你很可能会控制住咒语引诱你去某处的冲动。在理想情况下，瑞秋需要把一缕头发缠在棍子上，但是她没有。她有更好的东西，毕竟她和斯雷特的身体里流淌着同样的血液。于是她拿出背包前口袋里的折刀，沿着大拇指划了一道浅口子，把拇指上渗出的血珠压在占卜棍的符号上。突然，她感到一股巨大的能量让她浑身颤抖，这是瑞秋没有料到的，但也许这是一个好迹象。

"斯雷特。"她喃喃地说，用手指紧紧地捂住那两个符号，"恩尼斯，斯雷特，恩尼斯。"这两个名字对他都有意义，所以瑞秋不断重复着新旧两个名字："斯雷特，恩尼斯。"

来吧，她心里默念，*来找我*。

瑞秋想象着它像耳语一样飘在空中，所以她一遍又一遍地重复：来吧，来找我。

斯雷特会听到的，不是有意识的，而是在他大脑的后部，那完全是本能而不是思想。他会听到的，他会被吸引去试着倾听这个呼唤，去寻找这个耳语的来源。瑞秋无法控制的是这一切发生的时间。不过，这感觉是对的，这个办法还不错。如果这是命运的暗示，她就不能忽视它。

如果不是，那好吧，她已经想尽了一切办法。

瑞秋走到水池边打算把占卜棍藏在石头中间，但这段路程显得非常离奇。瑞秋觉得自己好像在一个泡泡里行走，外面的世界明明就在那里，但不知怎的，她却碰不到。周围的一切都很模糊，声音也听不清楚，除了正前方的小路。这条路她只走过一次，但她似乎认识这条路。每走一步，瑞秋的心都在怦怦直跳。

她这样做将会要了她哥哥的命。

这也将导致她的牺牲。

然而，这一切都是为了一个在她生命中认识时间很短的男孩。

她正在纠正一个错误，让一件本应发生在很久以前的事情成为现实。但最重要的是，瑞秋在救她爱的那个男孩。

脚下的泥被瑞秋踩得咯吱作响，从水面吹来的凉风刺痛了她的脸颊。微风飒飒地拂过树林，瑞秋几乎在恍惚中向水池走去。她蹲下来，把占卜棍放在岩石的裂缝里，这样就不会被人看见，也不会滑入水中顺流而下。

然后，她站了起来，低头看着被自己的鲜血弄得暗淡无光的占卜棍，意识到眼泪正顺着脸颊往下流。

"对不起，"瑞秋对它说，"真的很抱歉。"

然后她转身离开了。她已经做了她能做的一切，现在除了等待还是等待，其他的就听天由命吧。

25. 1649 年 9 月，爱丁堡

至少他们给瑞秋喂了饭。他们别无选择，她太虚弱了，思维混乱，更别提说话了。看着硬邦邦的、无味的面包和掺了水的麦芽酒，她强迫自己一小口一小口地吃下这些东西，因为她知道，可能会有很长的一段时间，她都没东西吃了。

牧师不想碰她，那两个男人也不想。即使她身上没有任何鼠疫的痕迹。她的眼睛和鼻子没有脓肿或出血，她也没有发烧或咳嗽。然而这些都不重要。她被关在一间有瘟疫的屋子里，地板上到处都是火绒，门上涂满了明显的红色油漆；与她同住的那个女人的尸体，半躺在屋子后面的一条毯子上。

突然，瑞秋在惊慌失措中恍惚地听到，他们为了她争吵起来，接着其中一个男人把她拎起来，拽出了门。他直接把她带到马车后面的牢笼里，那里的铁栏比木墙还多，然后为了尽快摆脱她，使劲地把她扔了进去。她摔得很重，身上根本没有肌肉来缓冲。她的身体里似乎有什么东西折了，连呼吸都痛，她想自己可能摔断了一两根肋骨。

马车把她带到了收费亭下面的一间牢房里。这是一个肮脏如茅屋般的地方，比她被困的最后一个住处还要糟糕。干了的粪便和不能吃的食物残渣散落在地面上，夹杂着尿液的恶臭。牢房里没有马桶让她方便，

只有一个角落，角落里的地面已被染成了深色。面包被扔进来的时候，穿过这堆渣滓，滚到她手里。幸好，他们很小心地放下了麦芽酒，但她还得爬着去拿。有个男人留下来执勤，但看得出他并不想靠近牢房的门槛。

她一小口一小口地吃着食物，使劲咽着麦芽酒，等待着。她知道自己的未来是怎样的，如果她当时能找到一种死法，她会立即那样做。

那天晚上，牧师没有过来。

兴许后天会过来。

她除了吃东西还是吃东西，其余时间她无事可做，只能坐在那里，在恐惧中备受煎熬。

被关进去的第三天，她有力气走到门口了，并把自己拉到足够高的地方，从那扇小小的有栅栏的窗户往外看。她看到看守就坐在外面的一间小木屋里。从夜里一直下到黎明的大雨，沿着那扇和门框根本不匹配的小门淌了下来，有些还淋在了他身上。瑞秋的脚没站稳，一下从入口那光滑的石头上滑下来，脸上露出痛苦的表情。她想，当她被困在小屋里的时候，正因为湿气能进入她的住所，她才侥幸活了下来。然而现在，所有渗进来的水只会弄湿牢房的地面，让牢房变成下水道。

外面的景色再熟悉不过。镇上的广场和市场的十字路口，就在瑞秋所在的牢房门外十五米左右的地方。一般来说，在这样一个潮湿沉闷的日子里，这里本该是静谧的，但那时，她却成了镇里的丑闻。人们抱着看热闹的心态，都想看她一眼，虽然他们不想靠得太近。

他们当中有一个人似乎比其他人更勇敢。他先走近牢房看了几眼，随后掉头离开，走过去和看守说话。瑞秋挪了挪身子，把脸贴在门口的铁栏上，好让自己能看到这两人的一举一动，听听他们在说些什么。她看那人向看守递了一支烟和一个打火机，又帮他点上烟，这也算是为打探消息付出的代价。

"在这种鬼天气值勤真受罪。"那人懒散地说。

"也还行。"看守说道，"她不惹麻烦，站都站不起来，更别说诅咒别人了。"

"她现在能站起来了。"那个男人说着朝瑞秋方向抬了抬下巴示意。

看守咕哝了一声，走到牢房门口，用拳头使劲砸了几下门。瑞秋吓得蹲下身子，脸仍然紧紧贴着铁栏，她想听听他们还要说些什么。

"处决怎么耽搁了？"那个男人问，"他们昨天又发现了一群瘟疫的受害者，大家都说是这个女孩干的。"

"我也挺怀疑的。"看守嘀咕着，然后抬高了声音，说，"牧师派了一个刺官，因为这是他第一次做巫师审判，所以特意安排了一个人从普雷斯顿潘斯过来执行这个任务。"

"把她绞死就好了。"那人恶狠狠地说道。

"你不能就这么绞死一个女巫，她和魔鬼有契约。你必须烧死她。而且，这姑娘也有权接受审判。"

瑞秋听着他们的对话，既想哭又想笑。公正的审判？这简直就是个笑话。她只会被屈打成招，然后……

之前，她在住所里遭受的饥饿是非常可怕的。

而现在，她不敢想象那个被炽火烤着、皮肤被烧焦的自己，那将是无尽的痛苦，却没有杀死她。

恐惧夺去了她最后的一点儿力气，她瘫跪下来，双手撑在满是污垢的牢房地面上。她吐了，夹杂着胃酸和还没完全消化的面包块，吐在了臭气熏天的渣滓里。她感觉自己就像发烧了一样，浑身发抖，冒汗，这简直和安妮生病时的症状一模一样。瑞秋心想，要是瘟疫能在行刑之前让她病死就好了。

但事实并非如此。

又过了两天，在这期间，牧师来了，让她在肮脏的牢房里跪在他面前，而他站在外面，用手帕捂着嘴，满脸厌恶的表情。他详细地列举了瑞秋的罪行，从传播瘟疫到引发房屋火灾。瑞秋甚至都没听说过，况且这一切都不是她做的。说完后，牧师轻蔑地看着她，问她还有什么可辩解的。

"我没罪。"瑞秋噘着嘴，朝牧师冷笑着。

牧师也笑了。"随你的便，明天我会派刺官来审讯你，他是有特殊技能的人。你很快就会改变态度的。"

说完他就走了，门咣当一声被关上，牢房又恢复了往常的阴暗。瑞秋从地上抓起一把发臭的泥巴，朝窗户扔去。不过，最后招来的不是牧师，而是隔着铁栏正盯着她的那个满脸愤怒的看守。

"你给我老实点儿！"他厉声道，"你知道的，我可没义务给你提供食物和麦芽酒。"

瑞秋本打算告诉他把那两样东西放在哪儿，但终究还是没有说，毕竟没有必要让自己过早地受苦。

当然，对牧师荒谬的指控进行无罪辩护会让她遭受痛苦，但如果不这么做，她就会在黎明时被绞死，然后被烧成灰。她无法面对这一切，所以不得不这么做。

第二天，就在外面的时钟敲响正午的钟声后，看守打开了门。他没有像往常一样在门口摆上食物后迅速落锁，而是把门大开，退到一边。

"快出来。"看守说。这时瑞秋并没有马上起身，还靠在墙上坐着。看守又说："快点儿，跟我来。"

瑞秋慢慢地站起来，穿过阴暗的牢房。外面阳光明媚，但对她来说却格外刺眼，照得她眼泪直流，以至于她双眼模糊，没有立马看见站在看守小屋旁边的牧师和牧师身边的那个人——他一身黑衣，连脸都蒙着黑色的面罩，只露出了眼睛和嘴巴。

那人肯定就是刽官，是牧师特意请来逼她认罪的人。

"把她锁起来。"牧师冷冷地说。

看守犹豫地看着瑞秋，但他的犹豫并不是出于同情，而是害怕碰到她。

"别磨蹭，笨蛋。"牧师厉声说。

显然，比起从瑞秋那里染上瘟疫，看守更害怕牧师。于是，他跑进小木屋，拿着沉重的铁链走出来，铐上了瑞秋的手和脚踝，然后在她的脖子上套上了金属项圈。所有的链子都是连在一起的，而且主链很短，瑞秋只能稍微弯着腰。这套镣铐仿佛很合身，因为它使女性的骨骼结构显得更加精致。在她之前有多少女子戴过这种镣铐呢？她们也像她一样害怕吗，还是可以带着最后的尊严，勇敢地走向自己的命运？

她们中没有人会愚蠢到认为真相会大白于天下。真相在这里变得不值一提，只有想象中的正义。

还好她不用走很远，脚镣也没有沉重到让她拖着脚走。尽管如此，牧师、刽官和看守押着她穿过广场，去财务长家的游街过程还是令人痛苦的。财务长本人并没有出现，想必他是不想和即将进行的审判扯上任何关系吧。不过，他为审讯瑞秋提供了地方，这相当于审讯获得了他的默许。呵，他真是个懦夫。瑞秋希望她的鲜血能染红他那闪闪发亮的木地板，她的尖叫声能永远充斥在他的房间里，这样他就永远不会忘记他在这里默许发生的一切。

财务长的身份并没有赋予他凌驾于牧师之上的权力，因为控制着一切的始终是教会。

瑞秋被带去的房间简直是为她量身准备的，除了放在房间中央的一把椅子之外，其他家具都被搬走了。有一面墙边放着一张桌子，桌子上面盖着一块黑色的桌布，桌布上各种金属器具闪闪发光。瑞秋瞥见了一把钳子和一把锤子，吓得赶紧移开目光。

看守催她坐到椅子上，然后蹲在她的脚边，以最快的速度解开锁链。解开后，他赶忙往后一退，站在了门口。

那个刺官走近瑞秋。他手里拿着几根长长的皮带，用来把瑞秋的手腕绑在椅子扶手上，把她的脚踝绑在椅子前腿上，还有一条带子缠在她的额头上，把她的头绑在高高的椅背上。瑞秋动弹不得，开始有些呼吸不畅。他甚至没碰到瑞秋，她就已经极度恐惧了。刺官回到桌边。瑞秋想看着他，可是她额头上的带子绑得太紧了，她根本不能转头，这让她更加恐惧。

牧师走到她面前。

“也不是非要这样对你。”他告诉瑞秋。牧师的声音很柔和，听上去像是在哄人。他甚至自欺欺人地认为，上帝会宽恕这种残忍的行为。“坦白吧，这样你就不用再受这些苦了，你的身心还能得到净化，你的灵魂也可以从与魔鬼的交易中解脱出来。”

“净化，”瑞秋吐了一口唾沫，反问道，“你是这么定义这种酷刑的吗？”

“你有罪，”牧师平静地说，“不过，你得亲口承认。总之，你承受多大的痛苦，完全取决于你自己。"

牧师向后退了一步，把地方让给了刺官。刺官蹲在瑞秋的左边，把一只手放在她左手的手背上，使劲往下按，让她的手指都无法动弹，然后他拿出一根又细又长的针 —— 他名字里的刺就是从这根针得来的 —— 扎在瑞秋食指的指甲盖下面。

"这会很疼的。"他告诉瑞秋，然后把针深深地扎进去，继而把指甲盖从她的手指上扯了下来。

瑞秋尖叫起来，手臂一阵剧痛。

"这才是第一根呢。"刺官说着转向瑞秋的下一根手指。

26. 终于，终于

　　过了好长时间，天才黑。瑞秋生怕碰到她计划里的那四个人，毕竟这是她精心策划的。计划可能算不上严密，如果碰到他们之中任何一个，一旦被识破，全部努力就会付之东流，所以她只好待在旅馆的房间里。她想让自己躺一会儿补补觉，但还是太兴奋了。于是，她打开了电视机，把电视机略微转了转方向，然后坐在床沿上，双腿不停地抖动着。现在，她没法集中注意力观看任何节目，连坐着都觉得难受。所以，她索性站起来，开始在狭小的空间里来回踱步。

　　如果康纳放她鸽子怎么办？

　　如果杰克觉得风险太大，没有报复康纳就直接走了呢？

　　如果斯雷特对发生在水池那儿的打斗一无所知，无视她抓牌咒语的呼唤呢？

　　如果斯雷特看到了正在发生的事情，也明白这是个好时机，但是选择逃跑了呢？

　　最糟糕的是，如果一切都很完美，瑞秋终于能从诅咒中解脱出来，但为时已晚呢？如果杰米已经死了，咒语已经起作用了呢？

　　无尽的担忧让她感觉想吐，她只能停下脚步，用一只手捂着肚子，使劲做着深呼吸。她已经一整天没有收到杰米的信息了，而她发的信息——总共三条——也始终处于未读的状态。不清楚杰米目前的情况，简直把瑞秋急疯了。杰米不可能不看手机，可是瑞秋在她的一个应用程序上注意到，自从杰米昨天给她发完消息，他就没有再上线过。

于是，她拿起手机，想给杰米打电话。即使他可能没法接听，但他妈妈也许可以，至少能告诉瑞秋发生了什么事。此时，瑞秋感觉手里的这个小设备很奇怪，当她的手指滑动联系人名单时，显得很笨拙。就在这时，铃声响起的界面出现在屏幕上，她困惑地盯着屏幕看了一会儿——她还没找到杰米的电话呢。过了一会儿，她的大脑才回过神来，她明白有人在给她打电话。

准确地说，是她哥哥。

"恩尼斯。"那个旧名字脱口而出，尽管听起来不太对劲。他不再叫恩尼斯了，他现在叫斯雷特，这名字挺适合他的。

"你做了什么？"他的声音像子弹一样向她袭来。

瑞秋沉默了，这是对他愤怒的回应。"……你什么意思？"

"别想糊弄我，瑞秋。我产生了一个幻觉，看见你跟安娜的哥哥说话。你让他在河边见你，你现在在那儿吗？"

该死的，她没有料到斯雷特会看到这些。她已经很长时间没有想起她的孪生兄长可以——而且经常会——看到她做的一些想要保密的事情。她不是单纯地溜出去玩，也不是接受心仪男孩的小礼物。斯雷特居然看到她多管闲事。

她试图像以前一样厚脸皮地打着马虎眼儿。

"我在我的房间里，恩尼斯。"

这在以前都很少奏效，更别说现在了。

斯雷特并不接茬儿，接着问："你都做了什么，瑞秋？"

"恩尼斯——"

"别兜圈子了！"他厉声说，"告诉我。"

她不能说，至少不是现在。

"时间到了。"她只说了这么一句话。

"瑞秋！"

瑞秋听出了他声音里的沮丧和恐慌，她畏缩了一下，但仍然坚持自己的决定。她告诉自己，恩尼斯有这样的反应是预料中的，她别无选择。

"哥，必须得让幻觉里的事发生。这是唯一能让我们向前行进的办法。我累了，不想再干这个了。我想变老，就像普通人那样。"她叹了口气说，"我想死了。"

她本来不想这么做，尤其是在她有生以来，第一次开始真正生活时，但她不得不这么做。

"你——到——底——做——了——什——么？"

她得告诉他点儿什么，也许这才是对的，也许这才是启动幻觉所必须做的事情。

"我告诉杰克他会在那儿——"

"你根本就不认识杰克！"

她哼了一声。"想认识他又不难，只需要冲他笑笑，再对他的伤表现出一点儿同情。他和他的那帮朋友听我说了是谁干的，高兴还来不及——他们听说有机会报仇雪恨，都兴奋坏了。"她好像能感同身受一般，继续补充道，"我也能产生幻觉，恩尼斯。别忘了这一点。什么都逃不过我的眼睛。"

"你给他设了圈套！"

的确。她对此感到内疚，也知道这样做是不对的，但为了达到目的，她别无选择。她不是为了自己，而是为了杰米。这让她只能冷酷无情。

"我没看见他在幻觉里死掉，"她平静地说，"只有你。"她的喉咙哽咽了。这一切都是那么不公平，但生活什么时候公平过呢？"这是为了大家好。"

"我不能相信你。我不相信你会这样对我。"

许多年前，我也有同样的想法，瑞秋悲伤地回忆。不过她没说出来。说出来又有什么意义呢？

过了一会儿，拨号声在她耳边响了起来，斯雷特挂了电话。

瑞秋坐在床上，呜咽着。内疚、担心、遗憾和解脱，同时充斥在瑞秋的脑海中，任何一方都试图霸占瑞秋的思想。她原本没想到斯雷特会看到她和康纳说话，但他却看到了。现在，她是高兴的，因为所有人都按照她的计划在行动，所有事情都按照她的设想在进行。

她最初并不打算去水池边，因为担心自己出现在那里，可能会无意中搅乱计划，把事情搞砸。但当夜幕降临时，她知道自己不能置身事外，她必须在场，才能看到结果究竟怎样。于是，她披上夹克，七点整的时候出发了。和康纳的会面定在一个小时之后，但她想早点儿到，找个不显眼的地方躲起来看。

因为习惯难改，而且瑞秋也明白，一个女人独自在黑夜里并不安全，所以出门前她抓起那把小折刀，把它塞进口袋里。虽然它算不上什么武器，但足以让图谋不轨的人三思而后行。她用手指摩挲着口袋里的另一件东西，那可是她计划的一个后手。瑞秋把它拿出来，看着它，原来是块小小的破布，是从她捡的 T 恤上撕下来的。不过说真的，如果是斯雷特不小心落下的，会不会是他偷来的？瑞秋在它周围缠上电线，把它弯成一个大致的人形模样。虽然是个非常模糊的人形，但瑞秋知道它是谁，因为她是施咒的人，这才是最重要的。小人的心脏部位颜色较深，因为那里滴上了瑞秋的血，她拇指上划开的伤口现在还隐隐作痛。

这是黑魔法。瑞秋了解过它，但发誓永远不会使用它。她现在也不想用它，刚才做这个东西的时候就有点儿恶心……

可瑞秋不能冒险，所以还是把它带上了。

瑞秋朝着水池走去，就好像去面对自己的死亡，而并非她哥哥的死亡。她的脚步异常沉重，恐惧袭上心头，每一次的呼吸都好像有一根针在扎她。尽管她已经竭尽所能地让计划实施，但还是对即将发生的事情感到害怕。她不想为引起杰克和康纳的争吵而负责，也不想看到斯雷特沉入水底。

她不想看到这些。

可是她在杰米和斯雷特之间真的很难抉择。斯雷特已经体验了六百年的生活，可杰米却要因为她而早逝，这都是她的错。她很抱歉，非常抱歉，但没有别的办法。

当瑞秋到那儿时，尽管天还亮着，但是茂密的树林以及浓密的枝叶已经把水池笼罩得漆黑一片。由于水池边光线太暗，以至于瑞秋都看不清地上那些可能会绊倒她的盘根错节的树根，也看不清那些又大、泥又多的水坑。她在灌木丛深处找到一块长满青苔的大石头，足以让她藏身，于是趴在石头后面。可这位置一点儿也不舒服，又硬又冷，青苔把她的牛仔裤都蹭湿了，但好歹比蹲在灌木丛的叶子里，与老鼠和那些令人毛骨悚然的爬行动物待在一起要好得多。

她不知道是不是蚂蚁在这块石头上爬来爬去，于是开始用手抓那些想象中的虫子。

瑞秋趴在那里等了很久，一直不敢看手机，生怕屏幕的亮光暴露了她的位置。其实，周围也没有什么可看的，只有潺潺流过的水，反射着白天的最后一点儿光亮，还能听到水流过时发出的汩汩声。瑞秋突然回想起，当年她被牧师判处火刑时，女巫的判决书挂在她的脖子上，她被绑在一棵树上。当然，这是公认的处决女巫的方式。她背后的那棵树是她唯一能汲取力量的东西，这股坚定的力量至少能让她在一群欣喜若狂的观众面前熬过火的折磨。后来，那树桩成了她的伙伴，她的力量之源，就像是一个朋友。可是陪伴斯雷特走向死亡的水永远只是一个冰冷的陌生人，随波逐流，永远在变化。

这时，她左边传来的树枝折断声把她从思绪中拉了出来。她转过头去，尽量让自己保持安静，不引人注目，然后从石头背面向外看。有一个人朝这边走来了。不，是两个人。他们鬼鬼祟祟的，隐藏得不错。他们几乎就在瑞秋身边，而她根本不知道他们是谁。

"你看到他了吗？"一个沙哑的声音问道。

"不，他还没到。"是杰克。他的声音从瑞秋的另一边传来，她猛地转过头来，看见他正站在离她不到一米远的地方。但他一直盯着前方，并没有注意到她。她努力使自己的呼吸平静下来，不想让他们发现自己。突然，一个人影从杰克身边走了过来，瑞秋意识到有四个人正在树林里潜行。

四个人对付一个十几岁的男孩。

她对杰克的厌恶又增加了一分，对杰克报复行为的恐惧也增加了一分。康纳只是她计划中的一枚棋子而已，她并不想让他真的受到伤害。她原以为，杰克不希望警察在嘉年华后追捕他，他这次只想打击一下康纳的自尊心，揍他一顿，给他点儿教训。可是现在她有点儿不确定了。

瑞秋看到康纳沿着河边的小路昂首阔步地走来，边走边吹着口哨。

他的双手插在口袋里，看上去一副春风得意的样子，毕竟他是现在唯一一个不知道接下来会发生什么事的人。一股内疚之感涌上心头，瑞秋想从石头上跳下来，看看自己能不能设法控制住这个局面，让康纳免受真正的伤害。就在她犹豫之际，事情发生了。她看到杰克和他的朋友们从树丛后走了出来，两个人堵在前面，两个人挡在后面，围住了康纳。

"你们想干什么？"康纳问，转身背对着水面，这样他就能同时看到四个人。他的手已经从口袋里抽出来，攥成了拳头，不过他很聪明，暂时把它们放在了身体两侧。"丽贝卡在哪儿？"

"谁？"杰克恶狠狠地问道。

"丽贝卡，我和她约在这里见面的。"

"哦，原来你说的是她啊。"杰克冷笑道，"你不需要担心她。"

他大笑起来，他的朋友们也跟着笑了起来，听起来就像一群鬣狗在叫。

"你伤害她了吗？"康纳问道。他朝杰克迈了一步，举起了两个拳头，一副要打架的姿势。

瑞秋觉得自己像个卑鄙小人，更糟糕的是，杰克冷笑道："小子，你以为我们怎么知道你会在这里的？没有什么比一个出卖别人的女人更卑鄙的了，这是给你的人生教训。"

"你到底在说什么？"康纳问道。

"我们怎么弄他？"其中一个男的问道，显然他不想再多啰唆，迫不及待地想要处置康纳，"让他在水里泡个澡怎么样？"

他推搡着康纳，康纳快速躲闪了几下，差点儿跌到水池里。那人发出一种既古怪又刺耳的笑声。

"不喜欢泡澡？"杰克问康纳，朝他又走近了一步。康纳完全被四个人围住了，除了身后的水池，他无路可走。"你们知道我觉得他需要什么吗？"

杰克的朋友看好戏似的跟着起哄。瑞秋惊恐地看见杰克从腰间的刀鞘里抽出一把刀，刀刃锃亮。

"不。"她低声说。她没有预料到这一点，没有想到杰克会真的想伤害康纳，可他带来的刀比她藏在牛仔裤里的小折刀要结实得多。

那伙人里有一个人明显不太赞同杰克这样做。

"等等，"他举起双手，嗫嚅地说，"杰克。"

"我没想伤害他。"杰克回答道，然后咧嘴一笑，牙齿闪着白光，"不会真的伤害他，只是给他提个醒，教教他为什么不该招惹大男孩。加夫、戴维，抓住他。"

加夫和戴维，这两个对杰克拔出刀子没有丝毫反对的人，果然照杰克说的做了，而康纳也选择在这个时候逃跑。他试图在杰克和那个有良知的人之间冲出去，那人没有采取任何行动来阻止他，但也没有阻止加夫和戴维抓他。他们抓住康纳的夹克，把他拖了回去。

接着开始扭打，他们对着康纳拳打脚踢，有人喊着"滚开"，有人喊着"抓住他"，还有不止一人发出了呻吟和痛苦的呼喊。

瑞秋从她躲的石头上滑下来，小心地往前挪着身子，直到被一棵小树挡住。这里已经到了树林的边缘，瑞秋努力地想看得清楚些。顷刻间，天色已经完全黑了，五个影子在打斗中扭成了一团巨大的阴影。瑞秋看不清谁是谁，只能偶尔看到刀子的闪光，因为杰克用刀子时也很谨慎，他不想伤到自己的朋友。

这简直是一场灾难，既混乱又危险，完全不受瑞秋的控制。斯雷特去哪儿了呢？

"住手！"一个女孩的尖叫声传来，她的声音穿透了打斗的低沉声，"住手！"

几乎同时，一个又高又瘦的身影沿着小路飞奔而来，毫不犹豫地加入了战斗，是斯雷特。斯雷特一加入混战，就和其他人没什么区别了，至少在安娜试图加入之前是这样的。看到安娜，斯雷特从打斗中蹿出来立刻把她推到一边，她重重地仰面着地。

"安娜！回去！"

安娜的回答含混不清，但瑞秋能清楚地听到她在喊斯雷特的名字。顾不上听安娜说了什么，斯雷特转身又加入了打斗，他抓住杰克握着刀的那只手。他们扭打在一起，瑞秋看到安娜站起来想去帮忙。可她还没走出一步，另一个人就从打斗中挣脱出来，向安娜猛扑过来，把她推了回去。安娜试图躲到一边，使劲拍打着那只抓着她的手，想要挣脱出来。

"安娜！"一个身影紧紧地抓住了她，试图把她拦住。瑞秋意识到那是康纳，他在保护他妹妹，他想留斯雷特一人在那儿打斗。

这才是对的，事情本该是这样发展的。此时的瑞秋泪流满面，她看着杰克和斯雷特厮打在一起，斯雷特转过身来，背对着水池。水流在他身后若隐若现，像鲨鱼一样扭动着。

安娜还在和康纳拉扯，想要挣脱后去帮助斯雷特，但她显然摆脱不了康纳。她放弃了挣脱，瘫倒在康纳的力量之下。突然，安娜扯开嗓子喊道："警察！警察来了！"

这做法确实不错，可也愚蠢至极。

听到安娜的喊声，杰克的狐朋狗友们都跑了，他们当然认为自己的性命比所谓的忠诚重要，但这也分散了斯雷特的注意力，他把注意力从杰克身上转移到了安娜的身上。这下杰克占了上风，挣脱斯雷特的束缚，拿刀向他砍去。因为天太黑了，瑞秋看不清杰克到底有没有砍到斯雷特，但斯雷特的脸上表现出了震惊和痛苦。斯雷特大口喘着气，死死地盯着杰克。趁着斯雷特喘息的机会，杰克冲着斯雷特的胸口猛地一推。

瑞秋看到斯雷特向后倒去，张开双臂，那画面就像慢动作一样。

见到斯雷特落水，杰克赶紧逃跑了。斯雷特身体撞击水面的声音冲击着瑞秋的耳膜，她吸了一口气，想起幻觉中那可怕的画面。斯雷特往下沉，往下沉，暗流缠住了他，把他扭来扭去，直到他渐渐失去了意识。从斯雷特嘴里又滑出了几个气泡，他肺里已经没有空气了，他的肺在灼烧，四肢摊开。

斯雷特马上就要被淹死了，而瑞秋还只是站在那里，紧紧地抓住那棵树，指甲抠进了柔软的树皮里。她想：我真的很抱歉，非常非常抱歉。

从瑞秋的位置看不清水池，因为石头挡住了她的视线，但她还是闭上了眼睛，她不想看到斯雷特死去的那一刻。为了逃避现实，她只能继续闭着眼睛。

"啪！"

当听到第二个人跳入水中溅起的水花声时，瑞秋瞪大了眼睛。

"安娜！"康纳急忙跑到池边，低头朝水里看，大概是在找他妹妹。她已经跳进水里去了，她要去救斯雷特。

不，这绝对不行。瑞秋已经为了这个结果做了那么多，她不允许有人破坏她的计划。

瑞秋赶紧向前迈了几步，推开挡道的树枝，踏过小灌木和盘根错节的树根，直到能看到水面的情况。这时，她看到安娜的头已经浮出水面，紧接着她把斯雷特也拉出水面，把他的头靠在自己的肩膀上，吃力地游向池边的康纳。

斯雷特，他一直在咳嗽，不停地喘气，他还活着。

看到这一幕，瑞秋用手捂住嘴，不让自己哭出来，分不清自己现在是快乐还是恐惧。他是瑞秋的哥哥，他活了下来，瑞秋心里应该高兴的。但她也有震惊，她接受了自己失败的事实。现实并没有按照她预想的那样发展，这对瑞秋来说，只意味着一件事。

她救不了杰米。

泪水顿时模糊了她的双眼，瑞秋跌跌撞撞地离开了。现在她的脑子里只剩下恐慌，她的思想根本无法集中。她需要一个新的计划进行补救，她需要赶紧振作起来，但她的大脑还是一片空白。只有一个画面始终在脑海中浮现：杰米脸色苍白，毫无生气地躺在病床上，而他周围的各种治疗设备都停下来了。

是瑞秋害死了他。

她敢于追求一种正常的生活，却因此杀死了深爱她的那个人。

瑞秋突然感到一阵愤怒，对她来说，一切太不公平了。她不是那个给恩尼斯下诅咒的人，她也不是那个六百年来一直在逃避命运的懦夫。可是斯雷特却得到了他想要的，现在他又找到了一种方法，可以避开命运为他安排的一切。

瑞秋把手伸进口袋，想着藏在口袋里的那把小折刀，但她的手指似乎摸到了更好的东西。她可以那样做吗？瑞秋一下愣住了，她明白，自己面临着生死抉择，如果她这么做了，她会失去一部分灵魂。

可如果杰米死了，她就会失去一切。

于是，她转身朝水池走去。

这时，瑞秋看到康纳他们朝着她走来。安娜和斯雷特挨在一起，她似乎在努力让斯雷特保持直立，而康纳走在前面一些，一副小心翼翼的样子。他高高地举着手机，这样手机的光可以把路照远一些。

斯雷特第一个发现了瑞秋，或者说，发现有人。

"是谁？"他喊道，声音有些沙哑。

康纳顺着手机手电筒的光线眯着眼睛向前瞧。"丽贝卡！"

瑞秋走近了一点儿，意识到斯雷特认出了她。

"她叫瑞秋。"斯雷特纠正道。

"怎么回事？"康纳问道，"斯雷特，你认识她？"

康纳表现出复杂的情绪，有惊讶、怀疑、愤怒，还有受伤，但瑞秋却没有给他太多的关注，对瑞秋来说，他只是这个计划里的一个临时演员。

"她是我妹妹。"斯雷特解释道。

他的妹妹，他的至亲。斯雷特试图用这些话来提醒瑞秋，但瑞秋刻意假装没听到。是啊，这就是人们常说的血浓于水。但这个词语，就像瑞秋和斯雷特一样，多年来已经发生了变化。契约之血，浓于胎水，这是它曾经所表达的真正意义。有时你后天选择的纽带比你与生俱来的纽带更牢固，就像瑞秋选择了杰米。

"你救了他。"瑞秋悲伤地摇着头对安娜说，"你不应该救他的。"

说完，瑞秋举起自己做的那个小人，深深地吸了一口气。

"对不起。"瑞秋说。

斯雷特挡在安娜面前，他本以为会有一场打斗，然后他停了下来，困惑地盯着瑞秋手里的东西。显然，他不知道那是什么，但他认出了被电线缠在里面的那块 T 恤布。他瞬间明白瑞秋想干什么。

"多洛诺。"瑞秋小声念道。

只见炽热的红色能量从小人的图腾上，向她的手臂呼啸而过，吓得她差点儿扔下那东西。但她最终还是不顾火辣辣的感觉牢牢地抓住它，然后看着斯雷特紧紧地抓着自己的胸口，嘴巴张得大大的，徒劳地想呼吸，却无法做到。在经历了和杰克的打斗以及溺水之后，斯雷特本来就已经很虚弱了，所以瑞秋只花了片刻，斯雷特就跪了下来，然后瘫倒在地，直到他的脸压在草地上，身体开始抽搐。

瑞秋依然紧紧地抓着图腾，想看着他慢慢死去。她手里的小人在颤抖，如果她此时停止施咒，咒语就会立刻停止，斯雷特也就会没事。她确实想这样做，她真的不想这样伤害斯雷特——但为什么？安娜为什么要救他？——所以她不能停止，这是救杰米唯一的办法了。

她全神贯注地盯着在草地上抽搐的斯雷特，根本没注意到安娜，至少在安娜握拳猛击她的脸之前是没有注意到的。安娜用尽所有的力气朝瑞秋面部打去，瑞秋眼前一黑，瘫倒在地上，耳朵里嗡嗡直响。小人也从她手里掉了下来，康纳站在那里，把它一脚踢到了远处。

"你到底是怎么回事？"安娜问道。

瑞秋没理她，眼睛盯着正在迅速恢复的斯雷特。他跪在地上，用双手撑着，大口大口地喘着气。

"你为什么不能死掉？"瑞秋绝望地哭喊道。她一时哽咽得说不出话来，停了几秒，说："为什么不能让我安生？"

斯雷特摇摇头，看向瑞秋，因为极度痛苦，他的眼圈发黑。

"结束了，瑞秋。结束了，我向你保证。"

"幻觉——"不，它还没结束，它不能结束。斯雷特应该死的，可他并没有死。

"幻觉只是必须发生，但不一定成为现实。我一回到这儿，它就开始了。我们在老去，瑞秋。我向你发誓。我们可以……我们可以做个正常人了。"

"你们到底在说什么呢？"康纳脱口而出，但安娜让他别说话。

"我们不是正常人。"瑞秋抽泣地说着。

斯雷特站了起来，擦了擦嘴角的血，对她微微一笑。

"你说得对。但是我们现在可以生活了，过我们自己的生活。不论我被施了什么诅咒，现在都结束了。"

瑞秋发出一声哽咽。不可能，没那么容易。过了这么久，简直难以置信。

然而，斯雷特却盯着她的眼睛，他的眼神是那么坚定和诚恳。他从来没有骗过瑞秋，现在也没有骗她。

"你发誓？"她最后低声说。

"我发誓。"

似乎有什么东西从瑞秋的身体里释放了出来。她内心一直保持的紧张感消失了，她的力量也随之消失了。瑞秋耷拉着脑袋，任凭眼前的巨大痛苦向她袭来。片刻之后，斯雷特张开双臂抱住了她，紧紧地拥抱了她。

"结束了，"他在瑞秋耳边喃喃地说，"我向你保证。"

27.重获新生

　　杰米的破车又打不着火了。瑞秋使劲拧着钥匙，可这破车只是呜呜地响了一遍又一遍，就是启动不了。当发现嘉年华的那些工作人员正幸灾乐祸地注视着她时，瑞秋的脸色越来越难看，真想把这破车扔在这儿，一走了之。可如果瑞秋就这样把车扔在这儿，又怕伤了杰米的心。

　　"求你了，快点儿启动吧。"她喃喃地说，"我要带你回家见你的主人，只要你能启动，回去之后，我再也不开你了！"

　　又是一阵引擎的呜呜声，最后还是熄火了。

　　"呸，你这个废物！"

　　瑞秋既生气又沮丧，但只能继续尝试。她用一只脚踩住油门，另一只脚踩离合器，再次转动钥匙。这次汽车发出了更多的呜呜声和叮当声，像是在努力打火。从余光中，她看到嘉年华的两个工作人员一脸逗趣地向她走来。

　　"你会把引擎废掉的。"其中一人对她喊道。

　　"见鬼去吧。"她咕哝着，隔着风挡玻璃对他们怒目而视。"拜托，求你了，"她恳求着汽车，"求求你，发动吧，拜托了。"

　　巧的是，这次恳求居然奏效了。不知怎么回事，这破车竟然启动了，引擎响亮地转动着，然后声音小了一些，发出轻微的有节奏的隆隆声。

无论怎样，能开就行。瑞秋得意地笑了笑，朝那两人竖起了中指，然后打死方向盘，转向疾驰而去。

这时已经很晚了，天都黑了，瑞秋也快筋疲力尽了。尽管如此，她还是打算连夜赶回杰米身边。

求求你了，她想，杰米，等我，我来了。

这次开车回去是真的难受。汽车不仅嘎嘎作响，还时不时地发出呜呜声，刚开了几个小时，空调就不管用了，车外的冷空气一个劲地往车里钻。瑞秋只能裹紧了外套，不停地吃几颗麦丽素让自己保持清醒，这还是她唯一一次上厕所的时候在服务区买的。因为车子很难启动，她害怕再停下来，车子可能完全熄火，把她困在目的地以北几个小时车程的地方，所以她就再也没有停车去厕所。

当路标上的名字开始变得眼熟时，她松了一口气。回到家，她先洗了个澡，换了身衣服。本想在家多待一会儿，可是为了确保杰米安然无恙，她还是尽快出门直奔医院。

瑞秋在医院停车场好不容易才找到一个车位把那辆破车停好，这时候，天已经破晓了。仪表盘上的时钟显示是凌晨四点四十七分。杰米不知道如何将时钟调到夏令时，现在实际上已经快六点了。医院的工作人员一窝蜂地走进大楼，一大早就打着哈欠。瑞秋跟在他们后面，感觉自己就像个僵尸。在她离开的这段时间里，她睡得一点儿也不规律，一方面是因为不习惯旅馆里奇怪的声音；另一方面，也是最主要的，她一直担心杰米，担心她能否尽快完成使命。而且昨晚，她压根没睡，连靠路边停车打个盹儿都没有。

如果她想帮助杰米，那她需要睡觉。她会的。不过，她首先要亲眼看看杰米是否安然无恙。

瑞秋趁着医生换班的时间，悄悄地溜进杰米的病房。她记得杰米在哪个隔间，于是迅速地钻进那个隔间的帘子里面。杰米睡着了，身上连接着很多机器，所有的机器都响亮地发出哗哗声。瑞秋终于松了一口气。她最担心的事情没发生，咒语还没有把杰米从她身边带走。不过，让她疑惑的是床两边的椅子上那两个人。她认出了那个年纪较大的女人，是杰米的妈妈。杰米的妈妈正瘫坐在一把看上去很不舒服的窄扶手椅上，头歪成一个尴尬的角度睡着了。另一个人则醒着，正在看书，瑞秋溜进来时他抬起头来，平静得很，没有出声。瑞秋不知道他是谁，不过她能猜出这是谁。

"你好。"那个人对瑞秋说，然后在书上标记自己看到的位置，慢慢地合上书，把它小心翼翼地放在膝盖上，问道，"你一定是瑞秋吧？"

一听到说话声，杰米的妈妈就醒了。她在椅子上坐直了身子，一副茫然的样子。当她看到瑞秋尴尬地站在小隔间的入口处时，露出了一丝微笑。

"哦，亲爱的瑞秋，你来了。"

"希望我没有打扰到你们。"瑞秋小声地说。她的目光瞥了一眼那个陌生人，那人正静静地看着她。

"不，当然没有，我们正等着你呢。"

这话是有一丝责备的意思吗？瑞秋心想。

"对不起，"瑞秋说，"店里的事情一直很忙，我姑妈摔倒了，伤了胳膊，所以我多花了些时间来照顾她。"

谎言很容易就说出来了，尽管瑞秋这样说心里会难受。她希望自己不用这么做，她讨厌向杰米的父母和杰米说谎。

"哦，天哪，听到这个消息我很难过。"杰米的妈妈说。

"我一直在帮杰米给瑞秋回短信，"那个陌生人说道，"为了确保他们能一直保持联系。"

原来是他？瑞秋突然意识到杰米最近给她发的短信有些短，原来是这个人代发的，她不确定自己对此有何感受。然而，杰米的妈妈显然很高兴。

"哦，我的芒罗长老，我都不知道是你一直在帮杰米。瑞秋，这是芒罗长老，社区教会的长老，一直都是他在照顾我。"

果然，她猜对了。瑞秋轻轻地、不自在地挥挥手向长老打了个招呼。她从杰米那里听过很多关于芒罗长老的事，主要是抱怨他总是待在杰米家，不停地问杰米是否想加入这个教会或参加哪个活动之类的，但都被杰米拒绝了。

他那沉默寡言的态度和阴沉的表情，看起来确实像一个教会的长老。他的年龄比杰米的妈妈还大，皮肤是浅褐色的，头发花白，衣服以灰色调为主。不过，他对瑞秋笑得很亲切，而杰米也不得不承认，在过去的这段时间，芒罗长老常常会花好几个小时陪着他父亲，听他父亲说话。当然，只是在他父亲不敢独处的时候陪伴。

瑞秋有充分的理由对任何与教堂有关的人保持警惕，所以她始终站在隔间的另一边。

"杰米最近怎么样？"瑞秋腼腆地问，"我有一整天没收到他的消息了。"

"基本都在睡觉。"杰米的妈妈回答。她想如实地说出来，但是她的下巴不停地颤抖着。"医生说情况基本没有变化，他的器官功能暂时没有进一步恶化，但任何治疗对他也没有作用。"她深吸了一口气，显然想让自己平静下来，"医生大约一个小时后会过来，他会告诉我们最新情况，但他们似乎也不知道该怎么治疗。"

杰米的妈妈轻轻地抽泣了一下，接着用手捂住了嘴。

"凯伦，我们在医生检查之前先去吃点儿早饭吧。瑞秋可以帮我们照看杰米，万一他醒来也有个照应。"

"哦。"杰米的妈妈突然看起来一脸迷茫，"我不知道——"

"人是铁，饭是钢，不吃哪有力气呢？"芒罗长老提醒她，"你得先照顾好自己，才能照顾好杰米。"他转向瑞秋问："你有凯伦的电话号码吧？如果发生了什么事，你就给我们打电话。"

"哦，没，我没有她的电话号码。"

"那就存一个吧。"芒罗长老说道。

他期待地看了瑞秋一眼。瑞秋拿出手机，把杰米妈妈的详细信息输入了自己的通讯录。

"好了。"她说。

"那好。"芒罗长老对瑞秋微笑着，然后示意杰米的妈妈带他出去。为了离芒罗长老远一点儿，瑞秋赶紧挪到一边。尽管长老看起来很友善，但她过去的记忆太过清晰，无法让她放松警惕。

她希望和长老的尴尬对话能就此结束，但长老走到帘子边停了下来。

"凯伦，你能不能先走一步，去占个座？现在吃饭的人应该挺多的。我随后就来。"

杰米的妈妈同意了，显然她觉得这个要求没什么奇怪的，然后就剩瑞秋和芒罗长老单独在一起。她瞥了一眼杰米，感觉自己被困在这个狭小的空间里，但他的眼睛依然闭着，他还在熟睡。

"你知道吗？"芒罗长老开始说，"我年轻的时候，是一名牧师。那时，我年轻气盛，狂热无知，总是有着各种各样的想法。我现在很后悔，后悔我在错误的道路上走了很远，但我们都犯过错，不是吗？"

他停顿了一下。瑞秋只是看着他，不知道该怎么回答。芒罗长老微微一笑，然后看着杰米。

"我早期受到的错误教育却教会了我一件事，就是如何识别巫术的符号。我承认我当时并不明白这些符号的意思，但我做了一点儿调查后发现了它。"

什么？芒罗长老的话在瑞秋的脑子里嗡嗡作响。他为什么要对她说这些？她心想，自己什么也别说，不要此地无银三百两。

可是长老接下来的话让瑞秋更加震惊。

"我不会自称懂巫术，但我不是傻瓜。我知道，除了我所相信的那些因素之外，还有其他因素在起作用。"他伸出手，轻轻地拍了拍瑞秋的肩膀。瑞秋站在那里，一动也不敢动。"我看到你了，瑞秋。我知道你是谁，现在我明白符号是怎么来的了。杰米是个好孩子，凯伦和约翰受的苦够多了。我祈祷你能帮助他，因为我担心这里的医生救不了他。"

他向瑞秋郑重地点了点头，然后把书夹在腋下，朝杰米妈妈的方向走了。瑞秋过了一会儿才回过神来，又过了好几分钟，浑身麻痹的感觉才渐渐消失。这到底是怎么回事？

长老刚才说，他看见她了，他知道她是什么人。这些话听着就很可怕，但之后又发生了什么呢？芒罗长老鼓励她用自己的能力去救杰米，如果她能做到的话。

瑞秋完全蒙了，她走到床边，伸出手紧紧地握住杰米放在床边的那无力的手。她自私地希望，她的触摸能够唤醒杰米。奇迹当然没有发生。当她紧紧握住杰米的手时，她意识到杰米的皮肤凉得吓人。瑞秋把毯子往他胸口上拉了拉，就在这时她看到了一个符号。他睡衣的前襟敞开着，扣子被解开了一点儿，为了给贴在胸前的贴片和电线腾出空间。她看到了杰米身上的线条，虽然很模糊，几乎和他的皮肤颜色一样。她用指尖拂过其中一根，感觉到能量的迸发，线条在杰米的胸部中央亮了起来，闪闪发光。

那是一个巫术符号，但绝对不是瑞秋画的。

瑞秋敢肯定，这是卢恩符文，是保护符文。看来是有人来看过杰米，并对他施了保护咒语，阻止了杀死他的咒语。

瑞秋突然想到了一个人，只有她有能力做到，而且她知道杰米住院，也知道他为何会在医院。这个人就是梅丽莎。但她为什么要这么做呢？

这个问题还是以后再想吧。现在，瑞秋好歹松了一口气，因为另一个女巫的行为给她的补救争取到了更多的时间。

"我一定可以的。"她告诉杰米，"我一定会找到救你的办法的。"

她说完，杰米竟然醒了。他睁开眼睛，皱起了眉头，因为他看不清是谁站在他床边，所以他眯着眼睛试图看清楚一些。

"嘿。"瑞秋轻声说。

"瑞秋？"

"对，是我。"

"你能在这儿，我好开心。一开始我还以为我被你甩了。"

瑞秋轻声地笑了笑。

"还没有，不过，我可能要被你甩了。我又空手而来了，甚至连葡萄都没有。"

杰米笑了，然后咳了起来，一边哽咽，一边呻吟。

"对不起！"瑞秋喃喃地说，她的手轻轻地拍着他的胳膊，"对不起，对不起！"

"我记得我们说过你不会突然变得有幽默感！"

"我们确实说过，我向你道歉。我保证，从现在起，我会像在坟墓前一样严肃。"

话一出口，瑞秋就意识到自己说错了。她这道歉的言辞正好伤到了杰米。

"好吧，"杰米严肃地说，"那倒是很合适。"

"不，"瑞秋反驳道，"别这么说。"

杰米挑了挑眉毛，把头靠在枕头上。

"没关系，"他说，"我知道发生了什么，我就要死了。"

"不，你不会的。"如果瑞秋和这件事有关，杰米就不会死。

杰米看着她，眼神里透着一丝绝望。

"没事的，瑞秋。是真的，我真的要死了，但我不怕。"

杰米像是已经屈服了一般，好像要放弃了。随后，他的脸上满是疲惫，皮肤变得灰白。即使有梅丽莎给他施的保护咒，也要他自己努力才能活下来。

瑞秋都没有放弃，她现在是来为杰米而战的。

"你不会死的，我不会让你死的。"

杰米无奈地笑了笑。

"我觉得你没有什么可做的了。"

"你看着我，这是我的错，我会想办法的。"

她已经完成了最难的事情。如果斯雷特信守诺言 —— 对，她必须相信他，她不能再试图伤害他 —— 那么阻止瑞秋帮助杰米的诅咒就被打破了。她可以救杰米了。

杰米心不在焉地耸了耸肩。

"这不是任何人的错，瑞秋。它只是就这样发生了。"

如果真是这样就好了。如果杰米知道他为什么会躺在这里，他就不会对着她微笑，也不会和她十指紧扣了。瑞秋紧紧抓住他的手，她的心在胸口怦怦直跳。那个咒语毫无用处。她还是救不了他，至少现在不行。但她可以弥补由于她的自私给杰米造成的伤害。

"不，这就是我的错。我知道你不明白，但确实是我的错。我会救你的。"

杰米摇了摇头，这个动作让他痛苦地皱起了眉头。

"你救不了我。没人可以救我。你就……陪在我身边吧。我不想在死的时候，还孤零零的一个人。"

看到杰米躺在那里，屈服于命运，也接受了现实，瑞秋的心都碎了。瑞秋的喉咙里像吞了碎玻璃，她想大声哭，又不想让杰米看见，终于强忍住了。

"对不起，杰米。我真的很对不起你。"

他咧着嘴佯装微笑，说道："我在这里一直做着奇怪的梦。有一天，我看到有个女人来看我，她不是医生，就是……我也不知道，可能是我凭空想象出来的吧。她把手放在我的胸口上，我看到那只手开始发光，然后就有个东西像蛇一样在我体内蠕动。真是吓死我了。"

"这听起来像一场噩梦。"瑞秋喃喃地说。

"这是梦吗？"杰米问她。

"可能吧。"她轻声回答。

"如果你在这里，那会是一个好梦。"

瑞秋再也控制不住她的眼泪，顿时泪流满面。不过，没关系，杰米已经闭上了眼睛，又回到了无意识的状态。

"我会想办法救你的，"她小声说，抬起他的手，把他的手背贴在自己的嘴边，"我向你发誓。"

28. 我发誓，你死定了

梅丽莎没有开门。瑞秋站在门口最高的台阶上，她答应了用那本插图书来换取梅丽莎的帮助，她把书紧紧地抱在胸前。瑞秋累得都快站不稳了，最近她实在是太累了，不知道该做什么，该去哪里。当她抬起手第二次按响门铃时，感觉费了好大的力气，然后她只是呆呆地站在那里等着主人的回应。

"你等了很久吗？"一个冷酷的声音在她身后传来。

瑞秋回头，手里的书差点儿掉在地上。只见梅丽莎正站在人行道上，穿着一身运动装，脸上有一层淡淡的汗水。她把耳机摘下来，对瑞秋笑了笑。

"我以为你不在家。"瑞秋有气无力地回答。梅丽莎刚跑完步，面色红润，神采奕奕。相比之下，瑞秋觉得自己像个僵尸。

"这不是回来了嘛。"梅丽莎高兴地说，"你不会一直站在这里，等我回来吧？"

也许吧。梅丽莎看到瑞秋脸上的答案，同情地摇了摇头。

"你看起来累坏了，赶紧进来坐吧，别摔倒了。"

梅丽莎慢慢跑上台阶，从瑞秋身边经过，打开门，把她领了进去。梅丽莎没有把瑞秋带到厨房，而是右转打开了一扇门，里面是客厅。客厅里有一张舒适的皮革沙发靠墙放着，与一个贴着华丽瓷砖的壁炉形成直角。还有一个大大的落地窗，窗边摆着一个从地板延伸到天花板的橡木书架。真是个读书的好地方。

"随便坐吧。"梅丽莎指着沙发对瑞秋说，"我先去洗个澡，然后我们再聊。你也可以先躺着睡会儿。"

梅丽莎朝她笑了笑，带着一股香水味离开了。过了一会儿，瑞秋听见楼上轻微的脚步声，然后是水的声音。这淋浴的声音听着真让人舒服，虽然锻炼后的梅丽莎看起来神采奕奕，但瑞秋依然觉得梅丽莎有点儿蓬头垢面的。此时的瑞秋真的很想躺下，但就像杰米的那辆旧车一样，瑞秋有种预感，如果她停下了，就再也无法前进了。

"我已经答应要信守诺言，在睡觉前还有很多路要走。"她喃喃地说，罗伯特·弗罗斯特的诗很容易就脱口而出了。

她凝视着窗外，希望刺眼的阳光能让她保持清醒，但她的眼皮在打架，脑袋在砰砰作响。

我要稍微休息一下，她想，就一会儿。

皮沙发的扶手很清凉，垫着厚实的软垫。当瑞秋躺在上面时，她发出了一声心满意足的轻叹，她的身体自动蜷成一团，以适应这个两人座的短沙发。手中的插图书掉进了她的怀里，尽管书的边缘坚硬，但这种不适并没有让她放手，也没有阻止她的睡意。三次深呼吸之后，瑞秋睡着了。

当她醒来的时候，似乎只是过了一小会儿，她发现怀里已经空了，书不见了。她赶忙坐起来，抹去嘴唇上的一小滴口水，向四周张望。梅丽莎正坐在她对面的椅子上，双腿交叉，书摊开放在膝上。她看上去泰然自若，打扮得漂漂亮亮的，头发干了，做了造型，脸上还化了淡淡的妆。

"我睡了多久？"瑞秋问道。她的思绪一片混乱，大脑也迟迟没有反应过来。

"几个小时吧。"梅丽莎温和地回答。

"你应该叫醒我的。"

梅丽莎微微地耸了耸肩。"你需要休息。"

等瑞秋缓过神来了，她本能地盯着梅丽莎手里的那本插图书。梅丽莎顺着她凝视的方向笑了，她轻轻地合上书，用手爱抚着封面。

"别担心，我不会抢你的书。我非常希望你能把它给我，但这是你的选择。不过，在你睡觉的时候，它似乎不应该被闲置。"

她逗趣地看了瑞秋一眼，瑞秋又尴尬地擦了擦她的下巴。

"给你。"

梅丽莎把书递给她。瑞秋强迫自己冷静地去接它，而不是像她迫切想要的那样去抢它。瑞秋接过书后，把它放在身边的沙发上，一只手放在书的封面上。不过这时候表现占有似乎不太明智——她把书带来本就是要交给梅丽莎的。

说真的，梅丽莎这么想得到这本书，是有什么用呢？

这是一个令人费解的问题。

"你能来这儿，我想这意味着你哥哥的情况已经……解决了。你没事吧？"梅丽莎打破了沉默。

瑞秋眨了眨眼睛，她没有料到梅丽莎会问这个问题。瑞秋没指望她会同情自己，只希望她能帮助自己。

"我……是的。但最后，事情并没有像我预期的那样发展。"

梅丽莎饶有兴趣地眯着眼问："什么意思？"

"幻觉虽然发生了，但他没有被淹死。"

"这么说，你还是被那个让你不死的诅咒困住了？"

"他说诅咒已经解除了。"瑞秋谨慎地回答。

"他说？"梅丽莎扬起精致的眉毛，"难道他什么都说了？"

"没有。"这一点瑞秋很肯定，"但是我了解他，我知道他有没有在说谎，我相信他对我说的话。"

"你告诉我，你有多久没见过他了？"

瑞秋清了清嗓子，回答："五百年。"

"这么长时间，你真以为你现在还了解他？"梅丽莎一针见血地说。

"有些事情是不会改变的。"瑞秋说，"我相信他说的是实话。"

"所以，我们只是在猜测可能的情况。"

瑞秋想和梅丽莎争论，但她的表情看起来越来越怀疑斯雷特的话，也被自己的怀疑所困扰。

"我想相信他，"瑞秋平静地说，"因为我别无选择。"她盯着梅丽莎，希望这个女人能理解她。"我真的没有别的办法了。"

梅丽莎笑了，微微地点了点头，然后轻轻耸了耸肩。

"家庭纽带有时比我们意识到的要强大得多。那我们只能试试了。我们还有一点儿时间准备，你应该多睡一会儿。这是一种强大的魔法，它起作用的时候，你可别指望能控制住它。"

"可是我们没时间了 ——"瑞秋抗议道。

"我们可以的，"梅丽莎打断了她的话，"我保证。"

果然，一切都证实了瑞秋的猜测。

"你为什么这样做？"瑞秋问道，"你为什么要帮杰米？"

"我告诉过你，"梅丽莎回答，"我想和你成为朋友，我希望得到你的信任。"她露出顽皮的微笑，"我承认，我也想亲眼看看你的作品。我也必须承认，这让我印象深刻。这是一个强大的咒语，我只能暂时阻止它。你身上有不可忽视的力量，瑞秋。你是一个拥有非凡力量的女巫，我对你很感兴趣，我非常好奇我俩一起能取得什么成就。"

"好吧。"瑞秋对梅丽莎的话感到很不舒服。事实上，她一点儿也不想这样做。但她需要梅丽莎的帮助，这就是代价。"你告诉过我，我要为杰米献出生命。如果我死了，那对你应该就没什么用了吧。"

"我说你得把生命交给他，"梅丽莎回答，"和你死并不完全一样。你永远不知道事情会如何发展。你以为你哥哥会在你俩的幻觉发生时死去，但他现在还活着，不是吗？"

瑞秋听得心怦怦直跳。"你认为如果我把魔咒转移到我自己身上，我还有可能活下来吗？"

梅丽莎无奈地摊开双手。"我不知道。我不是神谕师，我看不到未来。"她停顿了一下，"我认为你需要准备好为他付出生命，如果有必要的话。"

瑞秋说："我随时准备着。"没有任何犹豫。

梅丽莎笑了。"那我们继续。"

"行，我准备好了。"瑞秋答道。

梅丽莎轻笑一声，温柔地说："你现在唯一要准备的就是去睡觉。我告诉过你，你不能在精力不充沛的情况下乱用这种魔法。"

"那我可能要睡上一个星期才能恢复体力。"瑞秋说。

"尽管如此，你休息休息总是有好处的。而且，"当瑞秋张开嘴要争辩时，梅丽莎举起制止的手指，"在你休息好之前，我是不会帮助你的。你也知道，你现在需要我的帮助。"

瑞秋闭上嘴，皱起眉头。

"来吧，"梅丽莎说，"我带你去我的客房。"然后她低头看了看插图书，问道："我可以继续看这本书吗？"

"这本书现在是你的了。"瑞秋说，疲惫地耸了耸肩，从沙发上站起来，"你想看就看吧。"

梅丽莎带瑞秋去的客房是极简主义的风格，主要采用奶油色的装饰，但所有家具都很奢华。瑞秋不敢碰任何东西，生怕破坏了这朴素又奢华的美。当她钻进被窝，枕着柔软的枕头，摸着舒适的羽绒被时，她意识到了梅丽莎话里暗含的智慧。虽然刚才在楼下的沙发上睡了几个小时，但瑞秋还是觉着浑身乏力，睡意不减，整个人没有一点儿精神。尽管她很担心杰米，心里总想着赶紧做点儿什么来救杰米，但她不能否认梅丽莎是对的。以她现在的状态，根本无法使用"找到我"的咒语来吸引那些幽灵帮助她。在她虚弱的时候，使用危险的魔法确实很愚蠢，因为这意味着她会受伤。如果她因为无法控制咒语而放任咒语，她可能会害死自己，还会害死杰米、梅丽莎和近距离之内的任何人。

想想瑞秋上次没有遵守规矩，试图操纵魔法时发生了什么就知道了。

她入睡的时候应该是正午，那会儿窗外的阳光非常刺眼。当她醒来的时候，外面虽然还是很亮，但光亮的程度明显不一样了。有可能是傍晚，也可能是第二天早上，很难判断。瑞秋翻了个身，伸手去拿昨晚放在床头柜上的手机。然而，它已经关机了，瑞秋没法知道时间。

瑞秋慵懒地坐起来，揉了揉眼睛。由于最近的冒险经历，她感到身体有些僵硬，好在睡了两觉之后，她的头已经不再那么轻飘飘的了。她从床上爬起来后，使用配套的小浴室。她在一个别致的水槽里洗手，那是一个漂亮的大玻璃碗，不可思议地放在一个橡木架子上。她看着镜子里的自己，她的黑眼圈已经不见了，对瑞秋来说，这就算是好消息了。她的头发已经油到打绺了，身上穿的衬衫也皱巴巴的。不过在她看来，和她即将要做的事情、对未来的期望比起来，她的打扮一点儿也不重要。在这些简约时尚的家具映衬下，瑞秋觉得自己就像一只美丽蝴蝶身边的鼻涕虫。

瑞秋试图把这个想法从脑海中赶出去——没关系，没关系——她注意到门边的椅子上放着一套衣服，有一条牛仔裤、一件浅蓝色长袖衬衫和一套内衣，标签都还在。她盯着衣服，为这个简单的善意之举而激动不已。

十秒钟后，她打开客房浴室里超时尚的淋浴，水从头顶上喷涌而出，就像雨水一样淋在瑞秋身上。

洗个澡、换上新衣服的效果几乎和睡觉一样好。当瑞秋好奇地在房子里寻找梅丽莎时，她觉得自己已经恢复了体力，基本准备好了。楼梯中间墙上的时钟显示现在是上午九点半。原来，她几乎睡了一整天。她对此深感内疚，但梅丽莎是对的，因为充分的准备可以事半功倍。

看到梅丽莎就知道这是新的一天。她坐在岛型厨房旁的高脚椅上，穿着一身新衣服，就像瑞秋看到的那样随意：九分牛仔裤配一件浅色的羊绒运动衫，头发盘成一个凌乱的结。她仍然努力让自己看起来优雅而沉稳，在敲击笔记本电脑时表情非常专注。

"稍等，"她看见瑞秋在门口徘徊，"我发完这封邮件就好。"

只见她的手指在键盘上操作了一番，然后敲击了最后一个键，完成了最后一步。过了一会儿，她合上了笔记本电脑，全神贯注地盯着瑞秋。

"还在工作吗？"瑞秋问。

"结束了。"

"你是做什么的？"

梅丽莎轻轻地耸了耸肩。"很多事情，我开了几家网店，基本上都是自己在打理。其实，真正占用大部分时间的是我为巫术从业者创建了一个网站。"

"那个网站是做什么的？"

"就是建一个咒语数据库，寻找优质的材料，收集强大的对象。"她拍了拍放在中岛台上的那本插图书。"最关键的，还要找人。"这一次，她的目光转向了瑞秋，"这些事让我很忙。"

瑞秋转了个身，心里又一次感到不安。显然，梅丽莎想把她也收集入库，而作为一个长期独自行动的个体，她根本不确定自己是否能接受这个想法。

她内心也觉得自己不够格。在她度过了那么多年之后，还只不过是一个不起眼的二手书供应商。但是她深爱着她的书店，这给了她很大的满足。

"拥有一家书店是我年轻时的梦想。"梅丽莎告诉她，"我喜欢读各种故事，花了很多时间读书，以至于妈妈都担心我的眼睛，但我最终没有朝那个方向发展。也许有一天，它会实现吧。"她对着瑞秋咧嘴一笑，继续说："如果有那一天，我们就可以成为竞争对手了！"

"也许吧。"瑞秋回答。她有一种感觉，任何试图与梅丽莎竞争的人都会以这样或那样的方式被毁灭。"如果我死了，你可以把我的书店拿走，反正我也不需要留给谁。"

梅丽莎顽皮的表情消失了。"不留给你哥哥吗？"她问道，"现在那个惩罚的咒语可是把你俩绑在一起的——"她做了个鬼脸，继续问："你们的亲情破裂了吗？"

"就算留给他，他也不会感激的。"瑞秋诚实地回答。

"啊，"梅丽莎说，"我可是会感激的。我虽然很喜欢你的书，但希望成为你的竞争对手，而不是你的继任者。"她示意瑞秋来中岛台这边，说："快来，看看这个，这就是我们要尝试做的。"

瑞秋从门口走过去，梅丽莎拿起一张旧羊皮纸递到她面前。瑞秋接过它，没有在中岛台旁坐下，而是往后挪了两步，靠在橱柜上。这张羊皮纸已经很旧了，上面的内容是用墨水手写的，已经褪色了。羊皮纸的一边参差不齐，还被撕破了，好像是从哪本书上撕下来的。瑞秋用拇指顺着粗糙的边缘摸了摸，好奇地看着梅丽莎。

"没错，"梅丽莎说着，不好意思地举起双手，"这是我从一本书上撕下来的。我很抱歉，但整本书装订的情况本来就很糟糕，都要散架了。"她的声音越来越小，接着说："那个疯老太婆不肯把这个给我。"

"你偷了它。"瑞秋说。

"是的。"

瑞秋不喜欢这样。平心而论，她这辈子偷过不少东西，还干过更糟糕的事，比如让可怜的康纳被杰克暴揍。但施咒是一个相当微妙的过程，而命运女神也会非常挑剔，她可能会对梅丽莎的偷窃行为表示不满而拒绝合作。

然而，现在再去纠结梅丽莎是如何获得咒语的已经太晚了。她拥有它，这是瑞秋无法获得的。瑞秋念着简短的材料清单和咒语，觉得胃里一阵痉挛。

"这是一个很基本的咒语，"瑞秋问，"它有什么作用呢？"

"这是一个交换咒，"梅丽莎回答，"仅此而已。但重点不是咒语，而是女巫的力量。或者说，在这个咒语下，女巫才能起作用。布莱尔可以用这个咒语，把一片面包上的霉菌移到另一片面包上。你和我一起……"

"我们也许能把咒语从杰米身上转移到我身上。"

"是把你的生命传给杰米。你知道，诅咒在他身上已经很久了，虽然我暂时控制了它。为了让杰米完全康复，光靠医生是没用的。"

"好吧，"瑞秋说着慢慢地点点头，"没问题。"她深吸了一口气，接着说："那我们就施这个咒。"

29. 1649 年 9 月，爱丁堡

被判有罪。

嗯，这并不意外。她犯了巫术罪，很多很多。但在默里牧师所编造的一长串罪名清单里，她其实是无辜的。她当然也没有认罪，取而代之的是尖叫、咆哮和咒骂。不过，这些已经不重要了。因为，牧师还是判定她有罪，他的判决是起决定性作用的。

按照惯例，死刑会在爱丁堡的草地市场执行，行刑前要从收费亭出发开始游街。虽然在这种情况下，这样做没有任何意义。刑场上不会执行绞刑，也不会有绞刑架。因为每个人都知道……

处死女巫的唯一方法就是火刑。

通常来说，这么做是合理的。因为大火可以烧毁女巫所接触到的一切：房屋、庄稼、森林，还有人。但是，瑞秋没有老死，也没有饿死。所以，她认为大火也烧不死她。

但她知道这会很疼。

这也是瑞秋允许自己看待火刑的唯一方式：这会很疼。像"痛苦、无法忍受、难以想象"等这类字眼，只会引起瑞秋的恐惧。她无法阻止它，也无法避免它，但她能找准时机防止大火把自己吞噬。

因此，这会很疼。

她的处决不会在城里执行，因为大火是不受控制的，它有可能烧到女人的裙子，烧毁建筑物，烧坏草地市场上的摊位。所以，她会被押上皇家英里大道，然后绑在城堡阴影下的一个木桩上行刑。

　　这是一个重大的公共事件，对于人们来说，既是警告，也是娱乐，所以牧师会一直等到下午三点左右才把她从牢房里拉出来。尽管害怕染上瘟疫，但人们还是聚集了起来。观看女巫被烧死显然是一个不容错过的好机会。瑞秋闻到了空气中烤坚果的味道，那美味的香气让她的胃痉挛起来。一些胆大的家伙正抓住这个机会卖零食。

　　瑞秋尽量不去看任何一个来看她被处决的人。因为她知道，自己只会看到仇恨和愤怒的眼神，她在这里没有朋友。她试图承受此刻所感到的极度孤独——现在不是后悔自己选择了这种苦行生活的时候——她愤怒地盯着牧师。而他，只是平静地盯着瑞秋，没有内疚，也没有犹豫。在他看来，瑞秋就是个恶魔，他要让小镇摆脱这个邪恶的女人。

　　瑞秋的双手被粗粗的麻绳绑着，置于身前。粗绳勒进了她的皮肤里，当她试图挣脱时，被绑着的手腕感到火辣辣地疼。牧师带着她游街，她就像是一条被拴着皮带的狗。人群先是让出了一条道让他们过去，然后又迅速聚集到她身后。这让瑞秋觉得自己马上就要被人群淹没。起初，那些人和瑞秋保持着安全距离——毕竟她是个女巫——但后来，一个胆大的人朝她的头发上吐口水，另一个人在她经过时嘶嘶地说："魔鬼的孽种。"很快，她就被人群推搡着，被辱骂着，有些人还用腐烂的水果和马粪砸她。好不容易走出了城堡严密的监视，来到了城堡前面的空地上，这对瑞秋来说是一种解脱。那里已经提前设置了路障，防止人群被大火烧到，这样瑞秋也可以免遭人群的攻击。

　　这是一种解脱，但只有一会儿罢了。

瑞秋一眼就看出来，这不是传统的木桩。它不是绞刑架式的结构，而是从根部截断的一棵枯树，砍掉了上面的树枝，然后把它放在一个低矮的平台上。灯芯草堆在底座周围，以确保火能持续燃烧足够长的时间，最后点燃枯树的皮。

他们花了很长时间才把瑞秋绑在那根树桩上。负责这项工作的两个人显然害怕她会逃跑。他们费了很大工夫才把她的脚踝、大腿、腰部和胸部都绑好。一阵微风吹过，瑞秋站在那里瑟瑟发抖。记住这种感觉，她想记住寒冷是什么感觉。

牧师看上去对这种凉意无动于衷，他镇定自若地等着那两人完成他们的工作。然而，人群开始变得焦躁不安起来。空气中弥漫着一股真正的寒意，时间一分一秒地过去，人们的肚子都已经饿得咕咕叫了，晚餐换成了麦芽酒和威士忌，人们也越来越起哄。

"赶紧的，"有人喊道，"烧死这个女巫！"

"烧死她！烧死女巫！"

然后他们齐声大喊。

"烧女巫！烧女巫！烧女巫！"

人群深处突然扔出一块大鹅卵石。它没有击中瑞秋，却击中了她身旁那个看守的太阳穴。他大叫一声，伸手往头上摸。果然，他的头被砸出血了。

"我们赶紧离开这儿吧。"他的同伴紧张地盯着人群说。

"行吧，真是见鬼，反正她哪儿也去不了。"

说完，他们从平台上跳了下来，这时只剩瑞秋孤身一人，被高高地绑在平台上，所有人都能看到她。她向后倚靠在树桩上，感受着它不屈不挠的力量。她透过人群，望向远方，看到远处的地面逐渐变成一座大大的山谷，亚瑟王座山就在那里拔地而起，有高有低，气势宏伟。

你会活下来的，瑞秋心想，只是需要忍受痛苦罢了。

人们还在大声叫喊，但突然安静了下来。瑞秋低头一看，原来牧师已经走到了她面前的台子中央。

是他煽动人们的时候了。

"这个女人被指控使用巫术。"他说。他没有大喊大叫，但他的声音低沉而洪亮，很有穿透力。"她起初否认自己的罪行，但在审讯中，她认罪了。"

她并没有认罪，虽然那审讯确实很折磨人，不过瑞秋始终没有开口。她知道，她现在说任何话都只会招致底下那群人更多的仇恨。

"根据今年的《巫术法案》，我判处她死刑，处以火刑。只有这样，她的灵魂才能从魔鬼的手中解脱出来。"

这番话顿时引起了一阵欢呼。瑞秋咬紧牙关，努力想象着自己是在别的地方。她想用另一段快乐的回忆来代替现在的感受。她和安妮正坐在一起喝葡萄酒，笑着谈论一个富有的客户送给安妮的一份礼物。她能看到安妮露出的灿烂笑容，能感受到壁炉里散发的热气，虽然那烟熏得她泪流满面。她们又一起品尝了喜欢的奶酪和面包，再喝点儿酒。牧师的声音渐渐模糊起来，靠着她的意志，她把自己沉浸在想象中。

突然火光在她眼前掠过，打断了她的注意力，让她一下子回到了现实。那两个看守又回来了，每人都拿着一支燃烧着的火把。人群现在安静了下来，但因迫切的期待又开始变得焦躁不安。瑞秋不由自主地扫视着人群的第一排，寻找着她熟悉的面孔。她唯一能认出来的人是牧师，他冷冷地看着那两个人点燃了她脚边的灯芯草。

火烧了起来，滚滚浓烟让瑞秋不停地咳嗽和干呕。不久之后，热浪袭来。一开始还是舒服的，因为热气驱赶了空气中的寒意，但很快火势就变得更强烈了，炙烤着她的前胸。她想转过去，但那树桩根本无法移动。一开始，她裸露的双手承受着大火的冲击，她的指关节被灼烧起疱，后来她的裙子也着火了，火焰吞噬了她的双腿。瑞秋咬紧牙关，拼命地呼吸，努力不让疼痛压倒她。

当绳子被烧断，她的手挣脱出来时，她吓了一跳。她试图拍打火焰，扯断绑在她身上的其他绳索，但那些人绑得太紧了。她所能做的就是把手伸到身后，把手指抠进树里。当火越烧越旺时，她就紧紧抓住树不放。

你会活下来的，她告诉自己，总有一天，这些都将成为回忆。

这是她失去镇定、尖叫起来之前的最后一个念头。

30. 牺牲

当梅丽莎把她的奔驰跑车开进医院的停车场时，瑞秋就感到一阵不舒服。她真的越来越讨厌医院了，从车祸到警方的调查，再到现在她每次去探望杰米。她不得不看着杰米一天天衰弱，却无能为力，只能和他的父母一起祈祷。他们甚至都不知道为什么杰米会病得越来越重……是啊，医院确实是她讨厌的地方。

"你能帮我一个忙吗？"她低声对梅丽莎说。

"嗯？"梅丽莎感到很奇怪，她关掉了引擎，车内死一般的寂静。

"别把我丢在这里等死。我不想待在……这个地方。之后你能送我回家吗？求你了？"

梅丽莎盯着她，表情很严肃，然后点了点头。

"我会的。如果可以的话，我会尽最大的努力帮助你。"

"你不需要这么做。"

"没关系，我乐意这么做。"梅丽莎答道，"我告诉过你，我需要你这个朋友。就像你说的，你活着比死了对我更有用。而且，我很欣赏你，瑞秋。你有勇气和决心，你愿意为这个男孩付出一切，这很难得。"梅丽莎嘴角一撇，露出一丝悲伤的微笑，接着说："我这辈子还从来没有对任何人有过这种感觉，我认为没有人比我自己更重要。"

"这是我的错。"瑞秋答道，声音哽咽，"我想要补救。"

"不，不止这些。"

的确，事情远不止于此。杰米温和、善良，有爱心，心胸开阔。尽管他在如此年轻的时候，就受到这么大的打击，但他并没有愤世嫉俗或满心怨恨。对瑞秋来说，杰米是她的安慰剂，因为她被生活打击得太厉害了，有时甚至怀疑自己是不是已经变成了一个长着一张年轻面孔的老太太。

她爱杰米，是杰米让她有了活下去的欲望。

这值得瑞秋为他付出生命。

瑞秋忽然觉得走在医院的路上和走在从旅馆到水池的路上是一样的感觉。这是一种很奇怪的感觉，好像身体一下子轻飘飘的，一下子又沉得抬不起脚。梅丽莎在她身边沉着冷静，就像一个锚，让摇曳的小船有了依靠。梅丽莎的肩上挎着一个帆布包，里面塞满了蜡烛和各种草药，还有一张写着咒语的羊皮纸。瑞秋希望她们进入医院时，没有人阻拦她们、询问她们，因为她不知道他们会问些什么，更不知道该如何回答。

难道要向那些人解释：*你的一个病人正受到反弹咒的折磨。我们要把他身上的咒语转移到我身上，然后把我的生命转给他，做完我们马上就走。*

那医院的人肯定会把她俩当成疯子……

瑞秋已经非常擅长趁医生不注意溜进杰米的病房。但梅丽莎对此毫不在意，她大摇大摆地走了进去，好像她在医院有特权一样，不允许任何人质疑她。瑞秋跟在她后面快步走着，这时她突然想到了什么。

"等等，等等！"

梅丽莎停下来，转过身，一脸疑惑地看着她。

"杰米的父母可能在里面。我们不能就这么进去。"

尤其是梅丽莎，杰米的父母根本不认识她。

"你得把他们支开。"梅丽莎实事求是地说。

"没错。"瑞秋同意了。

瑞秋让梅丽莎先站在病房的中间，自己则溜进了杰米的小隔间。杰米还在睡着，脸色苍白，一副病入膏肓的模样。尽管他周围的机器仍在发出令人宽慰的哔哔声，但他整个人就像死了一样。她果然猜得没错，杰米的妈妈在那儿，此时正在椅子上打盹，芒罗长老坐在床的另一边，又在看书。当瑞秋看到芒罗长老时，她感到一阵小小的恐慌，但她还是强迫自己镇定下来。长老一直对她很好，而且现在他兴许还能帮到她。

长老抬头看到了瑞秋，瑞秋赶紧把手指放在嘴唇上，长老会意地向她点了点头。瑞秋示意长老和她一起出去，于是长老默默地从座位上站起来，跟着瑞秋走了出去。出了隔间，长老看到了站在病房中间的梅丽莎，好奇地看了看她。梅丽莎则冷冷地瞪了长老一眼。然后长老转向瑞秋，期待地看着她。

"这是我的朋友梅丽莎，"瑞秋介绍道，"她是来帮杰米的。"

"帮杰米？"芒罗长老重复道。然后他看着梅丽莎说："啊，我明白了。"

瑞秋对长老的反应感到有些奇怪。

"你能帮我们把凯伦支开吗？"瑞秋问。

"这没问题。"芒罗长老回答。他一脸严肃地看着瑞秋，问道："你正在做的这事，危险吗？"

"总之对杰米是有帮助的。"瑞秋保证道。

"我问的不是这个。"芒罗长老说。

长老其实在担心瑞秋，瑞秋过了一会儿才明白这一点。当她恍然大悟之后，瑞秋觉得莫名感动。毕竟芒罗长老几乎不认识她，也没有理由关心她，却有很多理由担心杰米的安危。

不过，他有疑虑也是正常的。这事的确很危险。事实上，对瑞秋来说，这可能是致命的，但这些与杰米比起来，都无关紧要了。

"你自己也说过，这里的医生帮不了杰米。"瑞秋指了指梅丽莎和她自己，"但是我们可以，你愿意帮助我们吗？"

长老看了她好一会儿，然后点了点头。

"我会建议凯伦去教堂待一会儿，帮你们争取一个小时的时间，但是不能再多了。她明白就算这里的医生尽全力也救不回她儿子，所以她只想在这最后的日子里一直守在杰米身边。"

"一个小时够了。"梅丽莎确认道。

芒罗长老哼了一声表示感谢，然后回到小隔间。瑞秋听他叫醒杰米的妈妈，意识到他们一会儿出来要经过她们现在待的地方。

于是，她走进一个空闲的小隔间，环顾了一下四周的帘子，确定躲好后，对梅丽莎说："快来这儿。"

又过了一会儿，她们听到芒罗长老陪着杰米的妈妈走过走廊，建议她喝杯茶提提神。

"好了，"瑞秋轻声说，"咱们走吧。"

当她们进去时，杰米还是一动不动的。瑞秋走到床边，把手放在杰米的胳膊上，感觉到他浑身冰凉，呼吸微弱。

"他的病情更重了。"她对梅丽莎说。

"你施了一个强大的咒语，我虽然能暂时阻止它的发展，但不能永远阻止。我为你争取到了你所需要的时间，不过如果再耽误一天，你就来不及了。"

"现在还不算太晚吧？"瑞秋问道，"他还能活下来吗？"

"我从来没有做过这事。"梅丽莎回答，"我只知道有这个方法。在你去找你哥哥的时候，我读了所有能找到的书，但这对我来说也是第一次。不过，我相信这是你救他的最好机会。"她停顿了一下，补充道："这是你救他的唯一一机会。"

瑞秋深吸了一口气。"好吧，那我们开始吧。"

梅丽莎点点头，把包放在杰米的妈妈坐过的椅子上。她从包里拿出大蜡烛，然后把它们摆放在这个狭小的空间周围。

她对瑞秋说："点燃这些蜡烛后，我们动作得快点儿。尽管这些烟雾不足以触发报警器，但人们会闻到熏香的味道。你知道，我们绝对不能被打断。"

"好的。"

"我包里有支口红，"梅丽莎告诉瑞秋，"你需要在你的胸前，画上牺牲和开放的符号，然后把释放和生命的符号画在杰米胸前。你知道怎么画吧？"

"知道。"

"那行。"

梅丽莎开始把香草和干花瓣的混合物放进一个浅碗里，让瑞秋去找口红。那是一支暗红色的口红，就像凝固的血液。瑞秋先帮杰米画，当她把杰米的衣领解开，在他的胸前画上那些符号时，杰米一动也不动，这让瑞秋更担心他了。随后，瑞秋解开自己的领子，对着小隔间里的镜子在自己胸前画上了那些符号。焦虑让她笨手笨脚的，她的手一直在发抖，以致画得很糟糕，不过那些符号还是能辨认出来的，这就足够了。

瑞秋转过身，看到梅丽莎正在等她。梅丽莎手里拿着打火机，一脸紧张。当隔壁小隔间里传来窃窃私语声时，梅丽莎更紧张了。瑞秋意识到，她们在冒险。如果她们在这里被抓住，将会面临各种各样的问题，甚至可能被逮捕。

"谢谢你能帮我。"瑞秋平静地说。

"不客气，你一会儿要抓紧杰米的手。"梅丽莎回答，但她的声音听上去有些紧张。

瑞秋照做了，杰米的手指又冷又湿。梅丽莎一直在忙活，先点燃蜡烛，然后又点着那个熏香。

"咒语很简单，"梅丽莎说，"塔尼布拉，阿米艾德塔。"

"塔尼布拉，阿米艾德塔。"瑞秋跟着念。

"当你感觉到体内的力量增加时，就把手伸向杰米，吸收他体内的咒语，把咒语全部吸进你自己体内。"

"好的。"瑞秋点点头，尽管不知该如何完成，但她努力不让自己焦虑，"我怎样把我的生命传给他呢？"

"这样就应该可以了。"梅丽莎说，"如果你真的想做出牺牲，它会从你身上转到他身上。"

梅丽莎的声音里透露出一丝不确定。

"我愿意。"瑞秋信誓旦旦地说。

梅丽莎给了瑞秋一个微笑——一个安慰的微笑，说道："好的，那它就应该会起作用，做好准备吧。"

瑞秋没有回答，只是点了点头，低头看着杰米，先是看了看他的脸，然后又看了看他胸前血红色的符号。她以前从未和任何人一起施过咒语，但现在显然不是怯场的时候。

"塔尼布拉，阿米艾德塔。"瑞秋低声一遍一遍地重复着，"塔尼布拉，阿米艾德塔。"

熏香的烟从碗里飘出来，环绕着瑞秋。她吸了进去，让这种强效的气体沁入她的大脑，释放她内心的力量。她模模糊糊地意识到梅丽莎在她身边轻声念诵着，两人的声音都低得旁人听不到。她尽量不去想那些病人、医生和在隔间帘子外来回转悠的访客。她把全部的注意力都集中在自己缓慢而稳定的呼吸上，以及她和杰米紧紧牵着的手上，她的指尖开始有了刺痛的感觉。

其实，当熏香和咒语打开命运之门的那一刻，瑞秋就感觉到了变化。前一秒，她还在自己的身体里，狂热地希望这次施咒能奏效；下一秒，她觉得自己飘起来了，她的思维突然开阔了。她感到自己瞬间充满了能量，比以往任何时候都要强大。她意识到梅丽莎也在旁边，助她一起施咒。这是一种令人兴奋的感觉。

瑞秋低下头，看到杰米胸口上的符号开始发光，隐约感觉到自己身上有一股炙热的刺痛。在那些符号之下，在杰米那半透明的皮肤之下，她看到了正在吞噬他的魔咒。它像鳗鱼一样，在他体内翻腾。瑞秋一想到要把它转入自己体内，心里有些害怕，但她不能把它留在杰米体内，它本不该在那里。

生存的本能让瑞秋打起了退堂鼓，可瑞秋还是抑制住了它。她想象着自己那无形的手在抓鳗鱼，把它们都抓起来。它们在瑞秋的大脑里不停地蠕动，滑溜溜的，反抗着她。于是，她投入了更多的意念，想象着用那些有着锋利指甲的手指去抓它们。就像她在收集难以控制的轻烟一样，咒语慢慢地聚集在了一起，变成了一团翻滚的东西，她终于能够拿起它，放入自己的身体里。

那团东西明明在燃烧着，却让瑞秋感觉是冰冷的。瑞秋倒吸了一口凉气，颤抖着，因为她感到那些鳗鱼一样的东西在她体内散开，伸向她身体的各个角落，吞噬着她。瑞秋咽了口唾沫，强忍着想吐的冲动，努力配合着梅丽莎的施咒。

"塔尼布拉，阿米艾德塔。塔尼布拉，阿米艾德塔。塔尼布拉，阿米艾德塔……"梅丽莎还在念着。

杰米的胸部现在干干净净，没有任何魔咒的迹象。不过，他还是很虚弱，脸色苍白，毕竟与病魔抗争了这么久，他的身体已经疲惫不堪。

"好了。"梅丽莎说着停止了念咒，"现在把你的能量传递给他，把生命传入他体内。"

瑞秋放开杰米的手，把手放在杰米胸前心脏的位置，潦草地画出了生命的符号。杰米身上仍然是冷冰冰的，虽然瑞秋能感觉到他的心脏在跳动，但又慢又无力。瑞秋闭上眼睛，把注意力集中在那微弱的心跳上，把其他的一切都置于脑后，直到强有力的心跳声在她脑海里再次响起。嗒嗒、嗒嗒、嗒嗒。瑞秋想象着它跳得越来越有力。嗒嗒、嗒嗒、嗒嗒。

它想活下去，瑞秋能真切地感受到。它带走了她的鼓励，开始远离她，进入更快的节奏中。瑞秋放松了，就像父母放开学自行车的孩子一样，她感受到了新生的力量和意义。

杰米会没事的。

杰米一定会没事的。

瑞秋睁开眼睛，看见梅丽莎正瞪大眼睛盯着她，嘴巴紧紧抿成了一条线。瑞秋看到她的嘴唇在动，感觉到她在念自己的名字，但这个词听起来却很模糊，仿佛是从远处传来的回声。瑞秋困惑地眨着眼睛，眼前一片模糊。

瑞秋试着抬起手去揉额头，却发现根本没有那个力气。大概是站得太久了，她觉得自己摇摇晃晃的。梅丽莎赶紧跑到床边，在她摔倒之前扶住了她。

"带我离开这儿，求你了。"瑞秋含混不清地说着。

梅丽莎用肩膀架着瑞秋的胳膊，把她的大部分重量都压在自己身上，扶着她走向帘子的出口处。瑞秋回头看了一眼，看到杰米在床上不安地扭动着，他的眉毛紧皱，像是刚挣扎着回到水面一般，然后她就被梅丽莎拖走了。

31. 燃烧

时间像电影片段一样一帧帧地流逝。瑞秋被梅丽莎架着穿过走廊……然后在明亮的阳光下眨着眼睛……接着被扶进梅丽莎的车里，摸着冰冷的真皮座椅。

梅丽莎开得很快。路上一片模糊，掠过的房屋和树木让瑞秋感到恶心，但她不敢闭上眼睛。当她这么做的时候，黑暗就像一条厚厚的、令人窒息的毯子紧紧地裹着她。这时，咒语开始起作用了，就像一个恶魔从井底钻出来。

"为什么我会有这种感觉？"她咕哝道，"杰米一开始不会这样，直到第二天，他才感觉到咒语的效果。"

"有好多原因。"梅丽莎回答。她同情地看了瑞秋一眼，然后又把目光转向前方。"第一，咒语已经在杰米体内生长变异了，你面对的是和他完全不同的'野兽'。第二，你是个女巫，你体内有魔法能量供咒语吸食。第三，你把所有的力量都给了杰米，你现在这么虚弱，普通感冒都可能会让你倒下。"

"我想回家。"瑞秋呻吟道。

她想要她熟悉的小屋，舒适的床。外面的世界太过喧嚣，太过明亮，而且转瞬即逝。她呻吟着，用手捂着嘴，又一阵恶心涌来。

"你需要袋子吗？"梅丽莎问道。她伸手轻轻敲了敲副驾驶座前的手套箱的门。"里面应该有。"

瑞秋不想动——她也不敢眨眼，更不用说在梅丽莎的车里翻找了——但她也不想吐得满车都是。她紧闭嘴唇，拉开手套箱的门，从梅丽莎放在里面的三个呕吐袋中拿出了一个。

"我侄女经常晕车。"梅丽莎解释说，"里面还有晕车药，但我觉得它帮不到你。"

瑞秋不愿意往嘴里塞任何东西，于是她打开了呕吐袋，把鼻子和嘴伸到里面，全神贯注地吸气、呼气、吸气、呼气，纸袋随着她的呼吸而有节奏地收缩和膨胀着。

很快，梅丽莎就把车开到了瑞秋的小屋外。瑞秋模糊地意识到周围很安静，没有了引擎低沉的隆隆声，紧接着梅丽莎就帮她打开了车门，把她拉了出去。

梅丽莎架着瑞秋摇摇晃晃地沿着花园的小路向家里走去。瑞秋的意识时而清晰，时而模糊。在梅丽莎帮她打开屋门时，瑞秋倚着小屋的外墙等待着，她的脸贴在粗糙而冰冷的墙面上。

刚进门，她就跌倒在卧室的门口那儿。

也不知自己是怎么爬到床上的，她感觉到了被窝的柔软。

梅丽莎在说着什么，想喂她喝点儿东西，但她挣脱开了，躲在毯子下面，她都不知道毯子是怎么盖在自己身上的。

时间仿佛一下静止了，现实的世界也好像一下消失了，瑞秋唯一的感受就是自己像飘浮在不安的迷雾之中，无休无止。她觉得自己就像一个中空的容器，那冰冷而又灼热的液体在她体内四处流动。恐惧折磨着她，但她已经没有意识，无法集中注意力，只能静静地感受着这一切。

她体内在灼烧。

她陷入了噩梦之中，火焰开始舔舐她的视线。一切都在燃烧，她的身体根本不受控制，当她试图逃跑时，感觉自己就像糖浆一样在流动。

她看了看自己的手，发现皮肤已经变黑，露出了血淋淋的肉，然后被火烧到只剩骨头了。一块块的布料粘在她身上，它们的纤维熔化后已和她的皮肤融在一起。她想尖叫，却已经没有呼吸了。

她在噩梦中挣扎着爬来爬去，突然脑海里回荡起一个声音：*忍受，忍受。它会结束的，它会结束的。*

那棵树出现在她的梦中，这似乎是合理的。瑞秋慢慢地拖着脚走过去，仿佛它就是她的目的地。也许这就是命中注定。她用手拍了拍树桩，蜷缩着靠在树旁。她感受着那棵树的清凉，它是坚实而安慰的存在，让她得以忍受心中的火焰。她的血液在血管里沸腾，皮肤起疱剥落，她紧紧地贴着树。

噩梦挥之不去。她抽泣着，当她决定要开始新生活的时候，她只能屈服于痛苦和恐惧，屈服于生命将在这里结束的不公。泪水顺着她的脸颊流下来，不知怎的，火焰的热度丝毫没有影响她。她把手按在坚实平滑的树桩上，触摸着她刻在上面的那些符号纹路。

越来越热，带来的痛苦是如此强烈，瑞秋现在只想赶快结束这种折磨，一死了之。她现在终于明白，为什么斯雷特要逃避命运，要把命运困在地狱边缘如此之久。如果她预见到这一切的到来，如果她活在这个梦里，她也会尽她所能地逃离它。

她紧紧地闭上眼睛，手更用力地向树的底部压去。这是无法忍受的，无法忍受的。她不能，她就是不能。

正当她失去自控力，感到自己要陷入歇斯底里时，她听到了一声巨响。那棵树在她身下扭动了一下，她翻倒在地上，趴在树根旁。她抬头一看，只见树桩从中间裂成两半。一道巨大的缺口出现了，火焰呼啸着冲进了刚刚暴露出来的中心。

黑暗和突然的寂静一下吞没了瑞秋。她能感受到自己受惊的呼吸声，然后她就醒了。

32. 甜点而已

杰米用手指抚摩着树桩的表面，抚摩着瑞秋在树皮上雕刻过的符号。他刚刚在这里待了一会儿，他的注意力一直在瑞秋身上。她刚刚吐了一身，脸色苍白得像个鬼，但他可以肯定，树桩以前不是这个样子的。

它裂成了两半，顶部的缝隙大到足以让杰米把手伸进去，裂缝一直延伸到底部。新露出的部分是一种非常淡的奶油色，在灯光的照射下，湿漉漉地闪闪发光。在杰米看来，这就像一个正在哭泣的伤口。

在一间充满奇怪事物的屋子里，这树绝对是最奇怪的，但还有其他的东西可以看。有一个装满各式小瓶子和盒子的柜子。杰米敢用鼻子闻的那几样东西已经够好闻的了，比如干花什么的，但瑞秋从来没提过她喜欢调制香水或做蜡烛。这些是咒语的材料。谢天谢地，他没有看到任何蝙蝠的翅膀或老鼠的眼球之类的东西。

杰米心里充满了疑问，迫切地想要知道答案。他爬上楼梯，遇到了从厨房出来的梅丽莎。她正在用一条毛巾擦手，她穿的西裤裤腿上沾了一层面粉。

"我得去上班了。"梅丽莎说，"如果有什么情况，你会给我打电话的，对吗？"

"我会的。"杰米承诺道。

"我做了汤和苏打面包，你随意。"

"谢谢。"

杰米本以为梅丽莎只是他在医院里梦见的一个人。当他病情好转，梅丽莎再次来看他时，他吓坏了，以为自己旧病复发。梅丽莎告诉他瑞秋病了，并没有回答他的任何问题，只是让他有时间就去瑞秋的小屋看看。

杰米当天就出院了。他在家里陪他的妈妈待了半天，毕竟他的妈妈要努力接受他快速康复的事实。但他一找到机会，就去了瑞秋家。

这都是两天前的事了。从那以后，杰米就看着瑞秋一直在睡觉，而梅丽莎则忙得不可开交，像是有使不完的劲。打扫卫生、做饭，能做的她都做了。杰米想知道瑞秋为什么还没有醒来。

从症状上看，杰米以为瑞秋发烧了。

瑞秋的房间里呕吐的气味还未彻底散去，尽管梅丽莎已经把房间彻底打扫了一遍。

有时，杰米又觉得瑞秋可能精神错乱了，因为瑞秋喊出了一些连梅丽莎都认为是胡说八道的话。

自从杰米来了之后，瑞秋就一直安静地睡着，整整睡了两天。杰米本想带她去医院，因为她不吃不喝。其间梅丽莎哄瑞秋喝了几口水，她坚决反对带瑞秋去医院，说医院帮不了瑞秋。她说瑞秋的病和杰米的一样，都不正常。"非自然"这个词甚至都从梅丽莎嘴里说出来了。

她唯一没说的词是"魔法"。杰米每次都想让她坦白瑞秋在地下室的事，还有他那快速而无法解释的康复，以及她是怎么认识瑞秋的，但梅丽莎全部都回避了……

杰米看着梅丽莎把外套披在肩上，拿起车钥匙和手提包，准备出门。

可当她开门的时候，她停住了。

梅丽莎对杰米说："你知道吗？她准备为你而死。"

"我不知道，那是什么意思？"

梅丽莎露出一个稍纵即逝的微笑，说道："我知道。"

说完，她轻轻地带上了门。杰米想穿过狭小的客厅去看会儿电视，但他发现自己径直走向瑞秋的卧室，就像被一块磁石吸引到那里一样。

瑞秋面色苍白，面颊消瘦。梅丽莎把她的头发梳成扇形，披散在枕头上，她睡衣上粉红色的花绒线在盖着的毯子下面依稀可见。杰米抓起他之前拖进来的餐椅，把它挪到角落里，这样他就可以站在她身边了。大多数时候，杰米只是静静地坐着陪伴她，但他看过的所有医疗电视剧——一集《急诊室》和几集《实习医生格蕾》都表明，说话可能会让昏睡的人恢复意识。既然现在只剩他一个人了，他觉得值得一试。他以为自己会感到尴尬，就像坐在厨房里对着洗衣机说话一样，但不管醒没醒，她还是瑞秋，杰米和她说话感觉很自然。

"所以，我数学单元测试又没及格。"杰米开始说，"老实说，这并不奇怪，因为我在回答了大概三个问题后就吐了，然后晕过去了。但你瞧，希金斯先生提到了我多年前完成的一项任务。他说这表明我有能力，所以他愿意让我通过这个单元测试。在我看来，他只是害怕如果让我重考的话，我会再次崩溃。也许是我妈妈贿赂了他，我不知道，但我现在可以参加期末考试了。所以这很好。"

他深深地吸了一口气，把瑞秋的手从厚厚的毯子下掏出来，紧紧地握住。

"还有一个有趣的事情，现在我好像不会死了。我爸爸认为教堂终究不适合他。不过，他和芒罗长老现在就像最好的朋友一样，我们经常同时找不到他们两人，他们经常一起去打高尔夫，或者玩其他球类运动。芒罗长老说如果我想加入他们，他就会教我，我不知道应不应该加入，我正在考虑。我一直也想学习。或许……或许你可以跟着我学。"

"有机会的。"杰米正低头看着她的手，没有注意到她嘴唇的轻微动作，但他听到了瑞秋的声音。他猛地抬起眼睛，惊喜地盯着瑞秋的脸。她闭着眼睛，表情很放松，嘴角还挂着一丝微笑。

"瑞秋？"

她没有回答，眉头紧锁，呻吟着，试图换一个更舒服的姿势。

"瑞秋，你能听到吗？"

这次她的眼皮动了动，做了一个鬼脸，然后又闭上了眼睛，说："我的头好痛，这里太亮了。"

其实今天算不上特别晴朗，云遮住了太阳，所以阳光不是很强烈，但杰米还是走到窗前，拉上窗帘，让房间变成了半明半暗的状态。

"谢谢。"瑞秋低声说道。她把手举到额头上，揉了揉太阳穴。

"你想喝点儿什么吗？"

"想，给我倒一点儿吧。"

"我给你倒点儿水来。"

床头柜上有一个玻璃杯，但已经放了好一会儿。杰米抓起它，急忙跑到厨房把它冲洗干净，然后重新倒了一杯水。回来的时候，杰米看到瑞秋已经从床上坐了起来，睁着眼睛。她的样子看上去有点儿吓人，脸色苍白，面容憔悴，但她看到杰米之后，还是露出了微笑。

"谢谢。"她说着伸手去拿杯子。杰米把它递给她，但她的手抖得太厉害了，无法把杯子送到嘴边。

"来，我帮你。"杰米从她手里把水杯拿过来，递到她嘴边。她慢慢地喝着，直到杯子里的水都喝光了。杰米问："好一点儿了吗？"

"说实话，没有。"她微微一笑，"我觉得我好像又被一辆公共汽车碾过了。"

"最近没有。"杰米逗趣地说。

她笑了起来。

"梅丽莎给你做了汤。过一会儿，等汤煲好了，你再喝点儿，你需要恢复体力。"

"梅丽莎在这里？"

"她一直都在这里。她刚去上班了，晚点儿就会回来。"

"我睡了多久？"瑞秋问道。

"几天吧，"杰米说，"具体我不太确定。我在医院的时候，梅丽莎来看我。她告诉我你病了，然后我一出院就过来了。那已经是两天前的事了。"

"都几天了。"瑞秋喃喃地说，"难怪我觉得我需要洗个澡。"

杰米咯咯直笑。

"如果你愿意，我也可以帮你。不过，你应该先吃点儿东西。"

瑞秋朝他看了一眼，杰米在她的眼睛里似乎看到了瑞秋以前的朝气。杰米笑了，松了一口气，但还有一些疑惑。如果他算是男朋友的话，他会一直等到瑞秋自己愿意开口，但他已经等了好几天，一直在为瑞秋担心，而她却一动不动地躺在床上。他已经失去了耐心。

"发生了什么事？"他问道，"梅丽莎什么都不肯告诉我，但我知道发生在我和你身上的事肯定不正常。"

瑞秋叹了口气，低头看了看她的毯子。她用指甲挑起一根松动的线。

"我想吃点儿东西。"她说。

杰米试图抑制住自己的失望。难道她不放心把真相告诉自己吗？

瑞秋抬头看到了杰米的愁容，猜到了原因。

"我会告诉你的，"瑞秋保证道，"我会的，这一切我都会告诉你的，先让我吃点儿东西好不好？"

幸好梅丽莎把汤放在炉子上热着，这样杰米就不用浪费时间加热了。他用勺子舀了一大勺倒进碗里，又加了一片梅丽莎做的苏打面包，自己也顺便吃了一点儿。考虑到瑞秋还下不了床，于是他把这份简单的饭菜带回瑞秋的卧室。

杰米看着瑞秋吃东西，每次都是小心地吃一勺，而且很痛苦。杰米不想催她，也不想逼她。但他想知道真相，所有的真相。如果他催促着瑞秋告诉他真相，最后瑞秋可能什么都不会说。

"好了。"她说着把勺子放下，碗底只剩下渣滓了，"梅丽莎跟你说了多少？"

"她什么都没说。"杰米不高兴地答道。当然，并不完全是这样的。"她告诉我，你准备为我而死。我不太懂这是什么意思，我问过她很多次，但她什么也没说。"

"我就知道你会这样。"瑞秋微笑着说，轻轻地摇了摇头，"我真的以为自己要死了，我都不清楚现在我怎么还活着。"她吸了吸鼻子，有那么一瞬间，杰米以为她要哭了。

"没关系的。"杰米说，然后从椅子上挪到了床尾坐下。床垫因为杰米的重量陷了下去，放在床上的托盘里的碗晃得厉害。于是杰米把它端起来，放在地板上，然后伸出手握住瑞秋的双手。瑞秋紧紧地握着杰米的手，虽然力量不大，但她的手是温暖的。可她睡得很沉的时候，她的手是冰凉的。

"我不知道该从何说起。"瑞秋对他说。

"那就从开始说吧。"

她笑了一声。"那好吧，故事的开始就是我出生在六百年前。"

杰米困惑地盯着她。"什么？"

"我知道，这简直太不可思议了。我是个女巫，杰米。"

"女巫？"

"是的。我有一个双胞胎哥哥，他的名字叫恩尼斯，不过他现在叫斯雷特。他是神谕师，也就是说他能预见未来。他曾预见了自己的死亡——在夜里淹死在一个水池里，于是他选择了逃避。他的行为让我俩都受到了诅咒，永远都是青春的状态。"

"嗯，"杰米慢慢地说，"我想这就解释了为什么我从来没见过你姑妈。"

"你不相信我？"

"确实难以置信，"他承认道，"但我不认为你在对我撒谎。"

"所以你觉得，要么是真的，要么是我疯了？"

"现在还没有定论。"杰米开玩笑地说，"你继续。"

"那天你来看我，我正在地下室里施一个咒语，想切断我和斯雷特之间的联系。我以为如果我能做到，那诅咒就不会再影响我了。我就会变成一个正常人，但我没有做到，我还是不正常。我永远不会变成正常人了，但我会像正常人一样开始变老。"

"你不正常，我也喜欢。"杰米喃喃地说。

瑞秋对他感激地笑了笑。

"是咒语出了问题？"杰米猜想。

"不是的。"她不这么认为，"我做的每一步都是对的，但咒语无法解除诅咒。它不能附着在我身上，所以它反弹了，附着到了当时在场的另一个人身上。"

"是我吗？"

"对。然后它开始残害你，想要了你的命。我——"她哽咽着，拼命忍住眼泪，"我差点儿杀了你。"

"我这不没死嘛。"杰米安慰她。

"是的。"她说，"但如果不是我，你也不会病得那么厉害。"

"可是你已经想到办法弥补了，不是吗？"他说。

"然后我通过住在附近的另一个女巫找到了梅丽莎——"

"天哪，"杰米低声咕哝着，"到底有多少个女巫？"

"显然是一个女巫会。"瑞秋苦笑着说，"梅丽莎告诉我拯救你的唯一方法就是牺牲我自己，把诅咒从你身上转移到我身上，然后让它夺去我的生命。"

"不！"杰米说着使劲地摇了摇头，"我不会让你那么做的。"

"嗯，可是你在医院里昏迷不醒，所以你没有发言权。"瑞秋反驳道，声音里带着一丝怨怒，"这是我的错，所以我必须弥补。我愿意把诅咒吸进自己的身体，但我死不了，因为斯雷特的诅咒还束缚着我的生命。"

"那你做了什么？"

"我给他下了个圈套，操纵了幻觉，让他别无选择，只能面对这个幻觉。"她困惑地摇了摇头，"但这很奇怪，我认为……我认为他已经准备好面对死亡了，而我只是在这个正确的方向上推了他一把，为了确保计划万无一失。"

"那你陷害你哥哥淹死了？他……他死了？"

"他没死。"瑞秋平静地说，"但我不知道会发生这种事。这听起来很可怕，但的确，我本来准备让他死的。我本以为这个幻觉会杀死他，我尽了最大的努力去实现这个目标。"

瑞秋不敢看杰米，努力想挣脱他的手，但杰米不肯放手。

"你准备为了我而牺牲你的哥哥，你的亲哥哥？"他问道。

"是的。"她低声说。

"我不知道该说些什么，"他说，"谢谢你。"

瑞秋试探性地看了杰米一眼，惊讶不已，问道："你没被吓坏吧？"

"我很震惊你做出这样的选择，但我很高兴一切都解决了，也许有一天我能见到你哥哥。"

"我不知道他现在对我是什么态度。"她坦白道，"但最近发生的事情告诉我，未来是不可预测的，所以或许有一天你真能见到他。"瑞秋微微笑了下，问："还想听剩下的吗？"

"当然。"他想知道全部，尽管瑞秋到目前为止所分享的一切都让他大吃一惊。

"之后我就回到了这里，梅丽莎帮我把诅咒从你身上转移到了我身上。可是你太虚弱了，我不得不把我全身的能量也转移到你身上。"

"所以你以为自己会死去。"

"没错。"

"可是你没死。"

"现在看来是这样的。"

"所以，我没死，你哥哥没死，你也没死。任何人都没死。"

瑞秋目瞪口呆地看着杰米。"这一点儿都不好笑，杰米！"

"是的。"他表示赞同，"但这也不是世界末日，对我们任何人来说都是如此。"

"我差点儿就杀了你！我还差点儿杀了我哥哥！"

"可是你试图通过牺牲自己来弥补，已经做了你能做的一切，而且非常幸运的是你还活着。"

她深深地吸了一口气。"真不敢相信，你居然不生我的气。"瑞秋哼了一声，"我真不敢相信你居然会相信我。"

"确实很难理解，但我一直都知道你很特别，瑞秋。"

她盯着杰米看了很久，然后露出了困惑的微笑。"你应该跑得远远的。"她对杰米说。

"医生告诉我至少四周内不能进行剧烈运动。"杰米一脸无辜地说。

"笨蛋。"

杰米感到如释重负，觉得瑞秋没事了，她又可以笑了，又可以和他说话了，又在叫他笨蛋了。杰米向前倾了倾身体，把额头贴在瑞秋的额头上。

"接吻算是一项剧烈运动吗？"瑞秋问。

"不。"杰米毫不犹豫地回答。

"很好。"然而，瑞秋并没有拉近他们两嘴之间的距离，而是向后缩了缩，"先刷牙，然后接吻。"

"好的。"

33. 奇怪的女巫集会

如果说参加女巫集会有什么着装要求，那肯定没人提前告知瑞秋。尽管如此，当她走到集会地时，她还是觉得穿牛仔裙和亮黄色长袖衬衫不太合适。外面天还很亮，集会定在晚上七点，地点是瑞秋小屋附近的考文斯蒂德社区会堂。但说实话，到目前为止，她对女巫集会还一无所知。

"你上哪儿去了，梅丽莎？"瑞秋打通了梅丽莎的电话，"哦，在维特罗斯超市买点儿鹿肉，然后买一杯薄荷巧克力星冰乐。"

瑞秋哼了一声，被梅丽莎的话给逗乐了，但她还是很紧张。梅丽莎向瑞秋发出了邀请，告诉她别有压力，也别抱太大期望。刚开始时，瑞秋相信了另一个女人的话，认为女巫聚会不适合她，决定不去。但过去的整整一个星期，虽然她都这么告诉自己，可是瑞秋内心知道，她其实是自己在骗自己。

因为她很想去。

她虽然很担心，但也很好奇，甚至还有点儿兴奋。她以前的人生都在秘密地修行，只有极小的社交圈子，从不会让现实生活中认识她的人发现她的秘密。她在网上交了一些朋友，他们知道她能做什么，他们对命运和巫术的世界有共同的兴趣。但他们谁也不知道她的名字，谁也没见过她。瑞秋有意地把这两部分生活完全分开，直到现在。

瑞秋还没做好准备，就已经到了目的地。她在人行道上停了好一会儿，竭力控制自己的紧张情绪。集会地矗立在隔壁教堂的阴影里，看上去倒也无伤大雅。那是一幢单层建筑，门前鲜花盛开。没有人会想到这里会是女巫集会的地方。

她想，这是个难得的机会，于是，逼着自己走了进去。

社区会堂的大门很重，瑞秋费了好大力气才推开。她走进门厅，大门就关上了，这就把她困在了一个狭小的门厅里。门厅里空无一人，只有两件羊毛衫挂在左边墙上的钩子上。

"飞天扫帚在哪儿？"她轻声开着玩笑说。

透过第二扇门上的窗户，瑞秋看到几个女人在里面的大厅里转来转去，她们一边笑一边闲聊，穿着和她一样平常，看上去都很舒服、很快乐。瑞秋觉得此刻自己就像个新来的女学生，正站在教室门口，等着被叫进去。

她向后退了半步，现在逃走似乎是最安全的选择。就在这时，一个女人发现了她。那女人灿烂地笑着，朝瑞秋的方向挥了挥手，然后向这边走来。当女人拉开里面的小门时，瑞秋逃跑的欲望就更强了，但现在瑞秋的脚似乎粘在了地板上，动弹不得。

"你好。"女人愉快地向瑞秋打招呼，"我叫西娅，你一定是瑞秋吧。"

西娅四十多岁，穿着比较保守，但她另类的生活风格也明显地体现出来。手腕上的手链叮当作响，鲜艳的紫色头发盘在漂亮的蕾丝头巾下。

"是的，你好。"瑞秋答道。

"梅丽莎说你可能会加入我们。很高兴你能来，请进吧。"

西娅退后一步，扶着门。瑞秋跨过门槛，她刚一跨进去就愣住了，眼睛盯着西娅。她已经感觉到了结界的力量。

西娅瞪大了眼睛。"你感觉到了吗？"

"是的，我感觉到了。"

"哦，我好嫉妒。安杰莉卡早到了几分钟，在我们开会前把结界设好。你知道的，这是为了确保没有陌生人进来问路什么的。我见她这么做过一两次，但我从来没能感受到效果。"她赞赏地看着瑞秋，"你一定对魔法能量非常敏感。"

瑞秋诚实地说："我也不知道。我只是做我能做的，从来没有和别人做过比较。"

"你还这么年轻！想象一下，随着你的成长和学习，你还能做很多。"

"希望是的。"瑞秋笑着说。

看来梅丽莎目前还没有泄露她的秘密。在她面前的女人眼里，她只是一个年轻的女孩，而不是一个经验丰富的女人。她感到如释重负，讽刺的是，她又有点儿生气。

"来，我带你认识认识大家。"西娅说着示意瑞秋跟着她走进大厅。那里有十几个女人，西娅给她介绍她们的名字时，瑞秋发现梅丽莎不在这儿。她礼貌地对每个向她招手或打招呼的人微笑，可是西娅刚介绍完她们，瑞秋就把她们的名字都忘了。大多数女人看上去都比瑞秋年长，不过有几个十几岁的女孩在一个角落里闲逛。其中一个穿着休闲的牛仔裤和背心；另一个打扮得一身哥特风，头发乌黑，脸像粉笔一样白。瑞秋好像认识她，她之前在她的店里见过这个女孩，当时她和梅丽莎一起来的。尽管她绞尽脑汁，还是想不起这个女孩的名字。

瑞秋看得出这个女孩也认出了她。她朝瑞秋笑了笑，不是友好的微笑，而是会心的傻笑。瑞秋搓了搓自己的手，她的手在回忆中感到刺痛，那是女巫之间从最短暂的接触中传递出来的力量。

"嘿，你好，瑞秋！"是一个熟悉的声音，她转过身，看到布莱尔从大厅隔壁的厨房里走了出来，一只手端着一杯茶，一只手拿着一大盘饼干。瑞秋之前只在店铺和她见过面，今天在这个地方见到这个女人，瑞秋感到很奇怪。

"你好，布莱尔。"瑞秋礼貌地问候。

"我很高兴你能来。"布莱尔走过来，把饼干递到瑞秋面前。

出于礼貌，瑞秋拿了一块，因为它们看起来很漂亮，而且她为今晚的事激动得连晚饭都没吃。她刚往嘴里塞了一半，就有一个女人走了过来。这个女人年纪太大了，弯着腰，比瑞秋矮了至少十五厘米。她竟然长着络腮胡子，满脸皱纹，眼皮下垂得几乎完全遮住了眼睛。然而，她的眼睛没有被遮住的那部分是蓝色的，看上去犀利而清澈。

"所以，你就是瑞秋，梅丽莎为之兴奋的女孩？"老妇人说。

瑞秋不知道该说什么，只是笑了笑，试图吞下嘴里的饼干。

"我叫玛格丽特，那边是我的孙女艾伦。"她举起手杖，指着角落里的两个女孩，"就是那个一身黑衣、从不微笑的女孩。"玛格丽特说话的声音大得足以让艾伦听见，那姑娘朝这边翻了个白眼，不过嘴角上扬起了一丝微笑。

"梅丽莎的侄女？"瑞秋问，她突然想起了这件事。

"是的，是这样的。我们也是亲戚。我们家族中的很多人都在这里，不论亲疏。前几代人尝试过跨血统来制造更强大的巫师。"

"我明白了。"瑞秋喃喃地说。

"我加入这个女巫会已经五十多年。"老妇人继续说，"我在女巫会的专长是草药疗法和治疗咒语。"

"不过，过几年你才会开始考虑这个问题。"这时西娅突然出现，她还在帮忙把椅子摆成一个大圈，"我记得我像你这么大的时候，只想做爱情药水。"

"有时候事情并不像看上去的那样。"玛格丽特精明地盯着瑞秋说。然后她那双犀利的眼睛转向西娅，不客气地说："你知道吧，那些爱情药水根本不管用。"

"哦，这个我不知道。"西娅回答时发出一阵爽朗的笑声。

"西娅的女儿也在女巫会里，和艾伦在一起的就是她。"

"她叫萨沙。"西娅帮忙补充道，"想到又有一位年轻女性加入我们的行列，她非常兴奋。"

的确是这样，当她恶狠狠地盯着瑞秋的方向时，她看上去确实很兴奋。

"这家伙满嘴胡言。"玛格丽特咕哝着。这时西娅又匆匆离开了，走过去和另一个刚到的女巫会成员说话。瑞秋不确定她是否应该听到，所以又往嘴里塞了一块饼干。

"我对草药很感兴趣。"瑞秋说，"这些年来，我学到了不少东西——"玛格丽特向她投来赞许的目光。"但我不能让东西长出来，我没有园艺专长。"

"我可以帮你。"玛格丽特回应道。她把背挺直了一些，直视着瑞秋的眼睛。时间一分一秒地过去，瑞秋努力不去看别处，也不知道发生了什么。"的确，"老妇人最后说，"梅丽莎说得对，你很特别。这里的大多数人都很敏锐，有些人出身于有名的巫师家族。但除了梅丽莎，这里没有真正的强者，没有人能真正掌握命运。"

"我不确定我是不是能掌控命运。"瑞秋喃喃地说。

玛格丽特仰着头大笑，差点儿摔倒。瑞秋惊慌失措，伸手抓住她的胳膊扶住她。

"懂事的姑娘，"玛格丽特气喘吁吁地说，"你是个聪明人。"

气氛在那一刻突然发生了变化。瑞秋尽管背对着门，但还是感觉到了。在场的每个女人都站直了，连玛格丽特也不例外。瑞秋还没转身，就知道应该是梅丽莎到了。

"女士们。"梅丽莎开口了，她看上去还是一如既往地迷人。她尽量让自己的声音听起来充满热情。"谢谢大家今晚的光临。"她把大厅扫视了一遍，确认她的女巫会里的每一个成员都到了——那是她的女巫会。瑞秋很快意识到——梅丽莎看到了她，她盯着瑞秋，笑得更灿烂了，说："瑞秋，你来了！"

"是的。"瑞秋回应道。瑞秋不知道自己该不该来，她想交朋友，她想学习，但她不想成为梅丽莎的助手，像另一个女人一样收集魔法物品，或者像瑞秋收集她的书一样。

"终于有人来挑战你了，梅丽莎。"玛格丽特大声说。

瑞秋屏住呼吸，等待着。冲突会告诉她这个团体的真实面目，如果她看到了，她就会尽快离开。但梅丽莎并没有被玛格丽特的话刺激到，而是笑了起来。梅丽莎轻松地走到她们身边，深情地搂住了老妇人的肩膀。

"这是竞争吗？"她轻轻地问道，"我很高兴瑞秋能加入我们。她的知识非常渊博，我希望她愿意教我们所有人。"

瑞秋不知道该怎么回复这个赞美，所以结结巴巴地说了声谢谢，有些不好意思。

"我是最后一个到的吗？"梅丽莎问道，"我们现在可以开始了吗？"

"菲奥娜没来，"布莱尔喊道，"但她打过电话给我说她来不了了。"

"好吧。"梅丽莎说，"那我们坐下吧，女士们。"

椅子围成了一个大圈，每个人都坐了下来。根据大厅的布局，瑞秋认为那个圆形顶部的椅子是留给梅丽莎的。瑞秋几乎坐在梅丽莎的正对面，身旁是玛格丽特和另外一个好心的女人，这个女人在坐下时低声告诉她们，她叫安杰莉卡。瑞秋记得，她就是那个设结界的女人，她长得胖乎乎的，更像一个小学老师而不是女巫。

"首先，我们女巫集会正式欢迎瑞秋的加入。"梅丽莎说，她的声音很响亮，足以让在座那些低声交谈的人安静下来，"我想我们每个人都至少去过一次她那可爱的书店——"她们去过吗？瑞秋惊讶地想。"她能加入我们，我很高兴。"

当一圈的人都在向瑞秋微笑时，她也尽量以微笑回应，虽然有些尴尬。大家几乎围坐成了一个整圆。艾伦用手掩着嘴对萨沙说了些什么，萨沙傻笑着。

身旁的玛格丽特拍了拍瑞秋的膝盖。

"我们继续，有人愿意分享一下这个月都做了些什么吗？布莱尔，我知道你要做些新蜡烛，现在怎么样了？"

布莱尔似乎很高兴被问到这个问题，她开始解释自己正在做的试验，就是把施咒常用的草药注入蜡烛，这是一项综合性的工作。瑞秋饶有兴趣地听着，尽管她很确定布莱尔的方法会稀释草药的效力，即便它真的有效，也会使咒语变得不那么强大。但她没有发表评论，因为布莱尔似乎对自己的想法非常满意。

随后，安杰莉卡谈到了她正在做的一些新结界的研究。其中大部分瑞秋都听说过，但有一两个是才听说的。她心里记着要问安杰莉卡她的研究来源是什么。

有一个女巫的名字瑞秋完全忘记了，这个女巫说她的一些东西可能是一个预兆，关于这个预兆具体是什么，大家进行了讨论。在瑞秋看来，这听起来更像是巧合。在大家交谈和争辩的过程中，她一直保持沉默。她注意到，梅丽莎也没有发表意见。

另外，还有人想知道该如何治疗慢性疼痛，因为她的医生的治疗不起作用。玛格丽特就她可能调制的不同酊剂和药膏给出了一个冗长而周到的回答。瑞秋聚精会神地听着，完全陶醉在玛格丽特的讲解中。

这是一次奇怪的集会。从某种程度上说，这就像一个巫术协会的研讨会 —— 瑞秋从来没有参加过，但她能想象 —— 不过，会议的主题是咒语、预兆和魔法。这里和她想象的完全不一样，没有裹着布的脸，也没有月光下的吟诵。在这里，大家是一群朋友，她们所有人都被一件主宰瑞秋一生的东西团结在一起。

"好了，"梅丽莎说，把瑞秋从思绪中拉了回来，"我想我们这次集会到此结束，相信下次集会也一定会非常激动人心。安杰莉卡已经同意为大家做一个关于结界的分享，我希望其他在这方面有经验的人也愿意分享她们的专业知识。"她说话的时候一直盯着瑞秋，一道眉毛试探似的扬了起来。

瑞秋一想到这个，本能的恐惧使她的肾上腺素飙升。六百年来，她一直在隐藏自己的身份和能力，并不会因为一次集会、几个问候的微笑和几句欢迎词就放下戒备。可是，她可以慢慢来。她可以继续参加集会，她能学到很多关于结界的知识，通过这些增强自己施咒的能力。而她并不需要请她们去她的小屋，给她们看雕刻在树桩上的符号。不过，她想，或许她可以拍一两张照片，作为例子……

她向梅丽莎微微点了点头，然后得到了一个温暖而感激的微笑。

会议结束和开始的时候一样，大家都转来转去，聊着天，说着闲话。然而，瑞秋已经达到并突破了她尴尬社交的极限。于是，她从椅子上站起来，径直向出口走去。

"瑞秋！"她还没走几步，梅丽莎就叫住了她。她停下脚步，转过身来。梅丽莎走近她，低声问："嗯，你感觉怎么样？"

"这很有趣，"瑞秋诚实地回答，"和我想的不一样。"

"你想的是为什么没有气锅冒着泡泡？为什么是饼干而不是青蛙的腿？为什么没有扫帚或尖尖的帽子？"

瑞秋笑了，尽管梅丽莎想得还不够天马行空。

"我希望你能和我们一起参加集会，我知道你可以教我们一些东西。"

"我会试试的。"瑞秋答应了。

"这对我来说已经足够好了。来，我有一个礼物送给你。"梅丽莎打开她的大手提包，从里面拿出一个用精致薄纸包着的小包裹。

瑞秋伸手去拿，当她的指尖碰到礼物时，她呆住了。一个预兆在她脑海中闪过。瑞秋站在一个巨大的图书馆里，手里拿着一本发黄的书。她有短暂的时间来领会这个时刻，然后这个预兆就消失了。她回到大厅，打开包裹，果然是一本书。尽管它不是她在预兆里拿着的那本书，但这本书也因年代久远而泛黄。她把书翻过来，读着印在素色封面上的标题。

"关于鬼神学和巫术的信。"她轻声地读道。

"这本书就作为你送我那本插图书的交换了。"梅丽莎解释道，"这是我收藏的珍宝之一，我已经读过，并扫描到笔记本电脑上了。说实话，我觉得你会喜欢的。"她的声音降得更低了，继续说："作为一个经历过这本书的写作时代的人，我很想听听你的想法。"

"谢谢你。"瑞秋真挚地说，"我会珍惜它的。"

"我很高兴。"梅丽莎笑着说。她伸出手，把手放在瑞秋的胳膊上，压低了声音说道："我想问你……你的树。我看到它发生了变化。"

瑞秋说："它救了我。"这听起来很疯狂，但梅丽莎相信了。那棵树几乎裂成了两半，把诅咒吞进了树的深处。

梅丽莎没有嘲笑这个想法。她知道，瑞秋不可能靠自己在那个魔咒中活下来，至少瑞秋现在不像之前那么虚弱了。

"那树怎么样了？还能复原吗？"

"不行了。"即使她能修好，她也不会这样做。断了的根起到了提醒的作用，瑞秋做梦都不敢说自己完全理解了魔法。

"对不起。"梅丽莎说。然后，她犹豫了一下，问道："它……它有没有削弱你的力量？"

果然，这才是梅丽莎真正想知道的。瑞秋还能像以前那样充满魔力吗？瑞秋对她还有用吗？瑞秋想起了布莱尔给她的忠告。但梅丽莎确实帮助了她，瑞秋也相信梅丽莎是真心想和她做朋友的，可女巫会的领袖也是有层级的。

"没有，"瑞秋诚实地说，"如果有什么不同的话，那就是我感觉自己变得更强大了，更随心所欲了。"

"那简直太棒了。"梅丽莎没再追问，重新回到坦率和友好的状态，"我们中的一些人喜欢在集会后去酒吧。你要不要加入我们？非常欢迎。"

"我不去啦，"瑞秋答道，做了个道歉的鬼脸，虽然她并不是真的抱歉，"我有个约会。"

梅丽莎的眼睛亮了起来。"男朋友？"

"杰米。"

“没错，杰米。好吧，那下次约。”

“好的，下次。”瑞秋把那本书抱在胸前，尴尬地向所有和她打过招呼的人点头告别，然后匆匆离去。

34. 迈向新生

  杰米已经在他那辆破旧的掀背车里等她了，就在集会地点的拐角处。他一看见瑞秋就高兴地按喇叭，接着瑞秋听到汽车试图发动时发出的嘎吱嘎吱声、摩擦声和发动声。她知道这车怠速三十秒后会发生什么，便加快了脚步，走到副驾驶座一侧，钻了进去。

  "嘿！"杰米冲她咧嘴一笑，伸出手把她拉近，给了她一个吻，一开始只是问候，然后加深了这个吻，直到汽车开始呜呜作响。杰米不高兴地嘟哝了一声，挂上挡，在破车完全熄火前，开走上路。

  "所以？"杰米提示道，"那个我一无所知的秘密社团的情况怎么样？"

  "就是……很有趣。"瑞秋告诉他。

  "有趣？难道是让你知道谁将成为下一任考德酋长？"

  "哈哈！"瑞秋强忍笑意，毕竟她也有同样的想法。"与其说是奇怪的姐妹，不如说——"她轻声笑着说，"你看过《食堂阿姨》这部剧吗？里面有维多利亚·伍德。"

  杰米摇了摇头。

  "真的吗？它在九十年代末非常受欢迎的。"

  "我是二〇〇三年出生的，没看过也说得通。"

"哦，对哦。"瑞秋扮了个鬼脸，"嗯，基本上都是女人喝茶、吃点心、闲聊之类的。"

"听起来像我妈妈的教堂小组聚会。"杰米喃喃地说。

"不过还是很不错的，每个人都很友好。"她突然想起了那两个小女孩，补充道，"嗯，是几乎每一个人。还有，我遇到了一位年长的女士，她可以教我更多的治疗方法，她认为她可以阻止我杀死所有我想种的植物。"

"那太棒了。"

瑞秋点点头，然后深情地看着杰米，思考要不要告诉他一些事。在独自秘密生活了这么久之后，她已经习惯了什么都不告诉别人。能和杰米自由自在地在一起已经是一个奇迹了，可她还没有完全习惯这样的生活。

但她真的很喜欢这样的生活。

"我看到了一个预兆。"她说。

"预兆？"杰米问，瞥了她一眼，然后把目光转回到路上，他们正穿过一个繁忙的十字路口，"那是你看到的未来吗？"

"差不多吧。通常能看到幻觉的是我的哥哥斯雷特。我只是看到了一些毫无意义的东西，直到它们警告我事情发生之前，这些东西才变得有意义。"

"它们就像线索，然后呢？你就像神奇的杰西卡·弗莱彻。"

瑞秋傻笑着摇了摇头。"你怎么可能不知道《食堂阿姨》，却知道杰西卡·弗莱彻是谁？"

"我妈妈是她的粉丝。"杰米咕哝着说，"我从小到大看了很多这样的剧。"

"你真幸运。"

"是啊，我当时就是这么想的。"杰米傻笑道，"所以，预兆是什么呢？"

"那是一个图书馆，一个很大的图书馆。它有一个房间，里面都是非常陈旧的书。"

"就像……大学图书馆？"

瑞秋说："我觉得像。"

"你认为这预示着什么？你觉得你能上大学吗？"

瑞秋咬着嘴唇，突然害羞起来。"我不知道，我从没上过学。我没有任何资格证书，也没有任何官方的身份证件。我不行，因为……你知道的。我没有到法定年纪，不给提供书面证明。"

"你可以从现在开始。"杰米回答。"也许我们可以解决这个问题。你知道——"杰米侧目看着她说，"圣安德鲁斯大学有一个很大的图书馆。"

"圣安德鲁斯？这个选择也太随意了吧，我从来没去过那里。"

"我也是，但我会去的，很快。"

瑞秋歪着头看他，一下就明白了。她咧嘴一笑。"你考上了？"

"考上了，今天拿到了录取通知书。"

"哦，天哪，杰米！那太棒了！"

"我还得通过数学考试。但其他科目，我表现不错。"

"你可以的。"瑞秋向他保证。

"他们很快会有开放日，让新生去参观。你可以和我一起去。"他顿了顿，"去认认是不是那个图书馆。"

"也许我会的。"瑞秋平静地回答。

接受教育是个新想法。她以前没有想过这个问题，因为对瑞秋来说，这从来就不是一个选项。她需要有官方的身份证明，这很难，但并非不可能。现在，整个世界都向她敞开了大门。

"那我们要去看什么电影呢？"当杰米拐进电影院的停车场时，她问道。

"《女巫布莱尔》。"杰米回答。

"不看。"

"那行，《异教徒》怎么样？"

"杰米——"

他嘴唇微颤，说道："《女巫也疯狂》，怎么样？"

"你知道的，我可以把你变成一只青蛙。"

杰米把车停好，睁大了眼睛看着她。"你能做到吗？"

"可能做不到。"她不得不承认，"但是我可以让你忘记早上怎么穿衣服。或者让你相信，你最喜欢的音乐是男孩乐队的流行乐，你想把这些歌唱给你所有的朋友听，这样他们也会喜欢。"她扬起眉毛，接着说："所以别惹我。"

"对不起，对不起，行了吧。那就看《魔女游戏》。"

"杰米！"瑞秋拍了拍他的胳膊，他咯咯地笑了起来。

"可是我喜欢那部电影。"他抗议道。

"真惊讶！你居然看过那部电影。我觉得内芙·坎贝尔演得挺不错的。"

"你更漂亮。"他毫不犹豫地回答，"那我们要看新版的《捉鬼敢死队》。"

瑞秋盯着他，不为所动。

"不，真的，"杰米举起双手，"我发誓，这不是开年龄玩笑。他们和自己的孙辈或其他人一起翻拍了这部电影。"

"哇，好吧。肯尼会在里面等我们吗？"

"会的。"杰米皱起眉头，关掉了引擎，"他真的很奇怪，他问了我四次你是不是一定会来。"

瑞秋心里有些难受。杰米的朋友们都很有趣，她希望他们可以喜欢她。

"他不想让我去？"

"不！"杰米摇摇头，伸出一只手握住她的手，"不是，肯定不是。事实上，我的感觉正好相反。"

"啊。"

"是啊，有点儿奇怪。"

"也许他是担心幽灵跳出来抓住他的大腿时你会紧张？"她咯咯地笑了，"如果他想坐在后面一排，千万不要惊讶。"

"也许吧。"杰米看起来并不相信这个理由。

"我们去看看吧。"瑞秋建议道，"如果他不肯坦白，我可以帮你读懂他的心思。"

杰米僵住了，他的手放在门上，满脸通红。

"你能做到吗？"他声音颤抖。

她乐坏了，杰米脸上的表情是惊恐的。

"不能，我希望自己可以。"

杰米过了一会儿才缓过神来，然后如释重负地舒了一口气，笑意溢于言表。

"你不能看到未来，又不能把我变成青蛙，你也不能读心术。你是什么女巫？"

瑞秋没有回答，而是哼起了超级男孩的歌。杰米立马没说话了。

他们走到电影院门口时发现了肯尼。瑞秋终于明白为什么肯尼要确保她也来，因为今天他带了个女伴。

那个女孩身材娇小，金发碧眼，穿着时髦，紧紧地抱着肯尼，肯尼正朝她微笑。杰米和瑞秋同时看到了那个女孩，然后杰米僵直地站在瑞秋身边。她感到紧张感顺着杰米的手臂传到他俩握着的手上。

"天哪，那小子是认真的吗？"他咕哝道。

"什么？"瑞秋问道，"她是谁？"

肯尼已经看到了他们。他朝他俩挥了挥手，然后从女孩身边挣脱出来，焦虑地看着杰米。女孩转过身来，看肯尼在向谁招手，然后她的脸上露出了喜色。

"杰米！"她高兴地喊道。

"卡拉。"杰米回答道，语气平静多了。当杰米走到肯尼他们面前时，他松开了瑞秋的手，用胳膊搂着她的肩膀，把她拉得更近了。"这是我女朋友，瑞秋。"

那女孩对瑞秋的眼神是友好的。"嗨！"

然后大家都突然沉默不语，气氛有点儿尴尬。两个男孩之间的紧张关系显而易见，但卡拉似乎没有注意到。

"嘿，卡拉，"肯尼开口说，"如果你想去买冰激凌，那我就去取票。甜食店的队伍看起来很长。"

"哦，好的。"卡拉踮起脚尖，在他的脸颊上轻吻了一下，"我待会儿进去找你们。"

等卡拉刚转身走开，肯尼就转向瑞秋。

"别让杰米打我。"他恳求道。

"什么？"

"我没想打你啊。"杰米嘟囔着。

"你没有吗？"

"他为什么要打你？"瑞秋问道。

"卡拉和我过去经常出去。"杰米替他回答，"关键词是'过去'。所以，现在我不在乎你们在一起，真的。"

"真的吗？"肯尼挪动了一下他的脚，看上去仍然很担心，"我想你不会介意的，因为你说你现在恋爱很幸福，可是——"

"杰米说什么？"瑞秋打断道。

肯尼抱歉地举起手来，但他的表情绝不是这样。"哎呀。"

"我没有用'幸福'这个词。"杰米抱怨道。

"我的错。"肯尼傻笑着回答。

"不过剩下的……是的。"杰米低头看着瑞秋，脸涨得通红。

就爱的表白而言，这不是最好的，但瑞秋不在乎。她抬头对他微笑，感受到活着的温暖和快乐。

"你告诉肯尼了，"她指出，"你不打算对我说这件事喽。"

瑞秋笑了，抱着杰米。杰米用双臂搂住她，她抬头偷看着他，突然害羞起来。

"我会用'幸福'这个词的。"她低声说。

杰米把她抱得更紧了，在她的鼻子上吻了一下。"我也会。"他承认道。

他们取了票，走进电影院。当电影的片头字幕在银幕上闪现时，杰米的手放到了瑞秋的腿上，瑞秋忍不住笑了起来。她感觉自己就像一个恋爱中的青少年，在一个周五的晚上放松自己，而她想要的生活就在眼前。

这是值得等待的，整整六百年的等待。

图书在版编目（CIP）数据

灵魂摆渡人 /（英）克莱儿·麦克福尔著；苏涛译
. -- 北京：北京联合出版公司，2023.10
ISBN 978-7-5596-7172-1

Ⅰ.①灵… Ⅱ.①克…②苏… Ⅲ.①长篇小说—英
国—现代 Ⅳ.①I561.45

中国国家版本馆 CIP 数据核字（2023）第 150869 号

北京市版权局著作权合同登记　图字：01-2023-5129 号

Published by arrangement with Margot Edwards Right Consultancy, U.K. working on behalf of
the Ben IIlis Agency, U.K.
Simplified Chinese rights arranged through CA-LINK International LLC (www.ca-link.com)
Simplified Chinese edition copyright © 2023 by Beijing Xiron Culture Group Co., Ltd.
All Rights reserved.

灵魂摆渡人

作　　者：（英）克莱儿·麦克福尔
译　　者：苏　涛
出 品 人：赵红仕
责任编辑：龚　将

北京联合出版公司出版
（北京市西城区德外大街 83 号楼 9 层　100088）
三河市中晟雅豪印务有限公司印刷　新华书店经销
字数：235 千字　880 毫米 × 1230 毫米　1/32　印张：9.875
2023 年 10 月第 1 版　2023 年 10 月第 1 次印刷
ISBN 978-7-5596-7172-1
定价：52.80 元